TIMBOEKTOE ROCKS!

Carry Slee

Timboektoe rocks!

Lees ook de andere boeken over Timboektoe:
See you in Timboektoe
100% Timboektoe
Timboektoe rules!
Timboektoe - de filmeditie

De boeken over Timboektoe zijn verfilmd. Kijk op
www.timboektoedefilm.nl.

Vierde druk, 2008

www.carryslee.nl

Tekst © 2007 Carry Slee
© 2007 Carry Slee en Foreign Media Books BV, Amsterdam
Omslagontwerp Marlies Visser
Foto voorzijde omslag Getty Images / Tom Morrison
Ontwerp Carry Slee letterlogo Marlies Visser
Auteursfoto achterzijde omslag Hester Doove
Zetwerk ZetSpiegel, Best

ISBN 978 90 499 2211 5
NUR 284

Carry Slee is een imprint van Foreign Media Books BV,
onderdeel van Foreign Media Group

Proloog

Isa en Kars lopen over het perron heen en weer. De trein uit Parijs kan elk moment binnenrijden. Al hun Nederlandse vrienden zitten erin. Behave Justin en Annabel, die zijn gisteren al aangekomen.

De moeder van Justin had hen gebracht. Justin sprong uit de auto toen hij Isa zag. Vanaf de kerst hadden ze elkaar niet meer gezien.

De verkering van Kars en Annabel is ook nog steeds aan. Kars gooide het achterportier open toen de auto de camping op kwam rijden, tilde Annabel uit de auto en zwierde haar in het rond. En bij Annabel liepen de tranen over haar wangen. 'Ik heb je zo gemist...'

'Daar komt de trein!' roept Isa. 'Wat wappert er nou uit het raam?'

Als de trein dichterbij komt, zien ze het. 'Dat is de Timboektoe vlag!' roept Kars. 'Wat zijn het toch een stelletje gekken.'

Romeo en Stef stappen uit.

'Attentie, attentie,' zegt Romeo terwijl hij met de vlag zwaait. 'Hier komt de Timboektoe song!' En ze beginnen te zingen.

Alle voorbijgangers kijken naar hen.

'Ze zijn er weer, jongens!' Kars lacht en hij omhelst zijn vrienden. Hij kan bijna niet wachten tot ze weer met zijn allen zijn. Isa en hij hebben hun tenten gisteren al opgezet.

Een paar dagen later komen hun andere vrienden ook aan.

'We konden geen andere vakantie plannen,' zegt de moeder van Edgar en Brian als ze uit de auto stapt. 'We moesten hier-heen.'

De moeder van Nona knikt. 'Zo ging het bij ons ook.'

Als Kylian een dag later arriveert, is de crew compleet.

1

'Wat is dit toch een maf dorp,' zegt Kars als hij de lampenwinkel uit loopt. 'Ze hebben niet eens schijnwerpers. "We kunnen het wel voor je bestellen",' doet hij de eigenaar na. '"Hoe lang duurt dat, meneer?" "Een maand." Lekker vlot, hè?'

'Daar hebben we dus niks aan,' zegt Kylian. 'Over drie weken wordt de grot opengesteld.'

De vrienden knikken trots. Daar zijn ze speciaal voor gekomen. Vorig jaar zomer hebben ze het onderaardse gangenstelsel ontdekt. Toen ze hoorden dat het uitkwam op Timboektoe, was het helemaal feest! En nu, een jaar later, wordt het geopend.

'En de stroboscoop? Hadden ze die wel?' vraagt Kylian.

'Dat heb ik niet gevraagd,' zegt Kars. 'Als ze niet eens schijnwerpers op voorraad hebben…'

'Dan moeten we toch naar de stad,' zegt Romeo.

Isa en Annabel komen enthousiast aangehold.

'In de papierwinkel hebben ze gekleurd karton voor de affiches. Alleen geel en rood en blauw. Doen?'

'We gaan toch naar de stad,' zegt Kylian. 'Er is hier geen schijnwerper te krijgen. Het karton kunnen we daar ook wel halen. Ik weet zeker dat je in de stad meer keus hebt.'

'Dan moeten we nu gaan,' zegt Romeo. 'Voor we terug zijn, is het middag.'

De anderen zijn het met hem eens.

'Opschieten,' zegt Kars. 'Ik wil wel dat er vanmiddag een paar schijnwerpers in onze grot hangen.'

Hij kijkt om zich heen. 'Waar is Edgar eigenlijk?'

'Daar!' Isa wijst naar de hoek van de straat. 'Hij staat met Sophie te praten.'

'Hallo!' roept Romeo. 'We gaan!'

'Edgar!' roept Isa als hij maar blijft staan. 'Wat moet hij nou met die Sophie?'

'Even kletsen,' zegt Kars. 'Verboden?'

'Ja hoor, even kletsen,' zegt Isa lachend. 'Zeker in het Frans. Hij hoort ons niet eens.'

'Jij wilt er weer een romance van maken, zusje. Edgar is heus niet gek. Sophie heeft verkering met Alain, dat weet hij ook wel.'

'Ik snap niet wat ze in die gast ziet,' zegt Stef. 'Vorige zomer was hij met zijn vrienden op het Love Island, weet je nog? Toen hadden we bijna ruzie met hem. Ze zaten ons maar te fokken. Ik ben blij dat Jules ons voor hen had gewaarschuwd, anders was het vast matten geworden.'

'Ik was weer eens verstandig,' zegt Romeo.

'Hij wel.' Ze moeten allemaal lachen. 'Man, hoe kom je erbij? We moesten je tegenhouden, anders was het misgegaan. Die Alain is echt een ruziezoeker.'

'Hij zit bij ons op school,' zegt Kars. 'Alain is nog niet eens de ergste. Die hele groep kun je beter te vriend houden.'

'Edgar... we gaan weg!' brult Isa.

'Laat hem maar,' zegt Kars als Edgar weer niet reageert. 'Hij heeft ons heus wel gehoord. We gaan gewoon de bus in. Zul je zien hoe snel hij hier is.'

'Dat denk ik ook, hij heeft heus geen zin om te lopen.' En Kylian maakt de bus open.

'Nou, start eens!' zeggen ze als ze in de bus zitten. 'Die komt als een speer hierheen, wedden?'

Ze vergissen zich. Edgar heeft echt niks in de gaten.

Hij wordt helemaal opgeslokt door Sophie. Edgar weet niet

wat hem overkomt. Een paar dagen geleden, toen ze met z'n allen uit waren, zag hij Sophie voor het eerst. Hij werd in één klap betoverd. En dat terwijl Alain een arm om haar heen had geslagen. Zoiets heeft hij nog nooit voor een meisje gevoeld. Hij werd helemaal dronken van verliefdheid. Anders kijkt hij nooit op die manier naar meiden die al verkering hebben. Maar zijn ogen werden gewoon haar kant op gezogen. En Sophie keek ook naar hem. Hij zag dat ze bloosde. Dit moet ik niet doen, dacht hij en hij ging meteen weg. Maar sinds die ontmoeting heeft hij elke seconde aan haar gedacht. Of hij nou wil of niet, ze zit maar op zijn netvlies. Hij droomt zelfs van haar. Hij had zich voorgenomen gewoon door te lopen als hij haar ooit weer zou tegenkomen.

En nu was hij zowat tegen haar opgebotst. Hij kon helemaal niet doorlopen. Hij stond als aan de grond genageld en meteen was de betovering er weer. Sophie bleef ook staan. Midden op de stoep.

Edgar voelde zich niet eens opgelaten: het leek zo vertrouwd, alsof ze echt bij elkaar hoorden. Hij had verteld dat hij met zijn vrienden aan het shoppen was en wilde toen doorlopen. Maar Sophie was daarvan geschrokken en vroeg of hij nog even wilde blijven.

'Ik eh… ik was al bang dat ik je niet meer zou zien,' had ze gezegd.

Wat sta je haar nou aan te gapen, denkt Edgar. Wat moet ze wel niet denken? Je lijkt wel een stalker.

'Ben je hier op vakantie?' vraagt Sophie.

'Ja,' zegt Edgar. 'En ook weer niet.' Half in het Frans en half in het Engels vertelt hij over Timboektoe waar ze elk jaar kamperen. En dat hij bevriend is geraakt met Kars, de zoon van de eigenaar.

'Hoor je daarbij?' vraagt Sophie. 'Timboektoe… daar is

toch vorig jaar dat onderaardse gangenstelsel ontdekt? Ik herinner me nog dat het op het nieuws was.'

'Daarom zijn we nu zo druk,' zegt Edgar. 'Alle vergunningen zijn er. De grot wordt over twee weken geopend. Dat moet natuurlijk een knaller worden.'

'Timboektoe schijnt een heel gave camping te zijn,' zegt Sophie. 'Jullie hebben daar toch ook een Love Island?'

Edgar knikt. 'En onze super disco CU. Het Love Island is een groot succes. Het zit vol jongeren. We sparen voor neopreen pakken en bodyboards.'

'Hydrospeed!' zegt Sophie. 'Dat is gaaf!'

Edgar knikt trots. 'Misschien hebben we het deze zomer al. Het wordt echt een knaller. Wij zitten aan het snelstromende gedeelte van de rivier.'

Edgar kijkt maar naar Sophie. Je ogen, je lippen, alles is even mooi aan je, denkt hij. Als je geen verkering had dan wist ik het wel. Eigenlijk is het stom dat hij met haar praat. Hij had wél moeten doorlopen. Wat moet hij hier nou mee? Hij is zichzelf maar aan het kwellen. Straks zoent ze weer met Alain.

Egar wil weglopen, maar het gaat niet. Hij kijkt maar naar haar ogen. Wat kijkt ze lief. Die blik... hij verdrinkt erin. Edgar had nooit gedacht dat hij zoiets zou durven, maar ineens pakt hij haar hand. Zijn hart maakt een sprongetje. Ze laat het toe...

Als hij over haar schouder kijkt, ziet hij een jongen. Hij kijkt naar hen.

'Ken je die jongen?' vraagt Edgar.

Sophie draait haar hoofd om. Dan laat ze van schrik zijn hand los. 'Dat is Paul, een vriend van Alain. Ik eh... ik moet gaan.' En ze loopt weg.

Edgar ziet haar de hoek omlopen. Wat staat hij hier nou? Hij laat haar zomaar vertrekken, dat kan helemaal niet. Maar als hij haar achterna wil gaan, ziet hij hoe vuil Paul naar hem kijkt en hij blijft staan. Wat wil je nou, zegt hij tegen zichzelf. Ze heeft toch verkering?

Nu denkt hij pas aan zijn vrienden. Waar zijn ze eigenlijk? Zijn ogen glijden over het plein. Hij ziet niemand en het busje staat er ook niet meer. Shit! Ze zijn gewoon zonder hem vertrokken. Dat is lekker! Dan kan hij zeker dat hele eind lopen. Mooi niet. En hij haalt zijn mobiel uit zijn zak.

Nog geen tel later schettert de Timboektoe ringtone door de bus.

'Ah, onze vriend!' roept Kars en hij drukt zijn mobiel aan. 'Lekkere wandeling?'

'Dat flik je toch niet!' roept Edgar. 'Jullie zijn me vergeten!'

'Vergeten?' roept Kars uit. 'Hij denkt dat we hem zijn vergeten!' brult hij door de bus.

Edgar hoort een lachsalvo.

Romeo rukt de mobiel uit Kars' handen. 'Tien keer hebben we je geroepen, man, maar je kwam niet.'

Edgar schrikt: zo erg is het dus met hem.

'Zullen we je dan maar op komen halen?' Kars heeft zijn mobiel weer terug.

'Natuurlijk komen jullie me halen, ik sta op het plein.' En Edgar verbreekt de verbinding.

'Nee, hè!' roept Romeo als Edgar de bus instapt. 'Nou snap ik waarom je ons niet hebt gehoord. Je bent hartstikke verliefd, man.'

'Hoezo?' Van Edgar hoeven de anderen het niet te weten.

'Kijk eens naar je face?' Stef lacht. 'Het druipt ervanaf.'

'Zie je wel dat hij verliefd is,' zegt Isa. 'Dat zei ik toch? Hij hoorde ons niet eens. En Kars maar beweren dat je alleen maar stond te kletsen. Jongens zijn veel te naïef. Je probeerde haar gewoon te versieren.'

'Wat is dat nou weer voor stoms!' roept Edgar kwaad. 'Ik ga toch geen meid versieren die al verkering heeft. Wat heeft dat nou voor zin.'

'Je zou wel met haar willen,' pest Romeo. 'Zeg maar eerlijk.'

'Ja hoor, als jullie alleen maar kunnen zeiken dan loop ik liever.' Edgar heeft spijt dat hij Kars heeft gebeld.

'Laat die jongen met rust,' zegt Isa. 'Het lijkt wel of je jaloers bent.'

'Ik zit niet op die Sophie te wachten hoor,' zegt Romeo. 'Heb je die twee chica's gezien die eergisteren zijn aangekomen?'

'Simone en Birgit,' zegt Stef.

'Hoe weet jij dat nou?' vraagt Romeo.

'Ik heb even met ze gepraat,' zegt Stef. 'Op zoiets moois stap je toch meteen af.'

'Hij wel,' zegt Romeo. 'Die ene is voor mij hoor, met dat lange haar. Afblijven dus.'

'Ik heet geen Edgar.' Stef zegt het om te sarren, maar Edgar wordt razend.

'Kop dicht jij!' Hij vliegt Stef zowat aan.

Ze kijken op als Kylian heel langzaam gaat rijden. Iedereen begint te roepen als ze zien waar ze langskomen. 'Er is niks meer van die camping Paradiso over. Ze hebben de tent verkocht.'

'Dat schreef ik toch,' zegt Kars. 'Ze hebben de camping met veel verlies moeten verkopen. Die droom dat ze naar Amerika zouden gaan, kunnen ze wel vergeten! Wedden dat ze weer gewoon in Nederland zitten?'

'Nou, die twee krengen zullen we niet missen,' zegt Romeo. 'Valerie en Anouk, wat een heksen. Ze wilden onze camping kapotmaken. Dat is ze dus niet gelukt.'

'Nu de grot wordt geopend, hoeven we nooit meer bang voor concurrentie te zijn,' zegt Kars.

'Over drie weken is het al zover,' zegt Kylian. 'Realiseren jullie je dat wel? Er moet nog heel wat gebeuren. Het lijkt me beter als jullie de taken verdelen.'

'Prima,' zegt Romeo. 'Edgar mag de uitnodigingen in het dorp uitdelen. Er is één vrijkaartje bij. Rara, aan wie hij dat zal geven...'

'Aan Alain natuurlijk,' zegt Stef lachend.

'Hé, daar rijdt Jules.' Kylian toetert. Als Jules stopt, draait Kylian het raampje open. 'Hoe is het met je vader?'

'Ik ga hem nu ophalen,' zegt Jules. 'Ik zie jullie morgen.'

Jules fietst gauw door. Hij wil nu niet over zijn vader praten. Straks gaat hij nog janken. Het is ook zo heftig. Vorige zomer dacht hij nog dat hij zijn vader aan de drank ging verliezen en nu mag hij naar huis. Hij durft het nog steeds niet te geloven, maar het is echt zo. Sinds zijn vader in de ontwenningskliniek zit, heeft hij geen druppel alcohol meer aangeraakt. Vanaf nu gaat Jules ook weer thuis wonen. Hij heeft wel een jaar met zijn hond Frodo op Timboektoe gelogeerd.

Als het maar goed blijft gaan. Jules weet dat hij daar het bangst voor is, dat zijn vader weer gaat drinken. Het is begonnen toen zijn moeder stierf. Zijn vader kon het niet aan. Maar wat is er eigenlijk veranderd als hij straks thuiskomt? Dan is zijn vader nog steeds alleen. Die eenzaamheid kan Jules niet voor hem opheffen. Hé, zegt hij tegen zichzelf. Hou eens op met die zorgen. Het is een feestdag, hoor! Niet zo somber, het komt heus wel goed.

Een paar minuten later zet hij zijn fiets voor de kliniek neer. Hij loopt het hek door en kijkt naar de zware deuren aan het eind van het pad. Hij denkt terug aan de ochtend dat hij zijn vader moest brengen. Het was allemaal zo verdrietig. Vooral toen hij hem daar achter moest laten. 'Jules, ik wil mee...!' Die wanhoop in zijn vaders stem zal hij nooit vergeten. Maar vandaag mag hij mee. Hij gaat hem halen. Zijn vader komt weer thuis!

Jules trekt de deur open en stapt de marmeren gang in. Bij de balie ziet hij zijn vader staan. Klaar om te vertrekken. Hij heeft zijn jas aan en zijn koffer staat naast hem.

'Pap!' Jules rent naar hem toe en slaat twee armen om zijn vader heen. 'Ik ben zo trots op je!'

Zijn vader pakt hem bij zijn schouders en kijkt hem aan. 'Ik heb het aan jou te danken, jongen. Weet je nog dat ik het wilde opgeven?'

Jules knikt.

'Toen zijn we samen naar mama's graf gegaan. Dat heeft me kracht gegeven, Jules!'

'Vanmiddag gaan we weer,' zegt Jules. 'Dan gaan we mama vertellen dat je beter bent.'

'Meneer La Fleur, zal ik een taxi voor u bellen?' vraagt de verpleegster.

'Niks ervan,' zegt Jules' vader. 'Hoe ben jij hier, Jules?'

'Met de fiets.'

'Mooi zo, dan fiets ik en ga jij achterop.'

'Met die koffer?' vraagt de verpleegster.

'Dat koffertje leggen we wel voor in de bak,' zegt Jules.

'Zo is dat,' zegt zijn vader. 'Het komt dik voor elkaar.'

Als ze van iedereen afscheid hebben genomen, pakt Jules zijn vaders hand en lopen ze samen naar buiten.

Jules zit bij zijn vader achterop. Het doet hem denken aan vroeger, toen ze samen naar het sportveld gingen. Dan zat hij ook altijd bij zijn vader achterop. Zijn vader trapt nog net zo fanatiek als toen Jules klein was. Nog een paar straten en dan zijn ze er. Jules verheugt zich erop zijn vader het huis binnen te zien gaan. Hij heeft de kamer versierd.

Op de hoek trapt zijn vader op de rem. Ze staan voor zijn stamkroeg.

'Wat ga je doen?' Jules schrikt. Zijn vader gaat toch niet het café in?

'We gaan even een pastis pakken, jongen,' zegt zijn vader doodleuk. 'Om te vieren dat ik weer thuis ben.'

'Pap! Ben je helemaal gek geworden!' roept Jules uit. Dat gaat niet gebeuren, hij flipt bijna.

'Grapje,' zegt zijn vader lachend. Hij zwaait naar de vrouw achter de bar en rijdt door.

Wat is zijn vader erg! Hij is weer helemaal de oude met die brutale grappen. Jules moet om zichzelf lachen. Dat hij erin trapte. Hij is net zo naïef als zijn moeder was. Die trapte er ook altijd in. Als zijn vader hun straat in fietst, kijkt Jules verrast op. Voor hun huis staat Nona met een bos bloemen. Wat lief van haar! Dit had hij echt niet durven hopen. Toen hij de vorige vakantie hun verkering uitmaakte, was ze heel kwaad. Jules wilde vrienden blijven, maar voor Nona was dat te moeilijk. Hij merkte heus wel dat ze hem ontliep. En nu staat ze daar, net als toen hij zijn vader had weggebracht. Zijn vader is al even verrast.

'Hé, fijne meid!' roept hij.

'Je Nederlands is nog goed, pa,' merkt Jules op.

'Gefeliciteerd!' Nona geeft Jules' vader een kus en daarna omhelst ze Jules.

'Ik ben zo blij voor je.'

'Goed dat je er bent,' zegt Jules. Hij haalt de sleutel uit zijn zak en maakt de voordeur open.

'Nou pa, welkom thuis!'

Zijn vader gaat het huis in en loopt naar de kamer. In de

deuropening blijft hij staan. Hij kijkt naar de slingers, maar ook naar de foto van Jules' moeder op de schoorsteenmantel. Jules heeft er een roos bij gezet.

'Dit is fijn!' Jules hoort dat zijn vaders stem overslaat. Nu komt Nona ook de kamer in. Ze heeft de bloemen in een vaas gezet en zet die op tafel.

'Wat een feest!' zegt Jules' vader. 'Ik denk dat ik me nog een keer laat opnemen, jullie zijn zo lief voor me.'

'Dat doen we maar één keer,' zegt Jules. 'Dus geen grappen.'

Ze zijn nog maar net binnen als er wordt aangebeld. Jules doet open en ziet de oma van Kars en Isa staan.

'Ik kom alleen even langs om iets af te geven,' zegt ze. 'Ik dacht: voor zoiets moois moet ik de camping maar even in de steek laten.' En ze duwt Jules een warme appeltaart in zijn handen.

'Komt u binnen!' roept de vader van Jules. 'Of heeft u geen tijd?'

'Wel even. Voor koffie met appeltaart heb ik altijd tijd.' Oma feliciteert hen en gaat de keuken in om koffie te zetten.

2

Zijn ze er nu al? Edgar schrikt op als Kylian de bus voor de ingang van de grot parkeert. Van de busrit herinnert hij zich niks meer. De hele weg heeft hij aan Sophie gedacht. Die blik in haar ogen. Hij kan haar echt niet zomaar uit zijn hoofd zetten. Daar is hij veel te verliefd voor. Hij moet haar spreken. Hoe weet hij ook niet, maar ze moet weten wat hij voor haar voelt.

Als Romeo de bus uitstapt, geeft hij Edgar in het voorbijgaan een por. 'Aan het werk, man.'

'Hoe laat is het eigenlijk?' vraagt Edgar. Hij heeft geen idee. Hij weet nergens meer iets van, alleen hoe Sophies hand voelde.

'Halftwee.' Kylian maakt de achterdeuren van de bus open.

'Nou, had ik het niet gezegd?' zegt Romeo. 'Ik zei toch dat het middag zou zijn als we terugkwamen. De halve dag is om.'

'Maar we hebben wel alles.' Kars duwt Romeo een schijnwerper in zijn handen. 'Aanpakken.'

'Hé, wat gaan jullie doen?' roept Stef als hij ziet dat Isa en Annabel weglopen. 'Ertussenuit knijpen, hè?'

'Ik wil wel ruilen, hoor,' zegt Isa, 'maar dan moet jij de affiches ontwerpen.'

'Alsjeblieft niet!' roepen de anderen. 'Het is wel de bedoeling dat er iemand op afkomt.'

'Misschien hebben we straks al een opzetje als jullie komen,' zegt Annabel.

'Top!' Kars steekt zijn duim op. 'Zeg meteen even tegen pa dat de bus veilig voor de grot staat. Anders schiet hij weer in de stress.'

'Succes,' zegt Annabel.

Kars geeft haar een zoen.

Ze hebben het zo druk met alle spullen de grot in sjouwen, dat ze niet zien dat Simone en Birgit aan komen lopen. Simone blijft geschrokken staan. 'Zag je dat?'

'Wat? Heb ik iets gemist?'

'Hij zoende die meid!'

'Kars?' vraagt Birgit. 'Sorry, ik lette even niet op. Wie zoende hij?'

'Die Annabel,' zegt Simone. 'Shit!'

Birgit slaat een arm om Simone heen. 'Dat is balen voor je.'

'Dat is het zeker. Jij zei dat Kars vrij was. Hoe kwam je daar eigenlijk bij?'

'Dat dacht ik gewoon,' zegt Birgit.

'Had je die Annabel dan niet gezien?'

'Natuurlijk wel,' zegt Birgit. 'Maar wie gelooft nou dat zo'n lekker ding met zo'n ukkie gaat?'

'Dat heb ik weer,' zegt Simone. 'Altijd als ik op een jongen val, heeft hij verkering.'

'Je vindt hem echt leuk, hè?' zegt Birgit.

'Hartstikke leuk,' zegt Simone. 'Ik zag hem vanochtend in het washok. Ik werd knalrood. Er kwam echt geen woord uit, hoor. Maar dat had ook met mijn droom te maken. In mijn droom zoenden we. Shit! Shit! Shit!' Ze trapt een steentje weg.

'Je kunt hem krijgen,' zegt Birgit.

'Hoe dan?' vraagt Simone. 'Hij gaat toch met haar?'

'Nou en,' zegt Birgit. 'Pech voor haar.'

'Wat bedoel je?' Simone kijkt haar vriendin verbaasd aan.

'Als jij hem wilt hebben, dan zorgen we toch gewoon dat dat gebeurt.'

Simone geeft haar vriendin een duw. 'Doe niet zo maf.'

'Ik zou niet weten wat erop tegen is,' zegt Birgit. 'Wil je hem hebben of niet?'

'Natuurlijk wil ik hem wel,' zegt Simone. 'Ik val gewoon op die gast.'

'Zeur dan niet,' zegt Birgit. 'Dan bedenken we toch gewoon een plan.'

'Toch niet om die twee uit elkaar te krijgen, hè?' zegt Simone.

'Wel.'

'Dat doe ik niet hoor,' zegt Simone. 'Zo krengerig ben ik niet. Dat is pas echt vals.'

Birgit lacht haar uit. 'Wat nou, doe niet altijd zo heilig. Het is toch vakantie? Je moet toch gewoon een goede tijd hebben?'

Simone kijkt naar Kars die maar heen en weer loopt. 'Ik vind het zo'n stuk,' fluistert ze.

'Je kunt hem krijgen, hoor,' zegt Birgit zachtjes. 'Als we ons best doen, hebben jullie over een paar dagen verkering.'

'Dat vind ik zielig voor Annabel.'

'Nou en, jij hebt toch ook weleens pech? Dan neemt ze een ander. Misschien was het sowieso wel uitgegaan. Jij bent zo serieus. Weet je nog op het schoolfeest? Toen ging Sanne ineens met Wouter zoenen, onder Margots neus.'

'Margot moest wel huilen,' herinnert Simone zich. 'Alsof dat zo leuk was.'

'Ze huilde maar heel even,' zegt Birgit. 'Een week daarna had ze alweer een ander. Toen zei ze nog dat ze op haar nieuwe vriend veel verliefder was.'

Simone knikt. 'Dat is zo.'

'Dus?'

'Ik weet het niet,' zegt Simone.

'Kom op!' Birgit pakt Simones hand en trekt haar mee naar de ingang van de grot. 'We moeten eerst weten of je echt wel heel erg op hem valt.'

'Hai,' zegt Kars als ze langslopen. Simone wil iets terugzeggen, maar ze kan geen woord uitbrengen.

'Hallo,' zegt Birgit gauw. 'Kunnen we jullie soms ergens mee helpen?'

Romeo valt bijna van de trap als hij de meiden ziet. 'Au!' Kreunend grijpt hij naar zijn hals. 'Jullie komen als geroepen. Ik verrek net een spier. Misschien willen jullie mijn schouders masseren?'

Kars en Edgar kijken elkaar aan. Wat is hun vriend toch erg! Maar Simone en Birgit moeten lachen. 'Kom maar van die trap af,' zeggen ze.

'Shit!' roept Kylian, die boven op een ladder staat. 'Er zitten geen haken bij die schijnwerpers.'

'Lekker stom,' zegt Kars. 'Dan zal er iemand naar het dorp moeten.'

Birgit stoot Simone aan. Simone weet wat haar vriendin bedoelt. Als Kars naar het dorp gaat, gaan zij ook gauw. Maar ze hebben pech.

'Moet er iemand naar het dorp?' Edgar denkt meteen aan Sophie. 'Ik ga wel. Mag ik jouw crossfiets even lenen? Goed voor mijn body.' Hij denkt dat het wel stoer staat als hij Sophie tegenkomt.

'Als je 'm maar wel op slot zet,' zegt Kars. 'Mijn crossfiets is mijn allessie.'

'Dat zal ik tegen Annabel zeggen,' zegt Stef.

'Vertel het maar gerust,' zegt Kars. 'Ze wordt heus niet kwaad.'

'Volgens mij hebben jullie nooit ruzie,' zegt Stef.

'Nee,' zegt Kars. 'Eigenlijk niet.'

'Wat bijzonder,' zegt Birgit schijnheilig en ze kijkt Simone aan. Die schiet van de stress bijna in de lach. Snel kijken ze naar Romeo die de ladder afkomt.

'Hij doet het echt!' gilt Birgit. 'Hij trekt echt zijn T-shirt uit!'

Nu ziet Simone het ook. Gierend van de lach rennen ze de grot uit.

'Dat doe je lekker,' zegt Stef. 'Ik dacht dat je die Birgit wou versieren. Je hebt hen alleen maar weggejaagd.'

'Kan ik er wat aan doen?' zegt Romeo. 'Dat heb ik nou altijd. De meiden schrikken gewoon van mijn gespierde body. Moet je zien hoe breed ik ben, en wat een spierballen. Schwarzenegger is er niks bij.'

'Boor jij nou maar een paar gaten,' zegt Kylian, 'dan kunnen we zo de schijnwerpers ophangen.'

'Hoe zit het met het snoer, Kars?'

'Ik krijg die fitting niet los,' antwoordt Kars.

Kylian pakt de lamp. 'Daar heb je een heel kleine schroevendraaier voor nodig,' zegt hij. 'Voor in de bus ligt er nog een.'

'Haal dan meteen iets te drinken,' zegt Stef. 'Ik barst van de dorst.'

Kars loopt naar buiten.

Simone knijpt in Birgits hand. 'Daar heb je 'm!' Dromerig kijkt ze Kars na.

3

De hele ochtend maakt Jules' vader grapjes, maar als iedereen weg is, kijkt hij ineens heel ernstig. 'Ik moet je iets vertellen, jongen. Je weet dat ik de antiekwinkel moet verkopen. Het is te eenzaam en dan val ik zo weer terug.'

Dus toch, denkt Jules. Hij had gehoopt dat zijn vader van gedachten was veranderd. 'Je gaat werk zoeken.' Als zijn vader maar iets in de buurt vindt.

'Ik heb werk,' zegt zijn vader.

'Echt?' roept Jules uit. Hij is opgelucht. Als zijn vader vanuit de kliniek heeft gesolliciteerd, kan het niet ver zijn.

'Waar?'

'Ik mag bij oom Charles in de houtzagerij werken,' zegt zijn vader. 'Het is niet ideaal, maar het is tenminste iets.'

Gaat zijn vader bij oom Charles werken? Jules schrikt heel erg. 'Maar dat is helemaal in de Morvan!' Op slag slaat de paniek toe. Timboektoe... zijn school, zijn vrienden: dan is hij alles kwijt...

'Maak je maar geen zorgen, volgens oom Charles is daar ook een goede school. Ik ben zo blij dat hij me wil helpen.'

Jules slikt een paar keer. 'Het is wel fijn voor je,' zegt hij. Zelf gelooft hij er niet in. Hoe kan zijn vader nou gelukkig worden in een houtzagerij in de Morvan. Alsof oom Charles zo aardig is. Dan moeten ze zeker ook bij oom Charles wonen. Het voelt als een nachtmerrie. En hoe moet het met Frodo? Zijn oom en tante hebben een hekel aan honden. Hij heeft zin om iets in elkaar te trappen. Maar hij wil niet dat zijn vader merkt hoe erg hij het vindt. Als het goed is voor zijn vader, dan moet het.

Zijn vader heeft wel in de gaten dat Jules ervan in de war is. Zijn zoon ziet spierwit. Hij begint expres over de camping. 'Hoe is het op Timboektoe?'

'Goed,' zegt Jules. 'We zijn nu druk bezig met het gangenstelsel. Wil je de grot soms zien?'

'Graag,' zegt zijn vader. 'Je weet dat het een hobby van me was. Ik heb alle grotten in de omgeving bezocht.'

'Je las er ook over,' zegt Jules.

Zijn vader knikt. 'Ik heb jou altijd de verhalen verteld, maar jij had niet echt interesse.'

'Nee,' zegt Jules. 'Als Brian je zoon was, had je er meer lol van gehad. Hij zit altijd in de grot. Hij wil archeoloog worden.'

'Ik ben blij met jou, jongen, dan geef je maar niet om die verhalen.' Zijn vader slaat een arm om hem heen. 'Zullen we?'

Als Jules met zijn vader de camping op fietst, komen Ad en Hanna naar hen toe.

'Gefeliciteerd!'

'Is Brian er? Mijn vader wil een rondleiding door de grot,' zegt Jules.

'Leuk dat u de grot komt bekijken,' zegt Ad. 'Het is onze trots. We zijn er zo druk mee. Over twee weken is de opening. Ik hoop dat ik Brian kan vinden.'

'Brian en Justin staan achter de bar op het Love Island,' zegt oma.

Jules drukt Brians nummer in. 'Hai,' zegt hij. 'Je moet Justin even alleen laten, mijn vader wil de grot zien.'

Binnen de kortste keren is Brian bij hen. Hij steekt zijn hand uit naar Jules' vader. 'Gefeliciteerd, meneer.'

'Dank je wel, jongen. Dus jij bent de ongekroonde koning van het onderaardse gangenstelsel.'

Brian lacht bescheiden. 'Ik doe mijn best.'

'O ja,' zegt Ad, 'ze zijn wel in de grot aan het werk.'

'Van ons zullen ze geen last hebben,' zegt Jules' vader. Samen met Brian loopt hij in de richting van de grot. Jules gaat niet mee. Hij kent de grot wel. Hij gaat liever even naar het Love Island om Justin te assisteren. Frodo komt aangerend en springt blij tegen zijn baasje op. Wat ben je hier toch gelukkig, denkt Jules. Als hij zijn hond aait, denkt hij meteen weer aan het bericht van zijn vader. Hoe gaat hij het redden zonder zijn vrienden?

Oma kijkt bezorgd naar Jules. 'Je ziet er bedrukt uit, jongen, je maakt je toch geen zorgen over je vader, hè? Ik vind dat hij er heel sterk uitziet. Hij gaat niet zomaar weer drinken.'

'Dat is het niet,' zegt Jules. 'We... we gaan verhuizen naar de Morvan. Mijn vader kan werk krijgen bij mijn oom in de houtzagerij.' Nu hij het aan oma vertelt, voelt hij de tranen komen. Hij bijt op zijn lip. 'Ik zal u zo missen,' zegt hij. 'Ik zal iedereen missen...'

Hij ziet dat oma ook schrikt van het bericht. 'Dat is heel wat, jochie,' zegt ze. 'Maar je bent niet van de aardbodem verdwenen. Frodo en jij komen in de vakanties lekker hierheen, lijkt je dat wat?'

Jules knikt. Het is heel lief gezegd van oma, maar toch wordt het anders als hij hier niet meer woont. Heel anders.

'Hè, hè!' zeggen ze als Kars na een halfuur met cola terugkomt. 'We zijn uitgedroogd, man.'

'Ik heb een man en een vrouw geholpen met hun tent. Ze hadden nog nooit gekampeerd. Als je dat zag.' Kars lacht.

'Staat-ie nu?' vraagt Kylian.

'Nee, maar de vader van Marco kwam te hulp. Nou, dan komt het wel goed. Shit, vergeet ik nog de schroevendraaier uit de auto te halen.' En Kars holt de grot uit.

'Kijk eens wat ik hier heb?' roept Kars als hij weer terug is en hij houdt een zak op. 'De haken. Ze lagen nog in de bus.'

'Lekker handig,' spot Kylian. 'Daar hebben we Edgar helemaal voor naar het dorp gestuurd.'

'Dat is wel goed voor hem,' roept Romeo boven het geluid van de boormachine uit. 'Kan hij zijn hormonen er een beetje uittrappen.'

'Hè ja, ga jij dan ook even fietsen,' zegt Kars. 'Die Simone en Birgit hebben voor de rest van hun leven een trauma door jouw seksistische actie.'

'Zal ik Edgar maar even bellen?' stelt Stef voor.

'Lijkt me heel handig,' zegt Romeo. 'Daar ligt zijn mobiel.'

'Wat een sukkel, wie laat zijn mobiel nou hier.' Kars gaat weer aan het werk.

'Zo, dat snoer zit eraan!' roept hij na een tijdje. Hij geeft de schijnwerper aan Kylian.

'Daar komt-ie jongens! Let op!' Kylian sluit de schijnwerper op het aggregaat aan. Nog geen tel later schijnt er een geheimzinnig groen licht door de grot.

'Gaaf!' Ze beginnen te klappen. 'Dit wordt echt top!'

'Wauw!' roepen Nona, Annabel en Isa als ze de grot inkomen.

'En dit is nog maar één schijnwerper,' zegt Kylian. 'Ik heb 'm even op het aggregaat aangesloten om het effect te zien.'

'Geweldig met die groene kleur!' Annabel kijkt de grot rond. 'En hier lopen de bezoekers alleen maar doorheen. Eigenlijk zonde. Moet je zien wat een inspirerende ruimte. Ik krijg zin om te swingen.'

'Precies!' zegt Isa. 'Weet je wat we moeten doen? We moeten hier een of andere flitsende show maken, op waanzinnig goede muziek.'

Iedereen is meteen enthousiast. De ideeën rollen er zo uit.

'Elke zaterdagavond voorstelling, om een uurtje of tien.'

'En dan nemen we ze daarna meteen mee naar CU.'

'Hé, als dat niet cool is?'

Ze kijken Kylian aan. 'Jij bent onze activiteitenbegeleider.'

'Niks ervan,' zegt Kars. 'Kylian wás onze activiteitenbegeleider: vanaf nu is hij een van onze topdansers. Als er één goed
in is, ben jij het wel.'

'En Annabel,' zeggen ze.

'Ik ga hier niet zomaar dansen hoor,' zegt Annabel.

'Natuurlijk wel,' zegt Romeo. 'Jullie met z'n drietjes, dat
wordt echt gaaf! Wedden dat we elke zaterdagavond uitver-
kocht zijn?'

'Wie is die derde dan?' vraagt Annabel.

'Edgar natuurlijk,' zegt Romeo. 'Dat is echt een meester.
Heb je hem laatst gezien? Hij danste zomaar voor de lol in de
kantine. Iedereen keek.'

'Wat een *amazing* plan!' roept Kars. 'Dit moeten we echt uit-
werken.'

'Ik wil wel helpen met de choreografie,' zegt Kylian. 'Daar
heb ik ervaring mee. Wat denken jullie trouwens van Brian?'

'Vraag het hem,' zegt Nona. 'Ik zag hem net met Jules' vader
de grot uitlopen. Je kunt het proberen, maar ik denk niet dat
hij het doet. Daar is hij veel te verlegen voor.'

Ze zien het helemaal voor zich. Elk weekend een flitsende
show.

'Stef en ik gaan wel proppen,' zegt Romeo.

'Eigenlijk moeten we voor de kleintjes ook wat doen,' zegt
Isa.

'Zeker 's avonds om tien uur,' zegt Stef.

'Nee sukkel, 's middags. Dat is hartstikke cool. Zoiets als…
zoiets als…'

'Kabouter Plop,' zegt Romeo.

'Yes! Helemaal geweldig!' roepen de meiden. 'En alles wat we er extra mee verdienen, gaat bij het geld voor onze Hydrospeed. Dan redden we het misschien nog deze zomer.'

'Dan wil ik ook wel meedoen,' zegt Nona.

'Ik ook,' zegt Isa. 'Het lijkt me gaaf! En dan ben jij Kabouter Plop.' Ze slaat een arm om Romeo heen.

'Dan hebben we wel een probleem,' zegt Romeo. 'Een groot probleem.'

'En dat is?'

'Hebben jullie weleens een superaantrekkelijke, gespierde, sexy kabouter gezien?'

'Jij bent onze kabouterhunk!' roept Isa. 'Je doet het, hè? Je bent er helemaal geschikt voor. Romeo de kabouterhunk. Jij wordt een hype. Wedden dat de kinderen er niet eens meer in kunnen? Het zit propvol meiden.'

'Dan doe ik het,' zegt Romeo.

Edgar is bijna bij het dorp. Hij kan niet wachten Sophie te zien. Hij is van plan haar mobiele nummer te vragen, dan kan hij haar tenminste bellen of sms'en. Hij laat haar niet zomaar gaan; dan heeft ze maar verkering. Hij wil best wachten tot het uit is. Al duurt het een heel jaar, hij moet haar hebben. Nu snapt hij pas hoe het voelt als je echt verliefd bent. Hij heeft zo vaak een meisje gehad en als de lol eraf was, maakte hij het weer uit. Maar als hij eenmaal met Sophie gaat, wordt dat wel anders. Voor haar wil hij zo in Frankrijk komen wonen. Als het aan hem ligt, trekt hij bij Kars en Isa in en gaat hij na de vakantie met hen mee naar school. Als hij maar in haar buurt is.

Edgar crost over de heuvel. Kars heeft gelijk, zijn mountainbike is echt gaaf. Hij is nog nooit zo snel in het dorp geweest. Als hij het centrum in fietst, voelt hij zijn hart tekeergaan. Hij wordt helemaal maf bij de gedachte dat hij Sophie zomaar tegen kan komen. Als hij haar ziet, moet hij zich echt inhouden. Het liefst zou hij zijn fiets neersmijten, haar optillen en met haar over het plein dansen. Maar dan krijgt hij echt problemen met Alain. Logisch toch, een of andere mafkees gaat ervandoor met je meisje. Dat zouden ze hem ook niet hoeven flikken. Helemaal niet als hij verkering met Sophie heeft. Hij krijgt nu al heel lelijke gedachten als hij bedenkt dat iemand haar wil afpikken. Maar zover is het nog niet. Hij heeft nog geen vijf minuten met haar gepraat. Ze weet niks van hem, niet eens hoe hij heet. Alleen dat hij op Timboektoe kampeert.

Hij rijdt het plein op en dan slaat zijn hart over. Daar staan ze, hij ziet de groep van Alain.

Zou ze erbij zijn? Edgar trapt expres heel langzaam om goed te kunnen kijken, maar hij ziet Sophie niet. Die Paul is er wel. Hij stoot Alain aan als hij Edgar ziet. Edgar steekt gauw zijn hand op. Maar Alain steekt zijn middelvinger omhoog. Edgar heeft geen zin in ruzie. Hij doet net of hij het niet ziet en rijdt door.

Balen dat Sophie er niet is. Hij kan natuurlijk wel even in het dorp kijken. Laat hij eerst maar de haken halen, dan is dat geregeld. Als hij Sophie echt tegenkomt, vergeet hij dat vast. Hij zet zijn fiets voor de ijzerwinkel. In zijn hoofd klinkt de stem van Kars: 'Als je 'm maar wel op slot zet.' Edgar stopt het sleuteltje in zijn zak en gaat de winkel in. Gelukkig hebben ze wat hij nodig heeft: binnen een paar minuten staat hij weer buiten. Hij weet dat zijn vrienden op de haken wachten, maar hij heeft zo hard gefietst dat hij best nog even op onderzoek uit kan gaan in het dorp. Eerst wil hij zijn fiets meenemen, maar dan laat hij hem toch maar staan.

Edgar doorzoekt het hele dorp. Alle terrasjes gaat hij af, maar hij ziet Sophie nergens.

Het ergste is dat hij ook niet weet waar ze woont. Hij weet niks van haar, alleen dat ze het mooiste en aantrekkelijkste meisje van de wereld is en dat ze Sophie heet. Opeens realiseert hij zich wat dat betekent. Als hij haar nooit meer tegenkomt, wat dan? Hij schiet meteen in de stress. Het kan niet, denkt hij. Hij moet haar nog een keer zien. Als hij haar echt niet meer kan vinden, zet hij een advertentie in het plaatselijke krantje. Hij weet niet wat hij dan allemaal gaat doen, misschien belt hij wel overal aan. Hij moet om zichzelf lachen. Je gaat wel ver, denkt hij. Wie had kunnen denken dat je dit allemaal voor een meisje over zou hebben? En je kent haar nog niet eens. Misschien is ze wel een bitch. Maar Edgar weet het zeker. Haar houding, die zachte ogen: ze is het liefste meisje dat er bestaat.

Hij denkt aan Jules. Jules kent het hele dorp. Hij woont hier al zijn hele leven. Hij weet vast wel waar hij Sophie kan vinden. Maar dan zal hij het hem wel moeten vertellen. Nou en, geen probleem, Jules durft hij wel in vertrouwen te nemen, dat is zo'n goede gast. Hij voelt zich een stuk rustiger. In elk geval komt het goed: hij krijgt Sophie nog te zien, dat weet hij nu.

Hij hoort de torenklok slaan. Hij moet terug. Het heeft toch geen zin om hier rond te hangen, ze is er gewoon niet en in de grot zitten ze op de haken te wachten. Hij vloekt als hij bij de fiets komt. De banden staan plat. Een of andere zeikerd heeft de ventielen er vast uit getrokken. 'Shit!' zegt hij dan hardop. Was het maar waar. Waren de ventielen er maar uitgetrokken, dan was het zo verholpen. De banden zijn lekgestoken.

4

'En?' vraagt Birgit als ze met Simone van het Love Island komt. 'Ben je verliefd genoeg?'

'Ik ben hartstikke verliefd,' zegt Simone. 'Maar hij heeft Annabel. Ik heb gewoon pech.'

'Dus je wilt er niks aan doen?' vraagt Birgit.

'Ik ga niet stoken,' zegt Simone, 'alleen maar omdat ik verliefd ben.'

'Jammer,' zegt Birgit. 'Het zou hartstikke gezellig zijn. Twee verliefde stelletjes.'

'Waar heb je het over?' Simone kijkt Birgit aan. 'Nee, hè?' Ze lacht. 'Jij bent ook verliefd. Ik dacht net al zoiets te merken. Op die Romeo zeker.'

Birgit knikt stralend. 'Dat vind ik nou echt een hunk. Hij vindt mij ook leuk, dat zag ik wel. Het zou zo gaaf zijn. Met z'n viertjes op het Love Island. Zie je het voor je? Ik met Romeo en jij met Kars. Dat is pas echt vakantie. Superromantisch. Dan hebben we heel wat te vertellen als we weer op school komen. Maar ja, jammer genoeg vind jij er niks aan. Dan niet.'

'Dat is flauw,' zegt Simone. 'Het lijkt mij ook cool. Maar het kan gewoon niet. Kars heeft iemand.'

'Dat heb ik toch gezegd. Het is echt een fluitje van een cent, het is zo uit tussen die twee. Doe het anders voor mij. Ik vind er niks aan als ik met Romeo ben. Wat moet jij dan? Ik ga jou niet in de steek laten voor een jongen. We zijn samen op vakantie, hoor. Dat hebben we toch ook afgesproken? Als er één verliefd is, mag die de ander niet laten stikken. En nou zijn we alletwee verliefd. Dat is echt geen toeval. Het kan niet mooier. Het zijn nog twee vrienden ook. Dat leek me altijd zo geweldig. Twee vriendinnen met twee vrienden.'

Simone haalt haar schouders op.

'Je hoeft geen medelijden met die Annabel te hebben. Weet je dat zij hem ook heeft afgepikt?'

'Nee,' zegt Simone. 'Dat verzin je maar.'

'Goed dan, maar het is wel een ukkie. Er zijn hier genoeg brugpiepers met wie ze kan. Simoontje, alsjeblieft, wil je het? Jij hoeft niks te doen, ik bedenk alles. Doe het voor je lieve vriendinnetje? Wie vind je nou belangrijker, die Annabel of mij? Echt hoor, eigenlijk verpest je het ook een beetje voor mij.'

Dat werkt. Simone kijkt naar de grond. Even blijft het stil en dan slaat ze haar ogen op. 'Hoe wil je het dan doen? Wil je een jongen zoeken die Annabel gaat versieren?'

'Dat gaat nooit lukken,' zegt Birgit. 'Wat denk je, dat kleutertje is hartstikke trots dat ze zo'n oude jongen heeft. Nee, we moeten haar in de war maken. Ze moet denken dat Kars een ander heeft. We moeten zorgen dat ze helemaal crazy wordt van jaloezie. En dat ze zo veel ruziemaakt, dat Kars er niks meer aan vindt en het uitmaakt. En dan neem jij hem gauw. Ik heb dan al verkering met Romeo. Misschien kan die ons nog wel een handje helpen zonder dat hij het weet. En dan krijgen we de tijd van ons leven met z'n viertjes. Dus je doet het?'

'Oké,' zegt Simone.

'Great!' Birgit valt Simone om haar hals. 'Wacht even,' zegt ze dan. Ze buigt voorover en haalt een bal uit het water. 'Alsjeblieft.' Ze gooit hem naar twee kinderen. Blij rennen ze weg. 'Weer een goede daad gedaan,' zegt ze.

'Weet je,' zegt Simone. 'Jij kunt Annabel wel in de war willen maken, maar misschien is ze helemaal niet jaloers.'

'Dat gaan we dan eerst even peilen,' zegt Birgit. 'Wat dacht je van een test?'

'Heb je dan zo'n test?'

'Nog niet,' zegt Birgit, 'maar die gaan we nu even in elkaar flansen.'

Isa, Nona en Annabel zitten met z'n drietjes in de kantine. Voor hen ligt een blocnote. Af en toe schrijven ze iets op. Ze maken een opzet voor hun kabouteract. Ze zitten vol ideeën, de een vult de ander aan. Ze zijn zo enthousiast bezig, dat ze Birgit en Simone niet binnen horen komen.

'Hallo, mogen we even storen?'

Isa kijkt op. 'Eh, sorry, maar nu liever niet. We zijn aan het werk voor de camping.'

'Maar wij hebben ook een heel gaaf plan voor jullie camping,' zegt Birgit. 'We weten zeker dat je ermee gaat scoren.'

De meiden reageren niet.

'Laat maar,' zegt Birgit. 'Als jullie geen tijd hebben, dan niet.' En ze doen net of ze weg willen gaan.

Isa roept hen terug. 'O, eh... nou ja, als het echt een goed plan is, zijn we er altijd voor in natuurlijk, toch?' Ze kijkt haar vriendinnen aan.

'Logisch.' Nona en Annabel schuiven op zodat Simone en Birgit kunnen zitten.

'Het is voor jullie site,' zegt Birgit. 'Sweetmemory. Daar schrijft iedereen toch van alles op?'

Isa knikt. 'Hij wordt heel goed bezocht.'

'Het kan nog beter,' zegt Birgit. 'Jullie moeten er spelletjes op zetten. Wij komen net van een camping in Spanje en daar hadden ze dat. Je kon allemaal gave tests doen over jezelf. Een van die tests was super! Toch, Simoon?'

Simone knikt.

'Iedereen heeft 'm gedaan,' zegt Birgit. 'Een jaloezietest. Je moest allemaal vragen beantwoorden en daar kreeg je punten voor. Aan het eind kon je dan zelf uitrekenen hoe jaloers je bent.'

'Dat zou ik wel willen weten,' zegt Isa. Annabel en Nona zijn ook enthousiast.

'Zie je wel,' zegt Birgit. 'Bijna iedereen wil dat van zichzelf weten. Wij herinneren ons de vragen nog. Weet je wat een supergoede vraag was? "Als je een vriend hebt en hij laat zijn mobiel bij je liggen, kijk je dan stiekem welke namen hij er allemaal in heeft staan?"'

'Wat goed!' roept Isa. 'Nou, ik wel.'

'Ik ook,' zegt Annabel.

'Ik denk niet dat ik dat zou doen,' zegt Nona.

'Dan ben jij dus niet zo jaloers,' zegt Isa. 'En wij wel.'

'Dat kun je nog niet weten,' zegt Birgit. 'Er zijn nog veel meer vragen. Pas als je de hele test hebt gedaan, weet je hoe je ervoor staat.'

Isa loopt meteen naar de computer. 'Top, we zetten de test er meteen op.'

Edgar staat nog steeds voor de ijzerwinkel als hij tot de ontdekking komt dat zijn mobiel in de grot ligt. Lekker handig weer. Kan hij dat hele eind gaan lopen met die fiets. Daar heeft hij dus echt geen zin in. Jules woont in het dorp, die moet hem redden. Hij wil hem heus wel een lift geven naar de camping. En anders mag hij Jules' fiets wel lenen. In elk geval laat hij Kars' mountainbike hier niet staan. Zo meteen vernielen ze nog meer. Kars vermoordt hem. Hij vraagt wel of hij even bij Jules in de schuur mag staan. Dan haalt hij hem vanmiddag met de Timboektoe bus op.

Met de fiets aan zijn hand loopt hij naar Jules' huis. Hij hoopt dat hij Sophie niet tegenkomt. Als ze hem zo ziet lopen, vindt ze hem vast een loser. Hij kijkt om zich heen, maar Sophie is nergens te bekennen. Edgar zucht opgelucht als hij de straat van Jules inloopt. Ze heeft hem niet gezien. Hij zet de fiets voor Jules' huis en belt aan. Maar er wordt niet opengedaan. Nog een keer drukt hij op de bel, maar Jules is er niet. Balen! Edgar zucht. Er zit niks anders op: hij zal het hele eind moeten lopen. Hij gaat buitenom, dan heeft hij de minste kans dat hij Sophie tegenkomt.

Edgar is nog maar net de straat uit als Jules en zijn vader van de andere kant aan komen rijden.

'Geweldig, dat pas ontdekte grottenstelsel,' zegt Jules' vader. 'En wat weet Brian er veel van. Een prachtig project, hoor.' Ze zetten hun fietsen in de schuur en gaan het huis in.

Jules' vader praat maar door over het gangenstelsel. 'Het wordt echt een succes,' zegt hij. 'Wedden?'

Jules knikt afwezig. Hij is blij voor de Timboektoe crew, maar wat heeft hij eraan? Ze moeten toch verhuizen. Als hij daaraan denkt, krijgt hij meteen weer een rotgevoel. 'Wanneer begin je op de houtzagerij?' vraagt hij.

'Al heel snel.' Zijn vader zet water voor thee op. 'Over twee weken zijn we vertrokken.'

Dan al? Jules schrikt. Dan kan hij niet eens bij de opening van de grot zijn. Er zal nog zoveel komen wat hij moet missen. Hun Hydrospeed... 'Gaan we bij oom Charles in huis wonen?' vraagt hij.

'Voorlopig wel,' antwoordt zijn vader. 'We hebben daar niet zomaar een huis. Het is een hele geruststelling, want dan kunnen we daar de eerste tijd ook eten. Ik heb met tante Juliette afgesproken dat ik haar kostgeld betaal.'

Jules ziet zich daar al zitten, in het donkere kleine huis achter de houtzagerij. Ze zijn er weleens een weekend geweest en dat was al veel te lang voor hem. Hij vond het verschrikkelijk. De beklemmende sfeer. Tante Juliette die maar liep te poetsen. Elk kruimeltje werd opgezogen. Hij was dolblij toen ze weer naar huis gingen. Dat was ook omdat Frodo niet bij hen binnen mocht. Zijn hond moest in de schuur blijven. Hoe zit dat nu eigenlijk? Hij wil echt niet dat Frodo alleen maar in de schuur zit, dan blijft hij daar zelf ook wel. 'En Frodo, pap?' vraagt hij.

Zijn vader wrijft door zijn haar. 'Dat eh... dat is nog een lastig punt, jongen. Frodo kan niet mee. Ik wou vragen of hij zolang op de camping mag blijven.'

'Maar dan moet ik hem missen!' zegt Jules. 'Hoe lang gaat dat wel niet duren?'

'Het is maar tijdelijk, jongen, geloof me. Zodra ik geld genoeg heb om een huis te betalen, halen we Frodo op. Ik weet dat het moeilijk voor je is, maar je moet je schikken.'

Moet hij in dat vreselijke huis wonen waar hij niemand heeft en dan ook nog zonder Frodo? Ze zijn nog nooit één dag uit elkaar geweest. Het vliegt Jules aan. Hij wil niet dat zijn vader het merkt en gaat gauw naar zijn kamer. Frodo rent achter hem aan de trap op. Jules gaat op zijn bed zitten en slaat zijn handen voor zijn gezicht. Frodo likt hem en legt zijn kopje op Jules' knieën. Terwijl Jules zijn hond aait, kijkt hij naar de foto van zijn moeder.

'Sorry, mam,' zegt hij. 'Ik moet blij zijn dat het zo goed met papa gaat, maar ik voel me verschrikkelijk. Hoe kan ik daar nou wonen zonder Frodo? Ik mag daar helemaal niks. Tante Juliette en oom Charles snappen niks van mij. Ik ben daar al mijn vrienden kwijt, mijn school en de camping. Ik mag daar alleen maar keurig in de kamer zitten en dan moet ik Frodo ook nog missen. Niemand die me begrijpt. Het is net of ik

dan schijndood ben. Dan... dan ben ik nog liever bij jou...'
Wat zegt hij nou? Jules schrikt er zelf van.

'We komen net van het Love Island,' zegt Kars als ze de kantine binnenlopen. 'We hebben Justin daar weggejaagd. De bar is gesloten.'

'Druk dat het was,' zegt Justin. 'We hebben de omzet van vandaag nog niet geteld, maar het is heel wat. Hydrospeed gaat ons lukken.'

Kars leest over Annabels schouder wat er op het computerscherm staat. 'Wat zijn jullie nou aan het doen?'

'We doen een jaloezietest,' zegt Annabel.

'Ik heb 'm al gedaan,' zegt Isa. 'Ik scoorde heel hoog.'

'Gefeliciteerd,' zegt Justin.

'Nee, dat is helemaal niet goed,' zegt Isa lachend. 'Hoe hoger de score, hoe jaloerser je bent.'

'Dat jij jaloers was, wist ik al,' grapt Justin.

'Zeg jij maar niks,' zegt Isa. 'Om jou heb ik die poster van Justin Timberlake van mijn muur gehaald, hoor. Je begon er steeds over te zeuren.'

'Dat was een grapje,' zegt Justin. 'Ik ben helemaal niet jaloers.'

'Doe die test dan!' zegt Isa. 'Dan wil ik het weten ook.'

'Moet je luisteren wat een vraag,' zegt Kars. '"Geef jij je vriend een kaartje voor een film waar zijn favoriete filmster in meespeelt?" Jij hebt ja ingevuld.'

'Ja,' zegt Annabel, 'dat zou ik heus wel doen. Ik denk dat ik helemaal niet zo jaloers ben, even optellen.'

'Haha...' lacht Isa als Annabel haar punten heeft geteld. 'Je komt nog hoger uit dan ik.'

'O Kars, je hebt verkering met een jaloers kreng. Waar ben je aan begonnen?' zegt Romeo. Ondertussen kan hij zijn ogen maar niet van Birgit afhouden.

Birgit doet net of ze niets in de gaten heeft. Simone hééft helemaal niets in de gaten: ze staart dromerig voor zich uit. Stel je voor dat Birgit gelijk krijgt en dat ze straks echt verkering met Kars heeft...

'Hebben de dames soms zin in een boottochtje naar ons Love Island?' vraagt Romeo.

'Nee,' zegt Birgit gauw. 'Wij moeten nog een boodschap doen.' En ze trekt Simone mee.

Simone snapt er niks van. 'Waarom wou je dat niet? Is je verliefdheid nu alweer over?' vraagt ze als ze buiten staan.

'Natuurlijk niet,' zegt Birgit. 'Maar hij hoeft niet te denken dat hij me zomaar kan krijgen. Hij mag wel een beetje zijn best doen.'

'Ik snap het al,' zegt Simone grinnikend. 'Jij speelt *hard to get*.'

Birgit moet lachen. 'Laat hem maar lekker zitten, dan wordt het alleen maar spannender.'

'Wat ben jij gemeen,' zegt Simone. 'Nou, als Kars een boottocht met mij wil maken, doe ik het meteen.'

'Kars is een heel andere jongen,' zegt Birgit. 'Die heeft niet zo'n verbeelding. Romeo vindt zichzelf echt een kanjer. Dat ik daar altijd op val hè, op zulke types? Ik vind het supergoed van mezelf dat we niet mee zijn gegaan. Dan waren we even gaan zoenen en had hij me zeker weer gedumpt. Zo is dat soort, hoor. Die tellen gewoon hoe vaak ze in de vakantie hebben gezoend. Ik heb geen zin om daarvoor gebruikt te worden. Hij moet me echt willen.'

'Ik wil Kars echt,' zegt Simone. 'Ik hoop zo dat het lukt. Heb jij gezien wat Annabel invulde?'

'Nergens voor nodig,' zegt Birgit. 'Er kwam uit dat ze echt superjaloers is en daar gaat het om. We gaan ons plan bedenken.' En ze verdwijnen in hun tent.

De test van Birgit en Simone is zeker een succes. Bijna heel de crew heeft 'm gedaan. Zelfs de jongens.

'Nou!' roept Romeo. 'Wie komt er weer als beste uit? Ik dus. Volgens deze test ben ik totaal niet jaloers. Het staat er echt.'

'Dat wil ik zien,' zegt Stef. 'Ja hoor, zo kan ik het ook,' zegt hij als hij op het scherm kijkt. 'Je hebt heel die vraag gedeletet.'

'Natuurlijk ben je kwaad als je vriendin omkijkt naar een ander. Maar dat gebeurt mij niet. Als ik met een meisje ben, heeft ze alleen oog voor mij. Ik heb nou eenmaal de X-factor. Daar kan ik ook niks aan doen.'

'Hij wel. Je maakt anders nog geen vorderingen met die Birgit. Ze wil niet eens met je gaan varen.'

'Je hoorde toch wat ze zei?' zegt Romeo. 'Ze moesten een boodschap doen.'

'Dat was een smoes, man,' zegt Stef. 'Ze moet je gewoon niet. Wedden dat ze hun tent in zijn gevlucht?'

'Dat denk je maar,' zegt Romeo.

'Dan ga ik kijken,' zegt Stef.

'En dan gauw zeggen dat ze in hun tent zitten. Nee mannetje, jou vertrouw ik niet.'

'Ik ga wel,' zegt Isa. 'Dan zijn we tenminste van dat gezeur af.' En ze loopt weg.

'Nou, jongen,' zegt ze als ze een paar minuten later terugkomt. 'Ze hebben dus wel een smoes verzonnen. Ze zitten heerlijk in hun tent.'

Romeo wordt rood.

'Doe jij die test nog maar een keer, met je zogenaamde X-factor.' Stef geeft zijn vriend een duw in de richting van de computer.

Het gaat als een lopend vuurtje over de camping dat je een jaloezietest kunt doen. Marco en Linda, die dit jaar weer op de camping kamperen, staan ook met hun vrienden voor de computer in de rij.

'Een momentje,' zegt Kylian. 'Ik moet nog één vraag beant-woorden, dan zijn jullie.'

'Ik ben dus het meest jaloers van de hele crew,' zegt Kylian even later, als iedereen zijn punten heeft opgenoemd.

'Dat weet je nog niet,' zegt Kars. 'Jules heeft de test nog niet gedaan en Brian en Edgar ook niet. Waar is die gast eigenlijk?'

'Hij zou haken halen,' zegt Kylian, 'maar hij had allang terug moeten zijn.'

'Die staat natuurlijk weer met die Sophie te praten,' zegt Romeo.

'Zo lang? Hij is al uren weg!'

Op dat moment gaat de deur van de kantine open. Edgar komt binnen.

'Hè, hè, waar heb jij gezeten?'

'Ik heb dat hele pokkeneind moeten lopen,' verzucht Edgar.

'Heb je een lekke band? Waarom heb je dan niet een pomp bij Jules gehaald?' vraagt Kylian.

'Die was er niet,' zegt Edgar. 'Maar oppompen had toch geen zin. Ze zijn echt lek.'

'Alletwee de banden?' Kars loopt naar buiten. 'Shit,' zegt hij, 'ze zijn lekgestoken.'

Edgar knikt. 'Het is voor de ijzerwinkel gebeurd. Ik was maar heel even weg, de suckers.'

'Ik denk dat ik wel weet wie dat gedaan heeft,' zegt Romeo. 'Die Alain.'

Edgar schrikt. 'Denk je dat echt?'

'Ja man, wat wil je nou? Jij hebt zijn meissie proberen te ver-sieren. Je weet toch met wie je te maken hebt?'

'Je weet niet zeker of Alain erachter zit,' zegt Kars. 'Dat denk je alleen maar.'

'Toen ik aan kwam fietsen, stonden ze wel op het plein,' zegt Edgar.

'Zagen ze je?' vraagt Romeo.

Edgar knikt. 'Alain stak zijn middelvinger omhoog.'

'Dat zegt toch genoeg, jongens,' zegt Romeo. 'Denk nou even na. Ze hebben je beloerd en zodra je binnen was, je banden lekgestoken. Dat kan in twee seconden hoor.'

Edgar maakt zich zorgen. 'Zouden ze dat echt hebben gedaan?'

'Je niet meer met die meid bemoeien dus,' zegt Romeo. 'Je bent gewaarschuwd. Als je haar weer tegenkomt, met een grote boog om haar heen gaan.'

Edgar praat er gauw overheen. 'Ik haal morgen wel twee nieuwe banden voor je.'

Kars knikt. 'We zetten ze er zelf wel op.'

'Ik zou maar iemand meenemen om je fiets in de gaten te houden,' zegt Justin.

'Ze blijven niet aan de gang,' zegt Edgar.

'Dat vind ik ook,' zegt Kars. 'Niet te bang doen. Misschien hebben zij het inderdaad gedaan en dan was het een waarschuwing. Daar blijft het dan bij. Het zijn geen criminelen.'

5

De volgende dag loopt Brian 's morgens naar de kantine. Onderweg ziet hij een groep kinderen bij de leeskuil staan. Dat is waar ook, straks begint de speurtocht. Hij heeft wel zin om te helpen. 'Ik ga zo met je mee,' roept hij tegen Kylian. Hij wil even kijken of Nona in de kantine is. Als hij binnenkomt, schrikt hij. Wat is er aan de hand? Iedereen zit er verslagen bij. 'Er is toch niks ergs gebeurd?' vraagt hij.

'O, je weet het nog niet. Jules gaat verhuizen,' zegt Isa. 'Helemaal naar de Morvan. Zijn vader krijgt een baan in de houtzagerij van zijn oom.'

'Gaat Jules verhuizen?' Brian schrikt heel erg. Hij weet helemaal niet wat hij moet zeggen.

'Ja, jongen,' zegt oma. 'Je bent niet de enige, we zullen hem allemaal missen.'

'Hij hoort gewoon bij de crew,' zegt Romeo. De anderen knikken. Ze kunnen zich Timboektoe niet zonder Jules voorstellen.

Brian staat daar maar. Zijn beste vriend raakt hij kwijt. 'Is het zeker?' vraagt hij.

'Jammer genoeg wel,' zegt oma.

'Weet Nona het al?' vraagt Brian.

'Ik denk het niet,' zegt oma. 'Jules heeft het zelf pas gisteren gehoord.'

'Ik moet het Nona vertellen.' Brian draait zich om en loopt weg.

'Sorry!' roept hij tegen Kylian die net met de kinderen wil vertrekken. 'Ik moet naar Nona.'

Hij heeft nu echt geen zin om met de speurtocht mee te gaan. Voor Nona zal het ook wel een klap zijn. Hoeveel zomers zijn ze al niet met z'n drieën? Nona kent Jules helemaal lang, al vanaf dat ze voor het eerst op de camping kwam en dat is jaren geleden.

Brian had juist zo'n zin in deze dag. Lekker met de speurtocht mee en daarna in de grot werken. Maar zijn energie is opeens helemaal weg. Wat is er nog aan als Jules er niet meer is? Sinds de crisis van vorige zomer is de band tussen hen nog hechter geworden. Brian ziet de avond weer voor zich toen hij samen met Jules aan de rivier kampeerde. Toen was het er ineens uitgekomen. 'Met jou zou ik wel willen zoenen,' had hij tegen Jules gezegd. Hij dacht dat Jules ook op hem viel, maar Jules werd razend. Even zag het ernaar uit dat hij zijn vriend voorgoed kwijt was, maar het is weer helemaal oké tussen hen. Het is wel goed dat ze elkaar een jaar niet hebben gezien. Hij had mooi de tijd om over zijn verliefdheid heen te komen. Jules en Nona zijn de enigen die zijn geheim kennen. Verder durft hij niemand te vertellen dat hij homo is. Zelfs zijn moeder niet. En nu gaat Jules weg.

Een kleuter rolt een bal naar hem toe. 'Bal... bal!' roept ze. Anders zou Brian wel even met haar gaan spelen, maar daar heeft hij nu geen zin in. Donder op met je bal, denkt hij en hij loopt als een zombie door.

Nona schrikt al net zo erg als Brian. 'Dat kan niet,' zegt ze. 'Jules hoort bij ons. Wat moet hij helemaal in de Morvan?'

'Zijn vader kan daar werk krijgen,' zegt Brian.

'Ik snap het niet,' zegt Nona. 'Ik begrijp niet waarom hij het ons niet heeft verteld. Zo is hij niet. We vertellen altijd alles aan elkaar.'

'Ik denk dat hij het zelf heel erg vindt,' zegt Brian. 'Dat hij het daarom niet heeft verteld.'

'We gaan naar hem toe,' zegt Nona.

Brian knikt. 'Misschien kunnen we hem helpen.'

Een tijdje later bellen ze bij Jules aan. Vreemd, meestal horen ze Frodo blaffen, maar het blijft stil. Misschien is hij er niet.

Na een tijdje doet niet Jules maar zijn vader open.

'Kom binnen, jongens,' zegt hij zachtjes. 'Jules ligt boven in bed. Hij is ziek. De dokter is net geweest. Het gaat niet goed met die jongen. Hij heeft hoge koorts. Ik maak me zorgen.'

'Wat zei de dokter?'

'Dat is het juist, hij weet niet wat Jules heeft. Alleen dat de koorts veel te hoog is. Zijn hartslag is ook heel onrustig. Hij heeft geen symptomen van griep of zo. Als het vanmiddag nog zo is, moet ik de dokter bellen.'

'Is Frodo er niet?' vragen ze.

'Jawel,' zegt Jules' vader. 'Die ligt bij hem. Al vanaf gisteravond. Ik krijg hem daar niet weg, niet eens om te eten.'

'Ik merk het,' zegt Brian. 'Nu komt hij ook niet naar beneden. Meestal is hij er meteen als hij ons hoort.'

'Mogen we even naar hem toe?' vraagt Nona.

'Doe maar heel zachtjes,' zegt Jules' vader.

Nona en Brian gaan de trap op. Voorzichtig doen ze de deur van Jules' kamer open.

'Jules...' fluisteren ze.

Jules ligt in bed met zijn ogen dicht. Frodo ligt bij hem. Hij kwispelt niet eens als hij hen ziet.

'Jules, wij zijn er, je vrienden,' zegt Nona.

Jules woelt onrustig heen en weer.

'Frodo...' kreunt hij zachtjes.

'Frodo is bij je.' Nona aait Jules' warme hoofd.

'Nee!' gilt Jules. 'Ze mogen Frodo niet meenemen.'

Brian en Nona kijken elkaar geschrokken aan. 'Hij ijlt...' fluisteren ze.

Ze gaan op de rand van het bed zitten. Wel een uur zitten ze daar. Af en toe zeggen ze Jules' naam, maar hij reageert niet.

'Wat heb je?' vraagt Birgit als Simone 's morgens na het douchen met een somber gezicht de tent inkomt.

'Ik weet niet of ik het nog wil.' Simone gaat op haar luchtbed zitten. 'Ik kwam Kars en Annabel net tegen toen ik het washok uitkwam. Annabel zag er hartstikke verliefd uit. Ik vind het zielig.'

'Daar gaan we weer...' Birgit zucht geërgerd. 'Vind je ons plan dan niks?'

'Jawel,' zegt Simone. 'Daar gaat het niet om.'

'Natuurlijk gaat het daar wel om,' zegt Birgit. 'Daar heb ik wel de hele avond over nagedacht, hoor. In die tussentijd had ik al met Romeo kunnen zoenen. Je moet niet zo flauw doen. Je hebt je woord gegeven en dan moet je niet meteen weer terugkrabbelen. Alleen maar omdat die Annabel er verliefd uitziet. Zo is ze gewoon. Als ze volgende week een ander heeft, ziet ze er net zo uit. Misschien nog wel verliefder.'

'Je hebt gelijk,' zegt Simone. 'Dan had ik maar niet mijn woord moeten geven.'

'Dan moet je ook niet meer zeuren over die Annabel,' zegt Birgit. 'Anders vind ik er ook niks meer aan.'

'Beloofd.' Simone steekt twee vingers omhoog.

'Hè, hè, zo ken ik je weer.' Birgit geeft Simone een kus. 'Maak jij je nou maar niet druk, het komt helemaal goed. Over een paar dagen zitten wij met onze lovers op het Love Island.'

'Mmm...' zegt Simone dromerig.

'Aan het werk dan,' zegt Birgit. 'Ik had toch die gave kaarten gekocht? Die kunnen we nu mooi gebruiken. Welke vind jij de beste voor onze missie? Het hart, de cupido of de lippen?'

Simone bekijkt de ansichtkaarten. 'Volgens mij zijn ze allemaal goed. Die lippen vind ik wel cool. Als Annabel die ziet, denkt ze dat hij met die onbekende aanbidster heeft gezoend. Met mij dus...' Nu moet Simone lachen.

'Dan weet ik nog iets beters!' Birgit haalt een blanco kaart te voorschijn. 'Hier drukken we jouw lippen op, dan lijkt het helemaal echt.'

'Yes!' Simone pakt haar lippenstift. 'Kan ik vast oefenen dat ik met hem zoen.'

Ze wil haar lippen al stiften, maar Birgit pakt de lippenstift af.

'Hier met die lippenstift!' zegt Birgit en ze maakt de lippen van Simone knalrood. Als ze klaar is, kijkt Simone in het spiegeltje van haar toilettas. 'Wat dik!'

'Dat is juist goed.' Birgit geeft haar de blanco kaart. 'Maak er maar een heerlijke kus van.'

Simone moet lachen. 'Het is wel raar, hoor.'

'Niks raar,' zegt Birgit. 'Doe je ogen dicht.' En als Simones ogen gesloten zijn, zegt ze met een zwoele stem: 'Het is avond. De zon staat laag boven het water. Je loopt heerlijk hand in hand met Kars over het eiland. Ineens blijft hij staan. Kars streelt je wang. "Weet je dat ik heel verliefd op je ben? Meteen toen ik je zag, was ik al verliefd, maar ik had Annabel. Ik ben zo blij dat het uit is." Jullie kijken in elkaars ogen en dan voel je ineens zijn lippen en je kust hem...'

'Mmm...' kreunt Simone zachtjes, 'ga door.'

'Nee, je moet de kaart kussen!' zegt Birgit. 'Denk maar dat het Kars is.'

Vol overgave drukt Simone haar lippen op de kaart.

'Gaaf!' roepen ze allebei.

'Nu moet je de tekst erop schrijven,' zegt Birgit.

Simone zit een tijdje met een pen in haar mond boven de kaart. 'Ik weet het niet, hoor,' zegt ze.

'Natuurlijk weet je het wel,' zegt Birgit. 'Wat zei je gisteravond nou toen we in onze slaapzak lagen?'

Nu weet Simone het weer. 'Ik kan aan niemand anders meer denken... maar dat ga ik niet op die kaart zetten, hoor.'

'Hij weet toch niet dat die kaart van jou is,' zegt Birgit. 'Die is zogenaamd van een onbekende aanbidster.'

'Goed dan.' Simone schrijft de tekst erop.

'Helemaal top!' zegt Birgit. 'Als ze hier niet van schrikt...'

'Ik vraag me alleen af hoe Kars de kaart krijgt,' zegt Simone. 'Stop jij 'm maar in zijn zak hoor, dat durf ik niet. Als ik vlak bij hem sta doe ik vast iets heel raars. Trouwens, hoe krijg je dat ding in zijn zak? Dat merkt hij toch? Dat lukt je echt niet.'

'Natuurlijk lukt het wel, al moet ik 's nachts zijn tent insluipen. Waarschijnlijk is dat helemaal niet nodig. Er komt heus wel een moment dat ik de kaart in zijn zak kan stoppen. We moeten de jongens de hele dag in de gaten houden.'

'Nou, dat vind ik niet zo erg,' zegt Simone.

'Ik ook niet,' zegt Birgit lachend. 'Romeootje... ik ben de hele dag bij je in de buurt. Kijk dan hoe aantrekkelijk ik ben? Je mag alleen maar kijken, meer niet.'

'Wat ben je toch hard voor hem.' Simone lacht ook.

'Helemaal niet hard,' zegt Birgit. 'Ik maak het alleen maar aantrekkelijk voor hem. Denk jij dat hij lekker zoent?'

'Kars zoent vast heerlijk,' zegt Simone stralend.

'Nee, ik bedoel Romeo,' zegt Birgit. 'Hij zoent vast heel heftig, denk je niet?'

'Ik denk dat Kars heel zacht zoent,' zegt Simone. 'O, was het maar vast zover.'

'Je gaat met hem zoenen, wedden?' zegt Birgit.

'Als het lukt, trakteer ik je thuis op een bioscoopje,' zegt Simone.

'Niet gek,' zegt Birgit.

'Maar als het niet lukt?' zegt Simone. 'Wat krijg ik dan?'

'Dan mag jij Romeo,' zegt Birgit lachend.

'Ja, ja!' roept Simone. Birgit weet heus wel dat zij niet op zulke types valt.

Edgar fietst naar het dorp. Hij moet de hele tijd aan de lekgestoken banden denken. Gisteren kon hij niet geloven dat Alain erachter zat, maar nu raakt hij er steeds meer van overtuigd dat het waar is. En hij wilde nog wel Sophies mobiele nummer vragen... dat kan hij maar beter niet doen. Hij vindt het wel moeilijk. Vannacht heeft hij weer van haar gedroomd. Het was avond en hij zwom samen met Sophie naar het Love Island. Ze zoenden daar op het strandje. Het was zo romantisch. Hij heeft zich nog nooit zo gelukkig gevoeld als in die droom. Maar in zijn droom had ze geen verkering met Alain. Dat is natuurlijk wel iets anders. Misschien is ze wel heel erg verliefd op die gast. Wat moet hij dan met haar nummer? Hij wil best een jaar op haar wachten, maar wie weet blijft het eeuwig aan tussen die twee. Hij moet ophouden met over haar te fantaseren. Waarschijnlijk is er niks tussen Sophie en hem en zit het allemaal in zijn kop. Romeo heeft gelijk. Als hij haar ziet, rijdt hij gewoon door. Wat heeft hij eraan om ruzie met Alain te krijgen. Voor wie? Voor een meisje dat verkering heeft? Toen hij vanochtend wakker werd, heeft hij zich voorgenomen haar uit zijn hoofd te zetten. Het lukt nog niet erg. Ze komt telkens in zijn gedachten en dan moet hij weer gauw aan iets anders denken. Het zal toch moeten. Die grap heeft hem al een hoop centen gekost. Nou moet hij twee nieuwe banden kopen voor Kars.

Hij fietst het plein op. De groep van Alain staat er niet. Edgar rijdt het straatje naast de kerk in. Hij zet zijn fiets voor de fietsenwinkel en loopt naar binnen. Af en toe kijkt hij achterom of iemand aan zijn fiets zit te klooien, maar hij ziet niemand.

Tien minuten later komt hij met twee banden de winkel uit. Zie je wel, er is niks gebeurd. Kars heeft gelijk. Het zijn geen criminelen, het was alleen een waarschuwing. Nou, die is aangekomen, daar hoeft Alain niet bang voor te zijn.

Als hij wegrijdt uit het centrum slaat zijn hart over. Daar loopt Sophie! Edgar wordt op slag betoverd. Het is net of hij geen grip meer op zichzelf heeft. Hij rijdt helemaal niet door, zoals hij zich had voorgenomen, maar trapt op zijn rem. 'Sophie!'

Sophie straalt als ze hem ziet. Ze komt meteen naar hem toe. Ze staan maar wat bij elkaar. Van de spanning moeten ze alletwee lachen. Wat ben je mooi, denkt Edgar. Hij kijkt haar aan. En Sophie kijkt terug. Ze zeggen helemaal niks, maar hun ogen vertellen heel veel. Hoe ze naar hem kijkt... Die blik kent hij alleen van liefdesfilms. Edgar heeft het gevoel dat hij smelt. Het is precies zoals in zijn droom. Hij heeft het zich niet verbeeld, er is wél iets tussen hen.

'Sophie!' Hij pakt haar hand en trekt haar zachtjes naar zich toe. Wat gebeurt er? Hun gezichten komen steeds dichter bij elkaar. Haar lippen. Hij wil haar kussen, maar dan schrikt hij. Wat doe je? Hij denkt aan Alain en laat haar ineens los.

'Jammer genoeg heb je verkering,' zegt hij.

Sophie knikt.

Waarom knikt ze? Waarom zegt ze niet dat het helemaal niet jammer is dat ze met Alain gaat? Dat ze verliefd op hem is en dat Edgar geen kans maakt. Dat hij haar niet mag kussen. Dat alleen Alain dat mag. Dat er niks, helemaal niks tussen haar en Edgar is. Maar dat zegt ze allemaal niet. Ze kijkt naar hem, met die lieve, zachte blik. Ik kan het niet, denkt Edgar. Zometeen kus ik haar wel.

'Sorry, ik moet gaan,' zegt hij en hij racet weg.

Brian en Nona zitten nog steeds aan Jules' bed, maar er verandert niks. Zijn ademhaling blijft onrustig en af en toe zegt hij iets over Frodo. Het is al middag als Jules' vader hen komt halen.

'Het gaat niet goed, hè?' zegt hij als ze beneden zijn.

'Hij ijlt maar,' zegt Nona. 'Hij heeft het steeds over Frodo.'

'Ja,' zegt Brian. 'Ze mogen Frodo niet meenemen, dat heeft hij een paar keer gezegd. Maar Frodo ligt bij hem. Niemand neemt zijn hond mee.'

'Wacht eens even,' zegt Jules' vader. 'Misschien heeft het met de verhuizing te maken... ja, dat is het.'

Nona en Brian kijken elkaar aan. Wat heeft dat nou met Frodo te maken?

'Frodo verhuist toch gewoon mee?' zegt Brian.

Jules' vader schudt zijn hoofd. 'Ik heb hem gisteren verteld dat Frodo voorlopig niet mee kan. Jules' tante houdt niet van honden. Hij weet dat het tijdelijk is, we halen hem op zodra ik geld genoeg heb voor een huis... Dat moet het zijn, die jongen is helemaal ingestort, blijkbaar kan hij het niet verdragen. Wat verschrikkelijk... Ik moet de dokter bellen. Sorry, ik heb liever dat jullie nu gaan. Dit moet ik met de dokter bespreken...'

'Wat erg voor Jules,' zegt Nona als ze buiten staan. 'Jules moet verhuizen en ons missen en zijn school en al z'n vrienden en dan ook nog eens Frodo. Natuurlijk is hij ziek geworden. Ik vind het zo gemeen!'

De hele weg naar de camping praten ze erover. Nona wordt steeds kwader op Jules' vader.

Maar Brian denkt daar anders over. 'Het is niet de schuld van Jules' vader. Hij moet toch werk hebben. Als hij maar thuis blijft zitten, gaat hij zo weer aan de drank. Hij heeft een jaar in die kliniek gezeten, hoor, dat ís wat. Stel je voor dat hij terugvalt. Hij doet dit echt niet alleen voor zichzelf, ook voor Jules.'

'Nou, lekker,' zegt Nona. 'Waarom zoekt hij dan geen baantje in de omgeving? Hij neemt Jules alles af.'

'Waar moet hij hier nou werken?' zegt Brian. 'Zeker op de camping.'

'Ze zoeken toch iemand?' zegt Nona. 'Dat zei Ad laatst. "Als de grot wordt geopend, moeten we ook een echte gids hebben."'

'Dat heeft hij tegen mij ook gezegd! Hij vroeg of ik het nog een tijdje wilde doen, omdat ik er zo veel van weet. Maar Jules' vader weet er ook hartstikke veel van. Ik heb hem gisteren rondgeleid. Karren! We moeten het meteen aan Ad vragen.'

Zodra ze het campingterrein opfietsen, komt oma naar hen toe. 'Jullie waren bij Jules, hè? Hoe was het met hem? Kan hij het allemaal een beetje aan?'

'Helemaal niet.' Nona denkt aan Jules en begint te huilen. 'Hij is hartstikke ziek. Het is zo zielig. Hij ijlt.' En ze vertelt alles aan oma.

'Konden we hem maar helpen,' zegt oma.

'Dat kan wel,' zegt Brian. 'Ze gaan verhuizen omdat Jules' vader werk moet hebben. Als hij hier mag gidsen, hoeft dat niet.'

'Jules' vader als gids? Dat zou fantastisch zijn!' zegt oma. 'Willen jullie geloven dat het geen seconde in me opgekomen is? Ook niet toen hij gisteren over de houtzagerij begon. En net zegt Ad nog dat hij een advertentie voor een gids gaat zetten.'

Oma loopt naar het kantoor van Ad. 'Wachten jullie hier maar even,' zegt ze. 'Ik denk dat ik dit beter alleen af kan.'

Vol spanning staan Brian en Nona voor de deur van het kantoor.

'Het lukt vast niet,' zegt Nona. 'Ad wil Jules' vader hier niet hebben. Hij heeft hier vorige zomer toch een keer gestolen?'

'Shit, dat is ook zo.' Nu herinnert Brian het zich weer. Het was tijdens de opening van CU. Al het geld dat ze die avond verdiend hadden, was weg en dat had Jules' vader gedaan. Hij verliest meteen de moed.

Ze staan al een kwartier te wachten en oma is nog steeds binnen. Ze horen Ad en oma praten. Het lijkt erop of ze ruzie hebben.

'Ad wil het niet,' zegt Nona. 'Omdat hij heeft gepikt, en dat vindt oma vast onzin.'

'Het is toch ook onzin,' zegt Brian. 'Eens een dief altijd een dief, zeker. Jules' vader heeft gestolen toen hij verslaafd was. Nu is hij toch afgekickt. Zo te horen komt oma voor hem op.'

Eindelijk gaat de deur open. Ze houden hun adem in.
'En?'

'Het wordt geregeld, jongens. Kom mee, we rijden meteen naar Jules.' En oma haalt haar autosleutels te voorschijn.

6

Simone had het al voorspeld. Het valt niet mee om de ansichtkaart in Kars' zak te krijgen. De hele ochtend hangen ze om de jongens heen in de grot. Elke gelegenheid grijpen ze aan om in de buurt van Kars te komen.

'Ik geef die schijnwerper wel even aan,' zegt Birgit als Kars van de ladder wil komen. Hij buigt naar haar toe. Net als ze de kaart in zijn zak wil stoppen, kijkt Romeo. Dat is het lastige: Romeo maakt steeds opmerkingen tegen Birgit en volgt haar. Als ze maar even zijn kant opkijkt, lacht hij naar haar.

Birgit neemt Simone mee naar de andere kant van de grot. 'Het is beter dat jij het doet, echt waar,' zegt ze. Ze geeft de kaart aan Simone.

'Dat is niet eerlijk,' fluistert Simone. 'Jij zou het doen. Of wil je soms dat hij het merkt?'

Birgit doet nog een aantal pogingen, maar het is echt onmogelijk.

'Jij je zin.'

'Dat gaat goed hier, zie ik al,' zegt Kylian die de grot inkomt. 'De geluidsapparatuur is aangesloten. De speurtocht was een groot succes. Vanmiddag moet ik schilderen met de kinderen. Nu heb ik even tijd. Ik stel voor dat we nu aan de show beginnen. Ik heb al een opzetje voor een choreografie gemaakt.'

'Ik ben nog niet klaar,' zegt Kars. 'Ik moet nog een paar schijnwerpers ophangen.'

'De show is nu prioriteit één,' zegt Kylian. 'De verlichting komt wel. We zitten goed op schema. Isa en Annabel leggen de laatste hand aan het affiche. Maar aan de show hebben we nog niks gedaan. Het moet er wel een beetje professioneel uitzien, toch? Of willen jullie voor gek staan?'

Op dat moment komt Edgar binnen.

'Ah, je hebt de banden,' zegt Kars. 'Waren ze duur?'

'Ja eh, ik geloof het wel.' Edgar is nog met zijn hoofd bij Sophie. Hij is blij dat hij bij haar is weggereden. Het was echt fout gegaan, dat weet hij zeker.

'Je hebt toch wel een bonnetje, hè?' vraagt Kars. 'De camping betaalt. Bedrijfsongeval, snap je. Het was onder werktijd, toch?'

Niet gek, daar had Edgar niet op gerekend. Hij geeft de bon aan Kars.

'Na de repetitie zetten we ze er wel op. Je doet toch mee?' vraagt Kylian als Edgar een beetje vaag voor zich uitkijkt.

'De show... eh ja, natuurlijk doe ik mee.'

'Heeft iemand Brian nog gevraagd?' vraagt Kylian.

'Schrap die maar,' zegt Edgar. 'Mijn broertje voelt er niks voor.'

'Misschien verandert hij van gedachten als hij ziet hoe swingend het wordt,' zegt Kylian.

'Als we nu gaan beginnen, moet ik Annabel even halen,' zegt Kars.

'Bel haar buiten maar even.' Kylian kijkt naar Birgit en Simone. 'Sorry meiden, maar wij gaan hier oefenen. Jullie moeten weg.'

'Het is juist goed met publiek erbij,' zegt Romeo.

'In een later stadium misschien,' zegt Kylian. 'Maar nu niet. Meiden?'

'Moeten wij ook weg?' vraagt Stef.

'Nee, wat mij betreft kunnen jullie gewoon doorwerken,' zegt Kylian. 'Als we maar geen last van jullie hebben.'

Birgit en Simone lopen de grot uit.

'Luister,' zegt Birgit als ze buiten staan. 'Waarom vertellen we niet dat jij heel goed kunt dansen? Je bent bijna professioneel. Ze hebben je zelfs voor die clip gevraagd.'

'Nee,' zegt Simone, 'dat nooit. Dat hoeven ze niet te weten.'

'Maar dat is wel een manier om Kars te verleiden. Je danst echt veel beter dan Annabel, dat kan niet anders. Jij bent getraind. Elke jongen die jou ziet dansen, wordt verliefd.'

'Ik wil het niet,' zegt Simone. 'Je hoort me toch.'

'Denk nou even rustig na. Dan hoeven we ook ons plan niet uit te voeren,' zegt Birgit. 'Je vond het toch zo gemeen? Dan wordt hij gewoon echt verliefd op je.'

Simone schudt haar hoofd. 'Ik ga niet voor hem dansen, dat wil ik gewoon niet. Laten we nou maar bedenken hoe we die kaart in zijn zak krijgen.'

'Dan moet je het zelf weten,' zegt Birgit. 'Hoe vond je Romeo trouwens? Hij doet echt alles om mijn aandacht te trekken.'

'Ik zag het.' Simone lacht. 'Dat hou je nooit vol, hoor. Volgens mij heb jij vanavond al gezoend.'

Birgit schudt haar hoofd. 'Ik wacht een week. En dan ben jij ook zover. Als je tenminste gaat dansen. Ik wil het wel vertellen, dan hoef je dat niet zelf te doen.'

'Birgit!' schreeuwt Simone in haar vriendins oor. 'Ben je doof of zo?'

'Je doet het dus echt niet. Laten we dan maar naar de kantine gaan,' zegt Birgit. 'Daar komen ze straks naartoe als ze klaar zijn. Ze willen vast zien hoe dat affiche is geworden. Daar ben ik zelf ook wel benieuwd naar. Kom mee.'

'Hadden jullie nog iets te zeggen?' vraagt Romeo als Simone en Birgit weg zijn. 'Die twee zijn niet bij mij weg te slaan.'

'Ik weet niet of die Birgit zich door jou laat versieren,' zegt Stef.

'Ik denk dat het wel lukt,' zegt Kars. 'Wat doen ze hier anders de hele ochtend? Voor mij komen ze niet.'

'Jij hebt een heel andere prinses die niet bij je is weg te slaan.' Stef wijst naar Annabel die de grot in komt.

'Ik kom hier helemaal niet voor Kars,' zegt Annabel stoer. 'Ik kom voor de show.'

'Luister jongens,' zegt Kylian. 'Dit nummer heb ik uitgezocht. Hoe vinden jullie het?'

Er klinkt swingende muziek door de grot.

'Gaaf!' roepen ze.

'Als ik dat had geweten, had ik me ook opgegeven,' roept Romeo vanuit de lucht.

'Hang jij die schijnwerper nou maar op,' zegt Kars.

Kylian legt uit wat hij heeft bedacht.

'Wat ingewikkeld!' roepen ze.

'Nee hoor, het lijkt ingewikkeld. Het wordt zoiets als een boyband, maar dan met een meisje erbij,' zegt Kylian. 'Annabel, jij hebt de grootste rol.'

'Je hebt geluk,' grapt Romeo. 'Je mag nu ook met de andere jongens flirten, ook al wil Kars het niet. Het moet zelfs.'

'Ja,' zegt Stef. 'Jammer voor je dat wij niet meedoen, maar ja.'

'Kan het even stil zijn daarboven!' roept Kylian. 'Wees niet bang, het is niet ingewikkeld. Over een paar dagen weet je precies wat de bedoeling is. We gaan er hard tegenaan.'

Niemand wist dat Kylian zo fanatiek was. Hij roept bij elke foute stap. Maar ze zijn wel enthousiast over de choreografie.

'Super!' roept Romeo vanuit de lucht. 'Dat wordt een clip, jongens. Jullie gaan scoren, ik ben nu al jaloers!'

'Dat hoeft niet,' zegt Annabel. 'Jij bent gepromoveerd tot kabouter.'

Wat hebben ze hard gewerkt. Met bezwete gezichten komen ze de grot uit. Edgar gaat naar zijn moeder, de anderen lopen naar de kantine.

'Wat heb jij een haast!' roept Stef, die ziet dat Annabel vooruit holt.

'Ik moet Isa helpen met het affiche,' gilt ze terug.

'Ik stik van de hitte.' Romeo trekt zijn T-shirt uit. Stef heeft dat van hem al om zijn middel gebonden.

'Moet je die twee nou weer zien,' zegt Kylian. 'Jullie hebben niet eens gedanst.'

'Wij hebben moeten aanzien hoe jij onze dierbare vrienden afbeult,' zegt Stef. 'Hoe denk je dat dat is?'

'Even een lekker koud colaatje,' zegt Kylian als ze even later in de kantine zitten. 'Dat hebben we wel verdiend.'

'Weet je wat wij doen, Stef?' zegt Romeo. 'Wij gaan zo meteen lekker een eind zwemmen.'

Kars en Justin hebben er ook zin in. 'We gaan helemaal om het Love Island heen zwemmen, dan ben je wel afgekoeld hoor.'

'Eén ding,' zegt Stef, 'de meiden nemen we niet mee.'

Hanna schenkt cola voor hen in. 'Het ging goed hè? Annabel vertelde dat jullie zo zijn opgeschoten.'

'Perfect!' Kars neemt een slok van zijn cola. 'Mmm, wat heb ik een dorst.' Hij loopt naar Isa. 'Hoe is het met het affiche?'

'Hij is heel mooi geworden,' zegt Birgit. 'Wij hebben 'm al gezien, hè Simoon?'

'Eh…' Simone wordt knalrood. 'Ja, eh… super!' zegt ze.

Nu willen de anderen hem ook zien.

'Ogen dicht.' Isa houdt het affiche omhoog. 'Kijk maar.'

'Wauw!' roepen ze. 'Dat ziet er flitsend uit!'

'Kom jongens, zwemmen,' zegt Kars.

'Lekker.' Annabel springt meteen op. 'Daar heb ik ook zin in.'

'Ik ook,' zegt Isa.

'Sorry dames,' zegt Stef. 'Het spijt me zeer, maar boys only.'

'Wat is dat nou weer voor onzin,' zegt Isa.

'Wij gaan om het Love Island heen zwemmen,' zegt Romeo. 'En daar kunnen we jullie niet bij gebruiken.'

'Alsof wij dat niet kunnen,' zegt Isa.

'Helaas,' zegt Stef. 'Het is al besloten.'

Romeo kijkt naar Birgit. 'Nou ja,' zegt hij, 'we kunnen de regel wel veranderen.'

'Natuurlijk niet,' zegt Kars. 'Dat doen we dus niet.'

'Nou, nou, broertje,' zegt Isa. 'Heb je soms iets voor ons te verbergen?'

'We hoeven al niet meer mee,' zegt Annabel kwaad.

Birgit en Simone lopen de kantine uit. Simone knijpt in Birgits hand. 'Ze gaan om het Love Island zwemmen... Dat is onze kans,' zegt ze opgewonden. En ze rennen naar de steiger.

Een paar minuten later komen de jongens met veel lawaai aanhollen. Ze smijten hun kleren in het zand. Romeo rent over de steiger en duikt met een salto het water in. Simone moet lachen. Als hij bovenkomt, kijkt hij gauw om of Birgit het heeft gezien.

Zodra ze allemaal in het water liggen, crawlen de jongens weg. Simone kijkt Kars na. 'Moet je zien hoe hij zwemt met die gespierde armen...'

'Daar hebben we nu geen tijd voor,' zegt Birgit. 'Als je verkering hebt, kun je nog vaak genoeg naar die armen kijken. Welke broek is van Kars?'

'Die spijkerbroek,' zegt Simone opgewonden.

'Er liggen hier drie spijkerbroeken,' zegt Birgit.

'Er zit een witte riem door.'

Birgit vist Kars' broek ertussenuit.

'Voorzichtig!' Simone gaat gauw voor haar staan. 'We moeten niet hebben dat iemand ons ziet!' Ze kijken achter zich, maar zien alleen een paar kinderen.

Birgit doet de kaart in Kars' zak.

'Fantastisch!' roepen ze en ze rennen weg.

'Dat was weer eens ouderwets lekker!' Kletsnat komen de jongens het water uit.

'Goed dat we de meiden niet mee hadden. Nou konden we tenminste lekker doorzwemmen,' zegt Stef. 'En goed voor onze conditie. Dat moeten we vaker doen.'

'Als jullie het nog durven.' Romeo kijkt naar Kars en Justin. 'Ik geloof niet dat jullie liefjes er blij mee waren.'

'Wat ben ik blij dat ik geen verkering heb,' zegt Stef. 'Toch, Romeo? Jullie mogen niet eens even zwemmen.'

'Jij hebt straks straf, Kars, je mag een week niet zoenen.'

'Dat valt heus wel mee,' zegt Kars terwijl hij zich afdroogt. 'Zo kwaad waren ze niet.' Hij trekt zijn spijkerbroek aan en voelt dat er iets in zijn achterzak zit. Hij haalt de kaart eruit.

'Hé,' zegt hij. 'Kijk eens! Hoezo een week niet zoenen?!' En hij laat de kaart zien.

'Zo,' zegt Romeo. 'Dat had ik niet gedacht.' Hij leest voor wat er op de kaart staat. 'Jij hebt het wel getroffen, hè?'

'En jij, Justin? Heb jij ook een cadeautje in je zak?' vraagt Stef.

'Ik heb gekeken,' zegt Justin, 'maar er zat niks in.'

Kars kijkt trots naar de kaart. 'Daar staan jullie van te kijken, hè?'

'Mooie lipjes heeft Annabel,' zegt Romeo. 'Niet gek, hoor.'

'Ik neem ook niet zomaar iemand,' zegt Kars. 'Ik weet heus wel wat ik doe.'

'Annabel wordt bedankt voor de tip. Nu weet ik wat ik vanmiddag ga doen,' zegt Romeo. 'Zoenen met Birgit.'

'En ik met Simone,' zegt Stef. Maar dan wordt hij ineens onzeker. 'Misschien willen ze wel helemaal niet.'

'Balen,' zegt Romeo.

'Dat heb je er nou van,' zegt Kars. 'Jullie willen vrij zijn.' Hij kijkt naar de kaart. 'Ik zal aan jullie denken als ik straks met Annabel in de tent lig.'

7

'Kom binnen,' zegt Jules' vader als hij oma met Brian en Nona voor de deur ziet staan. Met een bezorgd gezicht loopt hij de kamer in. 'De dokter is net weg. Hij zei dat Jules inderdaad ziek is geworden door de gedachte dat hij zo ver weg gaat van iedereen die hem dierbaar is en dat hij Frodo moet missen. Hij heeft hem koortsremmers gegeven. Over een uurtje moet hij wat rustiger zijn; dan kan ik met hem praten.'

Jules' vader ijsbeert door de kamer. Af en toe gooit hij er een Frans woord tussendoor, maar ze kunnen hem goed verstaan.

'Wat moet ik tegen die jongen zeggen? Dat we Frodo wel meenemen? Dat gaat niet, mijn schoonzus wil de hond absoluut niet hebben, zelfs niet als hij in de schuur blijft. En ik kan de boel toch niet afzeggen? Dan moet ik terug naar de antiekwinkel. Dat is veel te eenzaam, ik ben zo bang dat het dan weer misgaat. Dat zou toch vreselijk zijn; niet alleen voor mezelf, maar ook voor Jules? Dan moet hij die ellende weer meemaken. Willen jullie geloven dat ik radeloos ben? Ik weet echt niet wat ik die jongen moet vertellen.'

'Wat dacht u van goed nieuws?' zegt oma. 'Misschien kunt u hem wel vertellen dat de verhuizing niet doorgaat, omdat u hier in de buurt een baan heeft gevonden.'

Ze geeft Brian en Nona een knipoog.

'En dan?' Jules' vader gooit wanhopig zijn armen in de lucht. 'Wat heeft hij daaraan? Dan neem ik hem toch in de maling? Ik heb hier geen baan gevonden en de kans dat dat lukt, is nihil. Er is hier geen werk, nergens is een vacature.'

'Ik denk dat wij er wel een weten,' zegt oma. 'Toch, jongens?'

'Echt?' Jules' vader kijkt hen aan.

Oma knikt. 'Over twee weken gaat ons gangenstelsel open en... we hebben nog geen gids.'

'Zo'n baan zou natuurlijk fantastisch zijn,' zegt Jules' vader. 'Maar dat is niet voor mij weggelegd. Ik ben echt niet de enige die zo'n baan ambieert. Ik heb geen referenties, niks. En eh... laten we niet vergeten dat ik een jaar geleden een heel slechte beurt op Timboektoe heb gemaakt. Ad lacht me uit, en terecht. Ik denk niet eens dat hij me uitnodigt voor een gesprek. Gids... ja, dat zou een droombaan zijn.'

'Die droom kan uitkomen, hè jongens?' zegt oma.

Brian en Nona knikken.

'Als u solliciteert, wordt u aangenomen,' zegt oma.

'Dat meent u niet...' Jules' vader kijkt oma aan. 'U bedoelt dat ik die baan kan krijgen?'

'Ja,' zegt oma. 'Ik heb het er al met Ad over gehad. U wordt met open armen ontvangen.'

Jules' vader zakt op de stoel neer. 'Daar ben ik wel even stil van. Gids... daar heb ik echt altijd van gedroomd. Dan maak ik van mijn hobby mijn beroep. Dat me dit mag overkomen.'

'Fijn, hè,' zegt oma. 'U hebt het aan Nona en Brian te danken. Die kwamen ineens met deze oplossing.'

'Ook omdat u er zo veel van weet,' zegt Brian.

Jules' vader wordt verlegen. 'Nou ja, het boeit me gewoon. Ik heb me er altijd mee beziggehouden. Ik moet er even van bijkomen. We hoeven dus helemaal niet weg. Als ik dat aan Jules vertel, wordt hij vast op slag beter. Mijn jongen. Ik maakte me zo'n zorgen. Hij heeft al zo veel meegemaakt. Wat zal hij blij zijn! Timboektoe is zijn lievelingsplek. Ik voel me net een klein kind. Ik kan het goede nieuws bijna niet voor me houden. Zal ik het vast gaan vertellen?'

'Als de dokter heeft gezegd dat de koortsremmers pas over een uur werken, zou ik wachten,' zegt oma. 'Hij moet helder zijn, anders verwart het hem alleen maar. Als ik nou eens een lekker kopje thee zet.'

'Dat doe ík,' zegt Jules' vader. 'Ik ben hier de gastheer!' En hij loopt de keuken in.

'Er staat hier nog appeltaart,' zegt hij. 'Dit moeten we vieren!'

Een uur later lopen ze met z'n vieren de trap op. Voorzichtig doet Jules' vader de deur van Jules' kamer open. Jules slaapt, maar hij ziet er veel rustiger uit. Zijn vader gaat op de rand van het bed zitten.

'Jules,' zegt hij zachtjes. 'Jochie van me...'

Vol spanning kijken ze naar Jules. Zijn ogen gaan open. Hij ziet zijn vader, oma en zijn vrienden. Waar ben ik? denkt hij. Wat is er gebeurd? Waarom lig ik in bed? Hij wil zich oprichten, maar dan voelt hij hoe moe hij is. Hij heeft geen kracht. Hij is ziek, maar hij voelt zich ook heel verdrietig. Frodo geeft hem een lik en dan herinnert hij het zich weer. De verhuizing... zijn vrienden die hij moet missen. En Frodo die niet mee mag. Hij moet het zeggen, hij moet zijn vader vertellen dat hij het niet kan.

'Pap.' Jules' stem klinkt zwak. 'Ik ga niet mee naar oom Charles, ik kan Frodo niet missen.'

'Daarvoor ben ik hier, jochie,' zegt zijn vader. 'Je hoeft ook niet naar oom Charles. We gaan niet verhuizen.'

'Maar jij dan?' zegt Jules. 'Dat wil ik niet. Ik wil dat jij wel gaat, ik red me wel. Het mag niet weer misgaan met je, pap...'

Zijn vader pakt Jules' hand. 'Dankzij jouw vrienden heb ik een baan hier in de buurt gekregen.' Hij kijkt Brian en Nona aan. 'Vertellen jullie het goede nieuws maar.'

'Je vader wordt gids op Timboektoe,' zeggen ze.

Jules kijkt naar zijn vader en dan naar oma en zijn vrienden. Zeggen ze dit soms om hem gerust te stellen?

'Het is zo,' zegt oma. 'Fijn hè, jongen?' Oma buigt zich over Jules heen en geeft hem een zoen.

'Dus ik hoef jullie helemaal niet te missen.' Van blijdschap wil Jules iedereen omhelzen, maar hij is te moe. Oma ziet dat hij geen kracht heeft.

'Wij gaan nu,' zegt ze. 'Ga jij maar even slapen, dan voel je je vanavond een stuk beter.'

Jules' ogen vallen dicht, maar op zijn gezicht verschijnt een glimlach.

Opgelucht komt Brian de voortent in. 'Jules gaat niet verhuizen! Zijn vader wordt gids op Timboektoe.'

'Dat is goed nieuws.' Zijn moeders stem klinkt mat.

'Ben je niet blij voor Jules?' vraagt Brian.

'Natuurlijk wel,' zegt zijn moeder. 'Trek je maar niks van mij aan. Ik maak me zorgen om Edgar. Heeft hij jou over dat meisje verteld?'

'O, die Sophie,' zegt Brian. 'Die heeft toch al verkering, dat wordt niks.'

Zijn moeder kijkt bezorgd. 'Hij is smoorverliefd op dat kind. Ik heb hem gezegd dat hij haar uit zijn hoofd moet zetten. Sophies vriend heeft zijn banden lekgestoken. Wat haalt Edgar zich op de hals? Als hij maar zo wijs is om haar los te laten.'

Ze kijkt Brian aan. 'Ik hoop niet dat jij ook zo dom bent. Iemand versieren die al verkering heeft, daar komt alleen maar ellende van. Of het nou een meisje is, of een jongen.'

Brian wordt rood. Een jongen? Waarom zegt zijn moeder dat? Zou ze iets aan hem hebben gemerkt? Hij wil haar al heel lang vertellen dat hij op jongens valt, maar hij durft het niet. Maar zijn moeder moet iets doorhebben, anders zou ze dit nooit zeggen. Wordt het niet tijd dat hij eerlijk tegen haar is?

'Denk je... denk je soms dat ik verliefd word op een jongen?' vraagt hij. Vol spanning kijkt hij naar zijn moeder. Misschien was het een vergissing en begint ze te lachen. Maar zijn moeder lacht niet.

'Daar denk ik wel eens over,' zegt ze. 'Laatst las ik een rubriek in een tijdschrift over een moeder die vertelde dat haar zoon homo was. En toen dacht ik: ja, dat zou met Brian ook kunnen.'

'En eh... schrik je dan als je zoiets leest?' vraagt Brian.

'Niet echt,' zegt zijn moeder. 'Als het zo was, zou ik er even aan moeten wennen.'

'Dus je denkt weleens dat ik zo ben?' zegt Brian.

Zijn moeder pakt zijn hand. 'Ik maak me weleens zorgen om jou. Je sluit je vaak af en dan denk ik, zou het komen doordat hij anders is? Dat zou ik heel verdrietig voor je vinden. Ik wil dat mijn jongen gelukkig is en als dat met een jongen is, dan is dat zo.'

'Meen je dat?' vraagt Brian. 'Zou je niet verdrietig zijn?'

'Misschien om jou,' zegt zijn moeder, 'want het is eerlijk gezegd niet makkelijk om anders te zijn. Maar ik zou ook blij zijn dat je jezelf had gevonden.'

Nu moet ik het zeggen, denkt Brian. Ik kan haar niet langer voor de gek houden.

'Weet je, ma,' zegt hij. 'Wat jij wel eens over mij denkt, dat is zo. Ik eh... ik ben homo.'

Het lucht hem op, maar tegelijk wordt hij bang.

Zijn moeder zegt niks. Ze knijpt in zijn hand.

'Het is goed dat je eruit bent, jongen,' zegt ze dan. 'Ik had al een tijdje het gevoel dat je ermee worstelde. Misschien had ik er eerder over moeten beginnen, maar ik dacht: Brian moet er zelf achterkomen. Ik hoor het wel. Ik vind het fijn dat je het mij vertelt.'

'Alleen Nona en Jules weten het,' zegt Brian. 'Al heel lang. Vorige zomer heb ik het hun verteld.'

'O, vorige zomer al...' zegt moeder. 'Had je daar toen ruzie over met Jules?'

Brian knikt.

'Ik vond het al zo vreemd,' zegt moeder. 'Jullie hadden nooit ruzie en dan gaan jullie één keer een paar nachtjes kamperen en dan gaat het mis.'

'Ik was verliefd op Jules,' zegt Brian. 'En dat heb ik hem toen verteld. Ik dacht dat hij ook verliefd op mij was, maar hij werd kwaad.' Het is een jaar geleden, maar het doet Brian weer pijn als hij eraan denkt. Het was ook zo afschuwelijk. 'Gatverdamme,' had Jules geroepen.

'En toen ben jij weggegaan,' zegt moeder. 'Lieverd, wat zal je eenzaam geweest zijn.'

Brian knikt. 'Gelukkig is het nu weer goed tussen ons, maar ik wil niet dat iemand het weet.'

'Edgar ook niet?' vraagt moeder. 'Wil je het hem echt niet vertellen? Hij is je broer!'

'Ik weet het niet,' zegt Brian. 'Ik weet niet of ik het al durf te vertellen.'

'In elk geval weet ik het,' zegt moeder. 'Onthoud één ding, Brian. Ik ben net zo trots op jou als op Edgar.'

Ze omhelst hem. Nu moet Brian huilen. Als hij opkijkt, ziet hij dat zijn moeder ook tranen in haar ogen heeft.

'Ik vind het zo dapper van je,' zegt ze. 'Mijn dappere jongen...' Ze drukt hem tegen zich aan.

8

Birgit en Simone houden zich verscholen in de struiken bij de steiger. Birgit gluurt naar de jongens en brengt verslag uit. 'Hij is hartstikke blij met zijn kaart. Hij staat er maar naar te kijken.'

'Wat erg!' zegt Simone. 'Hij denkt echt dat die van Annabel is. Zo meteen krijgen ze hartstikke ruzie.'

'Ja, daar doen we het toch voor,' zegt Birgit, 'wat wil je nou? Ze gaan vertrekken, opschieten!' zegt ze als ze ziet dat de jongens in de richting van de kantine lopen. 'Ze gaan naar de kantine. Wij moeten zorgen dat we er eerder zijn, dan valt het niet op.' Ze nemen het paadje dat dwars door de bosjes loopt, zodat ze een heel eind afsnijden.

'Dus dat gaan we vaker doen,' zegt Kars. 'Boys only.'

'Het is me prima bevallen,' zegt Stef.

'Mij ook,' roept Kars.

'Hem wel,' zegt Justin.

'Sorry, vriend,' zegt Kars. 'Mijn zus is ook een prima meid, maar verschil moet er zijn.'

'Wat ga je doen?' vraagt Stef als Kars het rechterpad in slaat.

'Ik moet even iets regelen, ik kom zo.'

Kars wil Annabel verrassen. Hij weet alleen niet hoe. Wat dat betreft kan hij wel in de leer gaan bij Romeo. Die weet altijd precies het goede te bedenken om een meid blij te maken. Even aarzelt hij nog: zal hij het vragen? Maar hij laat zijn vriend er toch maar buiten. Romeo kletst zijn mond voorbij. Dan hoort Annabel ineens dat niet hij, maar Romeo het heeft bedacht. Erg romantisch! Nee, hier kan hij niemand bij gebruiken.

Een paar minuten later zit hij in zijn tent. Wat zal hij nou doen? Hij heeft ook geen ervaring met die dingen. Dat komt doordat hij nooit eerder een vriendin heeft gehad. Hij kan het wel aan Isa vragen. Zijn zus weet vast wat Annabel leuk vindt. Kars moet lachen. Dat deden ze vroeger altijd. Hij heeft Isa vaak goede tips gegeven als ze verliefd was op een jongen. Andersom was het niet nodig. Hij versierde nooit een meid. Daar had hij helemaal geen zin in. Hij staat van zichzelf te kijken. Annabel en hij hebben al een jaar verkering. Hij had nooit gedacht dat hij nog eens zo verliefd op een meisje zou worden.

Kars zit maar te denken, maar hij weet het echt niet. Zuchtend drukt hij het nummer van Isa op zijn mobiel in. 'Hoi, met Kars,' zegt hij als hij zijn zus aan de lijn krijgt. 'Ik heb even een tip van je nodig. Ik wil Annabel verrassen, weet jij iets waarmee ik haar blij kan maken?'

'Ah, mijn broertje heeft wat goed te maken,' pest Isa.

'Helemaal niet,' zegt Kars. Wat een gezeur. Hij heeft meteen spijt dat hij zijn zus erbij heeft betrokken.

'Waarom dan?' vraagt Isa.

'Dat gaat je niks aan,' snauwt Kars. 'Heb je een tip of niet?'

'Ik weet wel iets,' zegt Isa. 'Wacht, ik loop even de kantine uit, anders hoort ze het.' Als Isa naar buiten loopt, komen Birgit en Simone net binnen.

'Daar ben ik weer,' zegt Isa als ze buiten staat. 'Weet je nog die song van gisteravond bij de barbecue? Die romantische die Romeo zo erg vond? Die vindt ze prachtig, dat zei ze vanochtend nog. Dat nummer moet je voor haar branden, de cd ligt in mijn tent.'

'Dank je.' Kars gaat meteen aan het werk.

Birgit en Simone zitten uitgebreid achter een cola als de deur van de kantine wordt opengegooid. Birgit knijpt in Simone's hand. 'Kars is er niet bij,' fluistert ze. 'Die is vast naar zijn tent om zijn kaart op te hangen. Boven zijn luchtbedje, schattig, hè?' Ze staat meteen op. 'We moeten hem bespieden, kom mee.' En ze lopen de kantine uit.

'Ik wilde jullie net trakteren,' zegt Romeo.

'We moeten weg,' zegt Birgit en ze trekt Simone mee.

De jongens gaan bij Annabel en Isa aan het tafeltje zitten. 'Zo girls, dat was supergoed.'

'Praten wij nòg met die gasten?' Isa kijkt Annabel aan. 'Lijkt me niet, hè? Wij hebben ze helemaal niet meer nodig; gaan jullie maar lekker met elkaar. Boys only, dat was toch zo leuk?' Ze staat op en gaat demonstratief ergens anders zitten.

Stef loopt naar de bar. 'Vier cola graag,' zegt hij tegen Edgar, die achter de bar staat.

'Drie zul je bedoelen,' zegt Romeo. 'Kars is er niet.'

'Nee,' zegt Justin. 'Die moet bijkomen van zijn superromantische ervaring.'

'Hoezo?' vraagt Isa. 'Was mijn broertje bijna verdronken? Hebben jullie soms mond-op-mondbeademing op hem moeten toepassen?'

Isa en Annabel doen wel als of ze geen enkele interesse meer voor de jongens hebben, maar ze horen elk woord dat gezegd wordt.

'Dat is nou mijn ultieme droom,' zegt Romeo. 'Dat een meid zoiets bij mij doet.'

'Ja, Kars heeft geluk! Proost!' Stef heft zijn glas en neemt een slok.

Annabel en Isa kijken elkaar aan. Wat bedoelen de jongens? Hoezo heeft Kars geluk?

Romeo kijkt voor de zoveelste keer in zijn zak. 'Wat doe je nou, man?' vraagt Justin.

'Ik kijk of ik ook ineens iets in mijn zak vind,' zegt Romeo. 'Het kan zomaar gebeuren. Je gaat zwemmen...'

'Zonder je vriendin,' vult Stef aan. 'Want anders was het nooit gebeurd natuurlijk.'

'Hé!' Stef geeft Edgar een klap op zijn schouder. 'Dat zou jij toch ook wel willen? Je voelt in je zak en wat vind je? Een ansichtkaart van Sophie. En wat voor een.'

'Beter van niet,' zegt Romeo. 'Laat haar dat maar bij die Alain doen.'

'Waar hebben ze het toch over?' Annabel wil het weten. De praatjes van de jongens maken haar onzeker.

'Vraag het dan,' zegt Isa. 'Het gaat over je eigen vriend, dat mag je toch wel weten?'

'Jij moet het vragen,' zegt Annabel. 'Het staat zo jaloers.'

'Dat ben je toch?' Isa lacht. 'Tenminste, volgens de test.'

Annabel kan er de lol niet van inzien. Ze is veel te gespannen. 'Jij kunt het toch wel aan Justin vragen,' zegt ze.

'Goed dan,' zegt Isa.

'Ik wil het niet horen, hoor,' zegt Annabel. 'Ik ben buiten.'

Als Annabel weg is, stapt Isa op Justin af. Ze slaat een arm om hem heen.

'O, je bent niet meer kwaad,' zegt Justin.

'Natuurlijk niet,' zegt Isa. 'Het was maar een grapje. We wilden jullie fokken.' Ze geeft Justin een kus. 'Dus mijn broertje had zo'n geluk toen jullie aan het zwemmen waren.'

Justin knikt. 'Annabel heeft het zeker verteld?'

'Nee,' zegt Isa. 'Ik weet van niks. Wat dan?'

'Ze heeft een kaart in Kars' zak gestopt met een afdruk van haar lippen,' zegt Justin.

'En superromantische woorden,' vult Romeo aan. 'Weet je wat erop stond? "Ik kan aan niemand anders meer denken."'

'Dat heb je goed onthouden,' zegt Justin.

'Wat denk je,' zegt Romeo, 'dat wil ik ook wel van een meid horen.'

'Dus die kaart zat net in Kars' zak?' Isa snapt er niks van. Waarom heeft Annabel dat niet gezegd? Ze loopt naar buiten.

'En?' vraagt Annabel.

'Wat "nou en"?' zegt Isa. 'Je hebt zelf een kaart in zijn zak gestopt met heel lieve woorden erop.'

'Ik?'

'Ja, jij,' zegt Isa. 'Waar slaat dat nou op? Spreken we af dat we de hysterisch jaloerse vriendinnen gaan uithangen, die zogenaamd beledigd zijn als hun vriendjes alleen gaan zwemmen, en dan stop jij gauw een ansichtkaart in Kars' zak om het goed te maken. Dan had ik dat ook wel bij Justin kunnen doen. En dan moet ik ook nog vragen waar ze het over hebben?'

'Ik heb helemaal geen kaart in zijn zak gestopt,' zegt Annabel.

'Hè, Annabel,' zegt Isa geërgerd. 'Hou nou maar op. Zo erg is het nou ook weer niet. Ik ben niet kwaad op je, ik vind het alleen flauw.'

Annabel wordt rood. 'Luister nou, er klopt niks van. Die kaart is niet van mij.'

Isa kijkt haar vriendin aan en dan ziet ze dat het waar is. 'Hoe komt die dan in Kars' zak?'

'Weet ik het.' Annabel moet bijna huilen.

'Je hoeft niet zo te schrikken,' zegt Isa. 'Het kan toch dat hij een stille aanbidster heeft? Daar kan hij toch niks aan doen?'

'Maar hij was er wel blij mee,' zegt Annabel. 'Dat hoorde je toch?'

'Zo zijn jongens,' zegt Isa. 'Dat vinden ze stoer.'

Isa denkt aan het telefoontje van Kars. Ik wil Annabel verrassen... Heeft hij soms iets goed te maken? Zal ze het tegen Annabel zeggen? Isa aarzelt, maar ze houdt toch maar haar mond.

'Daar komt hij!' sist Birgit als Kars Isa's tent uitkomt. 'Hij heeft een cd in zijn handen. Ze gaan zeker oefenen voor de voorstelling in de grot.'

Simone kijkt Kars na. 'Hij gaat helemaal niet naar de grot.'

'En ook niet naar de kantine,' zegt Birgit.

'Wat goed,' zegt Birgit als Kars het veldje oploopt. 'Hij gaat naar Annabels tent. Hij gaat die cd in haar tent leggen. Een cadeautje, wedden?'

Ze nemen een spurt en blijven dan achter een boom staan. Vandaar kunnen ze Annabels tent zien.

'Dat gaat goed!' zegt Birgit als Kars Annabels tent openritst. 'Hij denkt dus echt dat die kaart van Annabel komt. Ze krijgt een cadeautje van hem, wat een mop.' Ze begint te grinniken.

'Dit vind ik dus helemaal geen mop,' zegt Simone. 'Die twee zijn echt dol op elkaar. Daar kun je niet tussenkomen. En dat moet ook helemaal niet. Laat die twee maar lekker bij elkaar. Ik heb gewoon dikke pech.'

'Doe niet zo serieus. Ik zei maar wat. Misschien is het helemaal geen cadeautje. Het kan toch dat hij die cd van haar heeft geleend?'

Simone zegt niks terug. Ze wachten tot Kars Annabels tent uitkomt. Als hij uit zicht is, rennen ze ernaartoe.

'Kijk jij maar wat hij heeft neergelegd,' zegt Birgit. 'Ik houd de wacht.'

Simone gaat de tent in. 'Het is dus wel een cadeautje,' zegt ze. 'Er zit nog een kaart bij ook. "Voor mijn *amazing* Annabel. Als ik deze song hoor, denk ik aan jou, love Kars".'

'Ja, zielig, hè?' zegt Birgit als Simone weer uit de tent komt en ze haar gezicht ziet. 'Zeg nog even hoe zielig je het vindt. Dat zou je niet meer doen, weet je nog. Je zou niet meer zeuren, dat heb je gezworen. Je maakt het veel te heftig. Dit is plan A.'

'Volgens mij lukt het nooit,' zegt Simone. 'Die twee zijn echt heel gek op elkaar. Dan valt hij toch nooit op mij?'

'Vertrouw nou op mij,' zegt Birgit. 'Ik voel het gewoon, jullie horen bij elkaar, echt hoor. Dat laat je toch niet door zo'n kleutertje verpesten? Het komt helemaal goed. Over een paar dagen zijn ze uit elkaar, en dan liggen wij lekker met z'n viertjes op het Love Island. Denk daar maar aan. Maar eerst moeten we ons op Annabel storten. Eigenlijk moeten we hier zijn als ze die cd vindt.'

'Alsof dat niet opvalt,' zegt Simone.

'Nee, niet als we voor onze eigen tent zitten,' zegt Birgit.

'Wat nou: voor onze tent?' Simone kijkt naar haar vriendin alsof die gek is. 'We staan er mijlen vanaf.'

'Nu nog wel, maar straks niet meer.' Birgit wijst naar een lege plek naast de tent van Annabel. 'Dan staan wij hier.'

'Je bedoelt dat we gaan verkassen?'

Birgit knikt.

'Jij bent echt heel slim, hè?' zegt Simone. 'Maar zouden je ouders dat wel goed vinden?'

'Natuurlijk wel,' zegt Birgit. 'We mogen heus wel hier staan met z'n tweetjes. Als we het lief vragen. Maar Ad moet het ook goed vinden. Kom op, we gaan het meteen regelen.'

'Jullie zitten hier wel lekker in de kantine,' zegt Kylian als hij terugkomt van het schilderen met de kinderen, 'maar we moeten toch echt verder aan onze show werken.'

'Dat kan dus niet in de grot,' zegt Kars, die na hem binnenkomt. 'Ik zie daar net een groepje archeologen binnengaan.'

'Dan oefenen we in CU,' zegt Kylian. 'De disco is een perfecte plek. Edgar, jij had toch nog een goede cd voor dat ene nummer?.. Edgar, ik vraag je wat!' zegt Kylian als hij geen antwoord krijgt.

'Eh... ja, o, je hebt het over de show.' Edgar is met zijn gedachten heel ergens anders.

'Als je het over een goede cd hebt, ziet hij zichzelf met Sophie schuifelen.' Romeo geeft zijn vriend een klap op de schouder.

Maar daar dacht Edgar helemaal niet aan. Hij vraagt zich de hele tijd af hoe hij haar uit zijn hoofd moet zetten. Want hij is echt niet van plan ermee door te gaan. 'Die cd ligt in mijn tent,' zegt hij.

'Haal 'm dan even,' zegt Kylian. 'Ik wil op tijd beginnen.'

Edgar loopt naar zijn tent als hij Brian tegenkomt.

'Hé,' zegt Brian. 'Wat hoor ik nou van mama? Ben je verliefd op Sophie? Niet zo handig, hè, om iets met haar te beginnen. Wil je dat je fiets weer wordt gemold?'

'Ik ben helemaal niks begonnen,' snauwt Edgar.

'Mama maakt zich anders wel zorgen om je,' zegt Brian.

'Dat hoeft niet,' zegt Edgar. 'Ik ben Sophie alweer vergeten, dat zal ik mama wel zeggen.'

'Gelukkig voor je,' zegt Brian. Hij weet hoe het is om liefdesverdriet te hebben.

'Bemoei jij je nou maar met je eigen zaken,' zegt Edgar. 'Jij pist al in je broek als een meisje naar je kijkt.'

Edgar loopt door.

Brian kijkt zijn broer na. Hij denkt aan het gesprek met zijn moeder. Wil je het hem echt niet vertellen? Hij is je broer. Wat wil zijn moeder nou? Edgar kan nu al niet normaal tegen hem doen. Moet je kijken wat hij doet als Brian vertelt dat hij homo is. Zijn broer krijgt het echt niet te horen, nu weet hij het zeker.

Birgit staat zuchtend op de plek naast Annabels tent. Waar blijft Simone nou? Haar ouders vonden het prima, maar van Ad mag het vast niet. Ze wilden niet samen naar Ad gaan. Birgit was bang dat Annabel dan net haar cadeautje van Kars zou vinden. Daar moeten ze natuurlijk bij zijn. Daarom houdt ze de wacht. Ze hoopt maar dat het mag. Misschien is de lege plek al gereserveerd, dan hebben ze pech. Want verder staat het veldje helemaal vol tenten. Alleen achterin ziet ze nog een plaats, maar dat is te ver.

Ze ziet het al aan Simones gezicht als ze aan komt lopen. Ze kijkt zo somber. 'Het mag zeker niet,' zegt Birgit.

'Nee,' zegt Simone. 'Die plek is al vergeven, balen, hè?'

'Shit!' Birgit trapt een steentje weg. 'Dan moeten we iets anders verzinnen.' Maar dan ziet ze Simones gezicht. 'Het mag wel!'

Simone moet lachen. 'Hij vond het geen enkel punt. "Als jullie je daar prettig voelen bij die andere meiden, dan gaan jullie daar toch lekker staan," zei hij.'

'Zo ken ik je weer.' Birgit slaat een arm om haar vriendin heen. 'Je durft er weer grapjes over te maken.'

'Ach ja,' zegt Simone. 'Je hebt gelijk. Misschien ben ik ook wel te braaf. Als we het toch doen, kunnen we beter lol hebben. Maar ze is dus nog niet geweest?'

'Nee,' zegt Birgit. 'Ik heb hier al die tijd voor niks staan wachten.'

'Nu zullen we toch samen de tent moeten halen,' zegt Simone. 'Die spullen krijg je nooit in je eentje hierheen.'

'Hè, bah,' zegt Birgit, 'en dan komen we terug en dan heeft

74

ze haar cadeautje gevonden. Nee, blijf jij maar even hier. Ik ga wel kijken waar ze ergens uithangt.'

Een paar minuten later komt ze terug. 'Ze zijn in de disco aan het oefenen voor die show.'

'O, dan kunnen we wel even verhuizen,' zegt Simone. En ze halen hun kampeerspullen op.

9

In de disco wordt hard gewerkt. Op het nummer dat Edgar heeft voorgesteld swingen ze nog beter. Romeo, Stef, Isa en Justin mogen kijken. Als ze er maar niet doorheen roepen. Voor Romeo is dat nog best moeilijk. Als het nummer is afgelopen, beginnen ze te klappen.

'Nu mogen jullie commentaar geven,' zegt Kylian. 'Barst maar los.'

'Ik vind het echt top,' zegt Romeo. 'Zoals Annabel tegen Kars doet, echt heel sexy.'

'En jij bent ook te gek!' zegt Isa tegen Edgar.

Edgar veegt het zweet van zijn voorhoofd. Hij vindt het wel lekker om te bewegen. Het is net alsof hij zijn liefdesverdriet eruitswingt.

'Dan gaan we nu de hele show achter elkaar doen,' zegt Kylian.

'Jij bent wel een slavendrijver, hè?' zegt Kars.

'Wat nou,' zegt Isa. 'Hij danst zelf toch ook mee. Willen jullie nou een gave show of niet?'

'Moet je haar horen,' zegt Kars. 'Hoe zit het eigenlijk met jullie kabouteract?'

'Hartstikke goed,' zegt Isa. 'Die hebben we al helemaal op papier staan.'

'Geen gedoe nu meer; een, twee…' En Kylian zet de muziek aan.

Ze zijn al een paar minuten bezig als de deur van CU opengaat. Midden in het nummer blijft Edgar staan. Hij vergeet helemaal dat hij aan het dansen is. Hij heeft het gevoel alsof hij gek wordt. Hij ziet Sophie staan, maar dat kan helemaal niet. Het komt vast doordat hij de hele tijd aan haar denkt. Nou denkt hij ook nog dat ze daar staat. Maar dan valt zijn mond open. Sophie loopt naar voren.

'Dansen!' roept Kars.

'Sophie...' fluistert Edgar en als in een droom loopt hij naar haar toe.

Terwijl de muziek doorspeelt staan ze daar, tegenover elkaar.

'Ik heb mijn verkering uitgemaakt,' zegt Sophie.

Edgar kijkt haar aan. Je bent vrij, denkt hij. Niets staat me meer in de weg.

Hij pakt haar vast en kust haar.

'Hé, wat moet dat!' roept Kylian. 'We zijn aan het werk!'

Maar Edgar hoort hem niet eens. Hij voelt Sophies warme lippen. Zijn mond gaat vanzelf open. En dan voelt hij haar tong. Wat is ze zacht... Edgar heeft het gevoel dat hij zweeft. Achter hem schreeuwen ze dat hij moet dansen. Maar al stortte de hele disco in, dan zou hij het niet merken. Hij heeft zo vaak met een meisje gezoend, maar dit is anders. Hij voelt niet alleen zijn tong, hij voelt zijn hele lichaam. Er gaan schokjes doorheen. Edgar heeft geen idee hoe lang ze kussen. Als ze opkijken, kussen ze weer, maar dan elkaars lippen.

'Heb je het echt uitgemaakt?' vraagt hij zachtjes.

Sophie knikt. 'Ik heb alleen niet verteld dat het om jou is en dat mag Alain ook nooit weten.'

Edgar kust haar weer en dan pakt hij haar hand en loopt met haar naar zijn vrienden toe.

'Koop alvast maar een paar nieuwe banden,' zegt Romeo.

'Ze heeft het uitgemaakt met Alain,' zegt Edgar.

Sophie knikt. Edgar slaat een arm om haar heen en dan bedenkt hij opeens dat ze aan het werk waren. 'Mag Sophie even kijken?'

Op dat moment gaat de deur open. 'Ik heb goed nieuws!' roept Nona blij. 'Jules hoeft niet te verhuizen! Zijn vader wordt hier gids!'

'Top! Dat is zeker goed nieuws. Ik vind dat we daar iets op moeten drinken,' zegt Kylian. 'Maar is het echt zeker?'

'Ja,' zegt Nona. 'Ad vindt het goed. Jules' vader weet het al.' Nona is zo enthousiast dat ze Sophie niet ziet staan.

'Brian en ik hebben het samen bedacht. Gaaf toch? Ik moest het jullie even vertellen. Maar ik ga nu Brian ophalen. Die staat achter de bar op het Love Island. We zien jullie zo wel.'

Ze loopt weg, maar als ze bijna bij de deur is, draait ze zich om. 'Dat wou ik nog vragen, wat doet die groep van Alain bij de camping? Toen ik hierheen liep, zag ik ze staan.'

'Wat?' Edgar wil het eerst niet voor Sophie vertalen, maar ze heeft Alains naam opgevangen, dus zegt hij het toch. Sophie geeft van schrik een gil. Edgar slaat een arm om haar heen.

'Je hoeft niet bang te zijn,' zegt hij. Maar er schieten ijskoude rillingen over zijn rug.

'Nou, gefeliciteerd!' Romeo is de eerste die reageert. 'Echt heel verstandig van je, Edgar. Dat had je toch wel kunnen bedenken, of ben je echt zo naïef?'

'Ik snap het ook niet hoor,' zegt Stef. 'De hele zomer lopen er mooie meiden op de camping rond en jij moet per se de vriendin van Alain versieren.'

Sophie hoort wel dat het over haar gaat, maar ze verstaat niet wat er wordt gezegd.

'Wat een flauwekul,' zegt Kars. 'Sophie heeft het uitgemaakt, dan mag ze toch met Edgar gaan. Wat wil die Alain nou?'

'Helemaal mee eens,' valt Isa haar broer bij. 'Ga die gast een beetje zijn zin geven! Waar bemoeit hij zich mee? Het is

toch uit?' Isa kijkt Sophie aan. 'Je hebt het toch echt uitgemaakt met Alain?'

'Ik zweer het.' Sophie steekt twee vingers op.

'Dan moet hij oprotten,' zegt Kars. 'Wat doen ze hier eigenlijk op onze camping? Kom op, dat gaan we eens even vragen.' Kars loopt al naar de deur.

'Hier blijven!' roept Kylian. 'Als je echt rottigheid wilt, moet
je er zeker naartoe gaan. Laat ze daar maar staan, als niemand
reageert, is de lol er zo af. Negeren, dat is het beste.'

'Dat vind ik ook,' zegt Edgar. 'Het is een zaak van Sophie en
mij. Daar hoeven jullie je niet mee te bemoeien. Ik ben echt
niet bang voor hen.' Edgar meent het. Net schrok hij heel erg,
maar nu is dat gevoel alweer over. Het kan hem niks schelen
dat die gasten daar staan. Wat kunnen ze nou helemaal beginnen? Ze hebben zijn banden lekgestoken: heel vervelend,
maar daar is hij allang weer overheen. Hij kijkt naar Sophie.
Je bent echt naar me toe gekomen, denkt hij. Het lijkt wel een
droom.

'Ik durf niet naar huis,' zegt ze.

Edgar trekt haar naar zich toe. 'Ik breng je wel. Van mij
mogen ze best zien dat wij verkering hebben. We hebben niks
te verbergen.'

'Zullen we dan nog één keer ons nummer doornemen?' zegt
Kylian. En hij zet de muziek keihard.

Sophie kijkt maar naar Edgar. Je kunt zien dat ze hem goed
vindt dansen. Edgars ogen glanzen ook. Het lijkt wel of hij
nog beter danst nu Sophie naar hem kijkt. Wat ben je bijzonder, denkt hij. Als ze klaar zijn, gaat hij meteen naar haar
toe.

'Hoe vind je onze show?' vraagt Kylian.

'Gaaf!' zegt Sophie stralend. Ze trekt Edgar naar zich toe.
'Je danst zo knap!'

'Die twee zijn hartstikke verliefd,' zegt Kars lachend als Edgar en Sophie zoenen. 'Die krijg je echt niet uit elkaar.'

'Ik blijf het stom vinden,' zegt Romeo. 'Laat hij een ander nemen. Ik zag net een nieuwe meid de camping opkomen. Ik heb die Birgit al, dus Edgar mag haar van mij zo hebben. Niet gek hoor. Ik schat een c'tje. Maar voor een beginnelingetje als Edgar is dat groot genoeg.'

'Gadverdamme,' zegt Isa. 'Wat nou een c'tje? Je hebt het over een meisje, hoor! Jij kunt ook alleen maar aan borsten denken, hè? Je bent nooit echt verliefd. Als je maar aan borsten kan zitten. Heb je nooit moedermelk gehad of zo?'

'Zo kan-ie wel weer,' zegt Kylian. 'Jongens, de repetitie is afgelopen.' En hij loopt CU uit.

'Heb ik het niet gezegd?' zegt Edgar stoer als ze de discotheek uit komen. 'Ze staan er al niet meer. De lol is eraf. Alleen maar bluf, echt waar. Ze willen gewoon indruk maken. Niet gelukt dus, tenminste niet bij mij. Je hoeft niet bang te zijn,' zegt hij als hij Sophies gezicht ziet. 'Ik breng je thuis.'

Onderweg vertelt Edgar aan Sophie dat zijn fietsbanden gisteren lek zijn gestoken. Hij zegt ook dat hij zeker weet dat Alain daarachter zit. Hij probeert haar onder het fietsen te kussen. De sturen haken in elkaar. Sophie geeft een gil als haar fiets onderuitglijdt. Maar Edgar grijpt haar vast zodat ze niet valt. Hij staat midden op de weg als hij haar lippen voelt. Edgar vergeet alles om zich heen. Hij weet niet hoe lang ze daar staan, maar ineens schrikken ze van een auto die toetert omdat hij moet uitwijken.

Edgar en Sophie stappen lachend op hun fiets. Als ze bij de waterval komen, blijven ze staan. 'Mooi, hè?' zegt Sophie.

Samen kijken ze in het water.

'Hoe lang hebben jullie eigenlijk verkering gehad?' vraagt Edgar.

'Twee maanden.'

Edgar schrikt. 'Zo lang?' Hij wordt ineens onzeker. Klopt het wel dat ze nu al met hem zoent? Het is nog maar net uit... Zo meteen doet ze dat bij hem ook.

'Het was niet echt twee maanden,' zegt Sophie. 'Na twee weken wilde ik het al uitmaken, maar dat wou Alain niet. Ik ben eigenlijk nooit echt verliefd op hem geweest. Wat ik voor jou voel, dat voelde ik helemaal niet voor hem. Dat heb ik nog nooit gevoeld. En hij is heus niet zielig. Hij kan meiden genoeg krijgen. In die tijd dat we verkering hadden, heeft hij drie keer met een ander gezoend. Ik durfde het niet uit te maken, maar nu moest het wel. Toen ik jou had gezien, kon ik het gewoon niet meer volhouden. Kom mee.' Sophie pakt zijn hand. 'Dan gaan we naar mijn huis.'

Edgar vertrouwt het niet helemaal. Hij verwacht telkens dat Alain ineens uit de bosjes komt. Maar als ze in het dorp zijn, hebben ze hem nog steeds niet gezien. Hij dacht dat Sophie in het centrum woonde, maar ze fietst de andere kant op. Die kant van het dorp kent hij helemaal niet.

Ineens trapt ze op haar rem. 'Hier is het,' zegt ze als ze voor een boerenhuisje staan. 'Zet je fiets maar achter, je weet nooit of Alain langskomt. Zo meteen heb je weer twee lekke banden.' Sophie neemt Edgar mee de tuin in. Ze wijst naar een steegje. 'Als je straks weggaat, moet je ook achterlangs fietsen. Als je daar doorheen gaat, dan steek je door.'

Edgar knikt. Zover is het nog lang niet. Eerst gaat hij nog met Sophie mee. Ze haalt sleutels uit haar tas en doet de deur open. 'Mijn kamer is helemaal boven.' En ze gaat hem voor de trap op.

'Wat een leuke kamer heb je.' Edgar voelt zich ineens heel verlegen. Het is ook zo spannend dat hij ineens bij haar thuis is. Hij kijkt zogenaamd geïnteresseerd naar een poster.

Sophie zet een cd op en gaat op haar bed zitten. Edgar staat maar wat voor de poster. 'Kom hier.' Sophie strekt haar arm naar hem uit.

Edgar pakt haar hand. En dan zit hij naast haar. Of ligt hij? Hij weet het niet. Haar lippen komen steeds dichterbij. Wat is ze zacht. Hij voelt haar tong. Even is het of er niks bestaat, alleen zij tweeën. Zijn hand glijdt omlaag. Het gaat vanzelf. Hij voelt haar borsten. Sophie kreunt zachtjes. Ze fluistert lieve woordjes in zijn oor. Zijn lichaam, wat een heerlijk gevoel is dat. Hij kent het alleen uit een droom. Terwijl hun tongen om elkaar heen draaien, streelt hij zachtjes haar borsten. Dan schrikken ze op van de voordeur.

'Mijn moeder!' Sophie trekt haar t-shirt recht en doet haar haar goed. Edgar kijkt naar haar. Hij heeft nog nooit écht met een meisje gevreeën, zou het deze zomer gebeuren?

Hij denkt aan zijn moeder. Voor de vakantie heeft ze condooms voor hem gekocht. 'Wat moet ik daar nou mee?' had hij geroepen.

'Toch wil ik dat je ze inpakt,' zei zijn moeder toen. 'Als je een leuk meisje tegenkomt, is het zo gebeurd.'

Met jou kan het gebeuren, denkt hij als hij naar Sophie kijkt. Zou ze met Alain hebben gevreeën? Hij durft het niet te vragen. Maar wat maakt het uit, ze was niet echt verliefd op Alain en dat is ze nu op hem wel. Hij pakt haar hand en geeft er een kus op. Ik wil niet dat het zo gebeurd is, denkt hij. Als ik met jou ga vrijen, moet het heel bijzonder zijn. Je bent veel te mooi om het zomaar mee te doen.

'Wat denk je allemaal?' vraagt Sophie.

'Eh... niks,' zegt Edgar gauw. 'Ik dacht eraan hoe verliefd ik op je ben.' En hij kust haar weer.

Iedereen geeft Annabel complimentjes. 'Jij danst echt vet gaaf!' zeggen ze. Annabel vindt zelf ook dat het lekker ging. Dat heeft ze altijd als ze danst, dan vergeet ze alles om zich heen. Pas nu ze naar de kantine lopen, denkt ze weer aan de kaart in Kars' broekzak. Ze voelt dat het haar niet lekker zit. Vooral omdat Kars er niks over zegt. Zelf wil ze er niet over beginnen. Als zoiets haar overkomen was, had ze het meteen aan hem verteld. Ze had hem de kaart nog laten lezen ook. Tenzij er écht iets aan de hand was. Maar dan bedenkt ze dat er ook geen gelegenheid voor is geweest. Wanneer had hij het haar moeten vertellen? Waar iedereen bij was zeker.

Nu gaan ze met z'n allen naar de site kijken. Er schijnen weer een heleboel spannende dingen op Sweetmemory te staan. Ze kan natuurlijk vragen of Kars mee naar haar tent gaat. Als ze samen zijn, komt het er heus wel uit. Ze gaat naast Kars lopen.

'Het ging goed, hè? Ik ben hartstikke trots op je.' Kars slaat een arm om haar heen.

'Ik heb zin om even met z'n tweetjes te zijn,' fluistert Annabel. 'Zullen we even naar mijn tent gaan?'

Kars heeft er wel zin in, maar dan denkt hij aan de cd die hij voor Annabel heeft gebrand. Hij wil niet dat hij erbij is als ze die vindt: dat is helemaal niet romantisch.

'Ik eh... dat gaat niet,' verzint hij gauw. 'Ik moet nog even iets bespreken met de boys.'

Annabel schrikt heel erg, maar ze laat niks merken. 'Oké,' zegt ze zo gewoon mogelijk.

Haar blije gevoel over de voorstelling is meteen weg. Hoezo iets met de jongens bespreken? Hij durft dus niet met haar alleen te zijn! Hij is veel te bang dat ze erover begint. Hij denkt dat ze het wel vergeet als hij niks zegt. Ze schrikt van haar eigen gedachten: waarom vertrouwt ze Kars niet? Misschien moet hij echt iets bespreken. Dat zij zich nou zo druk maakt om die kaart, waarschijnlijk is Kars het allang vergeten.

Als ze in de kantine een colaatje drinken, probeert ze zo gewoon mogelijk te doen, maar echt rustig voelt ze zich niet. De gedachten razen maar door haar hoofd. Ze weet wel dat ze zichzelf opfokt, maar ze kan het niet helpen. Kars was wel degene die zei dat de meiden niet mee mochten. Hou op, zegt ze tegen zichzelf. Zo word je wel gek. Misschien moet ze even alleen zijn. Dat helpt meestal als ze opgefokt is. Ze besluit muziek te gaan luisteren in haar tent, dat is beter dan hier te blijven zitten. Als iedereen dubbel ligt om de nieuwste sweetmemories gaat ze weg.

Birgit stoot Simone aan. 'Daar heb je haar!'

Eindelijk! Ze dachten dat Annabel nooit zou komen. Ze gaan gauw achter een boek voor hun tent zitten.

'Hoi!' roepen ze als Annabel vlakbij is.

Annabel kijkt verrast. 'Zijn jullie verhuisd?'

'We vinden het hier veel rustiger,' zegt Birgit. 'Hier zijn niet zo veel kinderen, dan kunnen we rustig lezen. Hoe gaat het met de voorstelling?' vraagt ze schijnheilig.

'Prima!' Annabel wordt meteen weer vrolijk als ze eraan denkt. 'Het wordt echt super!'

Birgit legt haar boek weg. 'Jij hebt echt een gaaf tentje,' zegt ze. 'Heel wat beter dan dat lekkende ding van ons. Mag ik 'm eens vanbinnen zien?'

'Ja hoor.' Annabel ritst haar tent open. 'Kijk maar.' En ze kruipt naar binnen.

Terwijl Birgit en Simone zogenaamd de ruimte bekijken, ziet Annabel het pakje liggen. Ze leest wat er op het kaartje staat en wordt knalrood. Anders zou ze altijd blij zijn met een cadeautje van Kars, maar nu maakt het haar alleen maar onzeker. Waarom geeft hij haar nu een cd?

Simone krijgt meteen een schuldgevoel, ziet Birgit. Ze stoot haar vriendin aan.

'Is er iets?' vraagt Birgit aan Annabel.

'Eh... nee, hoor. Ik heb een cd van Kars gekregen. Een heel romantische song.'

'Zomaar?' vraagt Birgit.

Annabel knikt.

'Zo te zien ben je er niet echt blij mee. Jij denkt zeker dat hij wat goed te maken heeft.'

'Hoe weet jij dat?' zegt Annabel.

'We hoorden de jongens over een kaart praten die Kars had gekregen. Hij lijkt mijn broer wel.' Birgit lacht. 'Die geeft zijn vriendin ook altijd een cadeautje om te lijmen. Heeft hij met een ander gezoend, ja hoor, krijgt ze weer iets van hem. Laatst was hij vreemdgegaan, en wat denk je? Een dure fles parfum! Nou, van mij kreeg hij hem naar zijn kop.'

'Maar Kars heeft niet met een ander gezoend,' zegt Annabel geschrokken.

'Nou, dat vraag ik me wel af,' zegt Birgit. 'Zo'n meisje doet heus niet zomaar een kaart in zijn zak. En daar zag ze ook niet naar uit,' doet ze er nog een schepje bovenop.

'Wat?' Annabel laat de cd van schrik vallen. 'Kennen jullie haar?'

Simone kijkt haar vriendin streng aan. Het is duidelijk dat ze dit te ver vindt gaan, maar Birgit gaat maar door. 'Kennen niet echt, hè, Simoon, maar we hebben haar wel gezien. Als zij het is tenminste, dat weten we niet zeker. Vanochtend waren we in het dorp en toen zaten we naast drie meiden op het terras op het plein. Normaal letten we nooit op andere meiden, maar deze drie vielen zo op. Vooral die ene, die kon zo model zijn. We hoorden hen zeggen dat ze 's middags naar het Love Island zouden gaan.'

'Echt waar?' Annabel verbleekt.

'En die ene, dat model zal ik maar zeggen, had het over een lekker ding, de zoon van de eigenaar, die ze zo sexy vond. Ik weet niet of ze Kars bedoelde, misschien ging het wel over zijn broer.'

'Kars heeft helemaal geen broer.' Annabel kan wel huilen. Er is dus wel iemand. In haar gedachten ziet ze Kars met een ander zoenen. Dus daarom mocht zij niet mee zwemmen.

'Lekker type,' zegt Birgit. 'Van mij kon hij de pot op met z'n cd.'

Ze wil nog verder gaan, maar dan grijpt Simone in. 'Misschien valt het allemaal wel mee,' zegt ze. 'Kars lijkt me helemaal niet zo'n type. Hij ziet er heel eerlijk uit. Als ik jou was, zou ik me maar niet zo druk maken. We moeten gaan.' En ze trekt Birgit mee.

'Waarom zei je dat nou?' fluistert Birgit als ze voor hun tent zitten. 'Je hebt alles verpest.'

'Ik vind dit veel te erg,' zegt Simone zachtjes. 'Ze is helemaal in paniek. Als het zo moet, heb ik liever geen verkering met Kars.'

'Weet je het zeker?' vraagt Birgit.

Simone denkt na. 'Hij is wel erg leuk, hè?'

'Nou dan,' zegt Birgit.

'Maar ik wil niet dat je haar helemaal overstuur maakt,' zegt Simone.

'Ze belt Isa,' fluistert Birgit.

'Wil je naar me toe komen?' horen ze Annabel zeggen. 'Ik moet je iets heel ergs vertellen.'

Birgit en Simone duiken snel hun tent in.

10

Edgar rijdt terug naar de camping. Hij heeft niet eens door dat hij op de fiets zit. Sophie is geen seconde uit zijn gedachten. Het lijkt echt wel een droom. Ineens heeft hij verkering met het mooiste meisje van de wereld. En ze meent het echt serieus met hem, anders had ze hem nooit aan haar moeder voorgesteld.

'Dus jij bent de nieuwe vriend van Sophie,' zei haar moeder toen ze samen beneden kwamen. 'Ik ben zo blij dat het eindelijk uit is met die Alain. Ik had helemaal geen goed gevoel bij die jongen en mijn man ook niet.'

Edgar merkte wel dat ze hem aardig vond. En hij mag Sophies moeder ook. In het begin vond hij het nog moeilijk om Frans te praten, maar ineens had hij het helemaal te pakken en vertelde hij van alles over Timboektoe. Hij heeft haar verteld hoe ze het Love Island hebben gebouwd. En dat ze het geld gebruiken voor Hydrospeed. Hij vraagt zich af hoe zijn moeder Sophie zal vinden. Vast een schatje. Zijn moeder denkt dat hij Sophie uit zijn hoofd heeft gezet. Het duurt vast niet lang voordat ze weet dat dat niet waar is. Hij kan het toch niet voor zich houden, daar is hij veel te verliefd voor. Ze hebben alweer afgesproken voor morgen. Dan gaan ze samen naar het Love Island. Sophie is er nog nooit geweest. Nou, daar zal hij verandering in brengen. Als ze op het openingsfeest van het Love eiland was geweest, had hij haar vast gezien en dan hadden ze al veel eerder verkering gehad. Alain is wel eens geweest, dat vertelde ze en zij mocht niet mee van hem. Ze mocht helemaal niks van die gast. Hij had er nog een vriendin naast ook.

Wat een engerd is dat. Hij heeft Sophie echt onderdrukt.

Wat staat daar nou op de brug? Als Edgar dichterbij komt, herkent hij de scooter van Alain. Hij is er dus toch! Er gaat een schok door hem heen. Zal hij omkeren? Nee, dat heeft geen zin. Met die scooter heeft Alain hem zo ingehaald. Bovendien weet hij dan meteen dat Edgar bang voor hem is. Dat mocht hij willen, dan wordt het alleen maar erger.

Alsof het hem niks kan schelen, fietst Edgar door. Maar dan schrikt hij. Alain is niet alleen. Met zijn vijven komen ze de brug oplopen. Als hij aan komt rijden, versperren ze hem de weg. Alain gaat vlak voor hem staan.

'Jij kunt niet zo goed luisteren, geloof ik. We hebben niet voor niks je banden lekgestoken. Jij blijft uit de buurt van Sophie, begrepen?'

Edgar voelt dat hij woedend wordt. Wat denkt die gast wel? Hem een beetje onder druk zetten! Sophie is zijn meisje, hij laat zich heus niet bang maken.

'Begrepen?' Edgar schrikt van de klik van Alains stiletto. Hij duwt het mes tegen zijn kin.

Nu wordt Edgar helemaal razend. Hij trekt zijn hoofd weg. Hij weet dat het stom is wat hij doet, maar hij kan zich niet inhouden. 'Ik maak zelf wel uit of ik met Sophie omga of niet,' zegt hij.

Alain geeft zijn vrienden een teken. Voordat Edgar er erg in heeft, rukken ze zijn fiets onder hem vandaan en smijten die over de brugleuning. De fiets suist naar beneden. Onder aan de berg klettert hij tegen de rotswand en komt dan in het water terecht.

'Je bent gewaarschuwd, de volgende keer ga je er zelf achteraan,' zegt Alain en ze rijden weg.

Stelletje klootzakken, denkt Edgar. Hij kijkt naar beneden: zijn fiets drijft weg met de stroming. Als hij niet snel is, krijgt hij hem niet eens meer te pakken. Hij rent de berg af. Met kleren en al rent hij door het water achter zijn fiets aan. Wat is de stroom sterk! Hij krijgt zijn fiets nooit meer te pakken.

Maar Edgar heeft geluk: zijn fiets blijft steken achter een rots. Hij loopt ernaartoe en tilt hem het water uit. Hij kijkt omhoog. Dat is nog een heel eind. Met zijn fiets op zijn schouders klimt hij naar boven. Het is behoorlijk zwaar. Eindelijk staat hij weer op de brug. Hij kijkt naar zijn fiets. Door de val is het voorwiel verbogen. Hij probeert het terug te buigen, maar dat gaat niet. Shit, shit, shit! Hij geeft een trap tegen de reling. Dat is de tweede keer dat hij door die klootzakken dat pokkeneind kan lopen. Hij kan zijn vrienden bellen. Edgar aarzelt. Als ze horen dat Alain hem heeft opgewacht, krijgt hij alleen maar problemen. Dan willen ze niet dat hij met Sophie omgaat. Hij gaat het echt niet uitmaken voor dat stelletje! Dat kan hij niet eens. Sophie is het voor hem helemaal. Hij had nooit gedacht dat het bestond, de ware, alleen in romantische films. Maar zij is het. Het is beter dat hij zijn vrienden niks vertelt. Hij kan ergens tegenaan gebotst zijn met zijn verliefde kop. Ja, laat hij dat maar zeggen, ook tegen zijn moeder. Hij heeft het gewoon niet meer over Alain, dan vergeten zij het ook wel. In zijn hoofd hoort hij de stiletto van Alain openklikken. Edgar rilt. Dat vertelt hij dus helemaal nooit.

Isa is meteen naar Annabel gegaan. Ze is woedend als ze het verhaal hoort.

'Jij zegt niks, dat mocht-ie willen. Jij doet net alsof je het niet weet. Ik zoek dit eerst uit. Hij krijgt echt met mij te maken.' En ze kruipt Annabels tent uit.

Is hij helemaal gek? Isa wordt steeds kwader op haar broer. Het is nog altijd haar beste vriendin met wie Kars verkering heeft. En die laat ze niet bedriegen.

'Wat heb jij?' vraagt Justin als ze met een woedend gezicht de steiger op komt lopen.

'Ik zoek mijn broer,' zegt Isa.

'Wat is er dan?' vraagt Justin.

'Dat vertel ik je zo wel.'

'Kars zwemt net met de jongens naar het Love Island,' zegt Justin. 'Hij moet achter de bar, samen met Stef.'

Om daar zeker met een ander te zoenen, denkt Isa. Het vlot ligt er nog. Ze stapt erop als drie kleine meisjes aan komen hollen. 'Mogen we mee?'

Isa wordt meteen minder kwaad als ze de kinderen ziet. Ze zien er ook zo opgedoft uit, alsof ze naar een feest gaan.

Isa geeft Justin een knipoog. 'Ik ga naar het Love Island,' zegt ze.

'Daar willen wij ook heen,' zeggen ze.

'Weten jullie het zeker?' vraagt Isa. 'Het heet niet voor niks Love Island, hoor. Als je daar komt, word je vanzelf verliefd. Toch, Justin?'

Justin knikt en geeft Isa een kus.

De meisjes beginnen te giechelen. 'We zijn al verliefd, net als jullie.'

'Zijn jullie echt verliefd?' Isa trekt de motor aan en vaart weg. De meisjes knikken trots.

'Hoe heet jouw vriendje dan?' vraagt Isa.

'Denny,' zegt een van de meisjes.

'En jouw vriendje, hoe heet die?'

'Ook Denny en haar vriendje heet ook Denny,' zegt een ander meisje. 'Wij gaan alle drie met Denny.'

Isa moet moeite doen om niet in de lach te schieten. Ze herinnert zich dat ze vroeger samen met haar beste vriendin op Peter was. En Peter ging ook met hun alletwee. Het water maakt haar rustig. Als ze aanlegt, is ze niet meer zo kwaad.

Ze loopt het eiland op. Kars staat achter de bar. Het is druk, er staat een lange rij. Jammer, ze kan Kars nu niet weghalen.

'Fijn dat je komt helpen!' roept hij als hij Isa ziet. 'We kunnen het bijna niet aan.'

Isa springt meteen bij. Ze neemt een paar bestellingen op, zet alles op een blad en brengt het rond. 'Ik moet jou straks even spreken,' zegt ze als Kars haar met vier koffie passeert.

'Hoezo?' Kars blijft staan.

'Het gaat over dat telefoontje,' zegt Isa. 'Je wilde Annabel zogenaamd verrassen, weet je nog? Ik vroeg waarom, maar dat ging mij niet aan. Nee, dat snap ik. Als je in het vervolg iets hebt goed te maken, hoef je mij niet meer te bellen. Je lost je vieze zaakjes maar zelf op.' En Isa loopt door.

Kars levert zijn bestelling af. Wat zegt Isa nou? Hij snapt er niks van. Hij zet de koffie neer en loopt weg.

'Hallo,' zegt een jongen. 'Je vergeet af te rekenen.'

'Sorry,' zegt Kars gauw. 'Het is ook zo druk.' Het zit Kars niet lekker; als hij Isa bij de bar ziet staan, spreekt hij haar aan. 'Ik had helemaal niks goed te maken,' zegt hij. 'Ik weet niet waar je het over hebt.'

'Zeg dat dan maar tegen Annabel!'

'Hoor eens,' zegt Kars. 'Waarvoor ben je hier nou naartoe gekomen? Om ons te helpen of om mij op te fokken?'

'Weet je wie hier de boel opfokt?' zegt Isa. 'Jij, met je kaartje van een of andere chica. Maak het dan uit als je genoeg van Annabel hebt.'

'Waar heb je het nou over? Die kaart heb ik van Annabel gekregen. Dat zou jij ook eens bij Justin moeten doen.'

'O, dat hou jij gewoon vol,' zegt zijn zus, 'dat je die kaart van Annabel hebt gekregen. Annabel weet anders van niks.'

Kars kijkt Isa aan. 'Is dit een grap of zo?'

'Nee,' zegt Isa. 'Zo'n walgelijke grap zou ik niet eens kunnen verzinnen. Die kaart is niet van Annabel, en dat zou jij toch moeten weten.' Isa kijkt haar broer aan en begint te twijfelen. Je denkt het echt... denkt ze. Ze kent Kars, ze weet hoe hij kijkt als hij liegt.

'Dus die kaart is niet van Annabel,' zegt Kars.

'Nee,' zegt Isa. 'Maar Annabel voelt zich nu wel goed rot.'

'En ik was zo blij met die kaart,' zegt Kars. 'Van wie is hij dan wel? Shit, ik kan hier niet eens weg. Waar is Annabel?'

'In haar tent,' zegt Isa. 'Ga maar naar haar toe, ik neem het wel over.'

Kars is al weg. Hij springt op het vlot en vaart naar de overkant.

Birgit staat op de uitkijk. Zij en Simone hadden gehoord hoe Isa woedend Annabels tent had verlaten. 'Die gaat vast haar broer aan de tand voelen,' zei Birgit.

'Hij komt eraan...' fluistert ze nu. Ze kruipen snel hun tent in.

'Hai?' zegt Kars als hij Annabels tent in kijkt.

'Jou hoef ik niet te zien. Je cadeau kun je terugkrijgen.'

'Het is een misverstand, je moet me geloven. Ik dacht echt dat ik die kaart van jou had gekregen. Ik was er superblij mee. Daarom heb ik die cd voor je gebrand.' Kars haalt de kaart uit zijn zak.

Annabel bekijkt hem. 'Je ziet toch zo dat hij niet van mij is?'

'Hoe dan?' vraagt Kars.

'Dat zie je toch aan het handschrift.'

'Ik ken jouw handschrift helemaal niet,' zegt Kars. 'Wij mailen en sms'en altijd.'

'Maar van wie is-ie dan?' vraagt Annabel.

'Geen flauw idee,' antwoordt Kars. 'Annabel, je moet me geloven, ik zweer het.'

Annabel kijkt Kars aan. 'Dus je weet het echt niet?'

'Nee.' Kars steekt twee vingers omhoog. 'Er is echt niemand anders, ik hou van jou.'

Annabel zucht. Ze moet Kars geloven: als het niet waar was, zou hij nooit durven zweren.

'Misschien is het wel een misverstand,' zegt Kars. 'Ik vond die kaart toen we uit het water kwamen. Misschien heeft iemand de kaart in de verkeerde zak gestopt.'

Annabel en Kars kijken elkaar aan. En dan moeten ze lachen. 'En daar krijgen wij ruzie over...'

'Ik dacht echt dat je een ander had,' zegt Annabel.

'Hoe kun je dat nou denken?' Kars trekt haar naar zich toe. 'Jij bent de enige voor mij.'

'Sorry,' zegt Annabel. 'Ik had je moeten vertrouwen.' Ze kust Kars.

11

Jules loopt met Nona en Brian over de camping. Hij is weer helemaal opgeknapt. Frodo huppelt naast hen. 'Je moet mijn vader eens zien,' zegt hij steeds. 'Hij is zo gelukkig met die job. Ik ken hem niet meer terug.'

Kylian is de eerste die ze tegenkomen. 'Ha Jules!' zegt hij hartelijk. 'Goed nieuws, jongen. We zijn allemaal blij dat je blijft.'

'Supergoed nieuws,' zegt Jules. 'Ik geef een rondje op het Love Island. Ik hoorde dat iedereen daar is.'

'Dan kom ik ook zo,' zegt Kylian.

'Top!'

Met z'n drieën lopen ze door. Op de steiger staat Justin met een jongen te praten.

'Hai,' zegt de jongen als ze erbij komen staan. 'Ik ben Daan.'

Jules en Nona stellen zich voor, maar Brian zegt niets. Hij staart naar de jongen. Hij schrikt er zelf van. Wat moet Daan daar wel niet van denken?

'Eh... Brian,' zegt hij gauw.

'Daan is hier net aangekomen,' zegt Justin.

'Dan kom je precies op tijd,' zegt Nona. 'Wij gaan naar het Love Island. Ben je daar al geweest?'

'Nee.' Daan lacht. 'Ik ben bang dat het niks voor me is.'

'Dat moet je niet zeggen. Als je een leuke meid zoekt, vind je die daar,' zegt Justin.

'Dank je,' zegt Daan. 'Geen interesse.'

'Je wilt zeker vrij zijn,' zegt Jules. 'Heel verstandig, dat heb ik nou ook.'

'Zoiets,' zegt Daan. 'Ik ben niet zo'n versierder. Ik heb andere hobby's.'

'Zoals?'

'Dansen,' zegt Daan. 'Ik zit op de dansacademie.'

Ze vinden het allevier bijzonder. 'Dus jij danst de hele dag?'

'Was dat maar waar,' zegt Daan. 'We moeten ook leren. We werken naar een soort toets toe, die staat zo ongeveer gelijk met de havo. Maar gelukkig dansen we de meeste tijd.'

Nona is de eerste die het bedenkt. 'Onze voorstelling!'

'Ja,' zegt Justin. 'Wij zijn bezig met een dansvoorstelling voor de opening van de grot. Hoe lang blijf je hier?'

'Vier weken,' zegt Daan.

'Dat is mooi,' zegt Jules. 'Misschien wil je wel meedoen. Of dans je niet in je vakantie?'

'Ik doe niks liever,' zegt Daan.

'Eigenlijk moet Kylian dit weten.' Nona kijkt Brian aan. 'Breng jij Daan even naar hem toe?'

Brian voelt dat hij kleurt. Waarom vraagt Nona dat nou? Zou ze het hebben gezien? Zou ze gezien hebben dat hij naar Daan keek? Ze hoeft er heus niet meteen iets van te denken. Hij mag toch wel kijken? Hij valt echt niet op hem. Zie je wel, Nona stoot Jules aan. Als Daan het maar niet merkt.

'We komen jullie zo wel halen met het vlot.' Justin trekt de motor aan.

Daan praat maar door als hij met Brian naar de kantine loopt. Nou mag ik wel eens wat zeggen, denkt Brian als er een stilte valt. Maar hij weet niet wat. Daan vindt er vast niks aan als hij over zijn hobby vertelt. Welke danser interesseert zich nou voor archeologie? Over meiden hoeft hij ook niet te beginnen, want daar heeft hij geen verstand van. Dat merkt Daan heus wel. Waar moet hij het dan over hebben?

'Toffe camping,' zegt Daan. 'Die gasten leken me wel leuk.'
'Ik kom hier al heel lang,' zegt Brian. En opeens begint hij te vertellen. Over Nona en Jules en de CU, de disco die ze zelf hebben gebouwd. En hoe ze de grot hebben ontdekt. Brian schrikt. Wat vertel ik nou allemaal, denkt hij. Hij kijkt naast zich. Maar Daan vindt het hartstikke leuk.

'Dus die wandschildering in de grot heb jij ontdekt?' vraagt hij.

'Ja,' zegt Brian.

'Ik loop hier dus naast een heel bijzonder persoon,' zegt Daan.

Brian lacht. 'Dat valt wel mee.' Hij ziet Kylian bij de kantine staan. Jammer dat we er al zijn, denkt hij. Wat is dat nou weer voor rare gedachte? Hij schrikt er zelf van.

De Timboektoe crew kan het niet geloven. Meestal loopt Edgar 's ochtends vroeg als een zombie over de camping. Dan mompelt hij iets onverstaanbaars dat op 'goedemorgen' moet lijken als ze hem tegenkomen. Ze weten allemaal dat hij last heeft van een ochtendhumeur. Maar de laatste dagen komt hij fluitend met zijn handdoek over zijn schouder het was-hok uit.

Edgar staat er zelf ook van te kijken Hij is echt veranderd sinds hij verkering met Sophie heeft. Hij voelt zich veel gelukkiger.

'Morning!' zegt hij als hij de tent inkomt. Zijn moeder legt een stuk stokbrood op zijn bord. 'Wat gaat het toch goed met je, jongen.'

Brian schrikt als hij Edgar ziet. Hij heeft de mp3-speler van zijn broer even geleend omdat die van hem stuk is. Hij had er niet op gerekend dat Edgar zo snel terug zou zijn.

'Sorry,' zegt hij, 'ik eh...' Brian verwacht dat Edgar tekeer zal gaan. Zal hij zeggen dat hij met zijn poten van zijn spullen af moet blijven? Maar Edgar is helemaal niet kwaad.

'Je mag 'm zolang wel even van me lenen,' zegt hij. 'Ik heb 'm nu toch niet nodig.'

'Tof!' Brian kijkt zijn broer aan. Wat is die ineens aardig. Een paar dagen geleden blafte hij Brian nog af. Als zijn broer zo blijft, durft hij zijn geheim wel te vertellen, maar hij wacht toch nog even. Hij weet nog niet of het een blijvende verandering is.

'Morgen hebben we een extra repetitie voor de voorstelling,' zegt Edgar. 'Die nieuwe jongen, Daan, wil ook meedansen. Mij lijkt het wel een goede gast. Heb jij hem al gezien?'

'Eh, ja... Gisteren.' Brian voelt dat hij kleurt. Hij slaat gauw zijn ogen neer. Hij wil niet dat Edgar iets aan hem merkt. Maar Edgar ziet niks, zijn gedachten zijn alleen maar bij Sophie.

'Dus vandaag hebben jullie vrij,' zegt hun moeder. 'Zullen we naar de stad gaan? Even lekker ergens iets drinken?'

'Ik heb met Sophie afgesproken,' zegt Edgar. 'We gaan een eind fietsen.'

'Zo,' zegt zijn moeder. 'Het is wel serieus tussen jullie, hè?'

Ze heeft gelijk. Sinds Sophie en hij verkering hebben, zijn ze steeds samen. Maar de meeste tijd zijn de anderen erbij. Ze willen nu eens weg van de camping, lekker met z'n tweetjes. Sophie kent een heel romantische plek, ergens midden in het bos. Die plek wil ze Edgar vandaag laten zien.

Toen Edgar vannacht in bed lag, moest hij er steeds aan denken. Hij zag maar voor zich hoe het zou zijn als ze samen waren. Toen hij eindelijk in slaap viel, droomde hij dat ze aan het vrijen waren. Hij heeft nog nooit zo'n geweldige droom gehad. Erg genoeg werd hij wakker van iemand die over de scheerlijn van zijn tent struikelde. Precies op het mooiste moment. Hij baalde en probeerde weer verder te slapen. Maar die mooie droom kwam niet meer terug. Edgar zucht. Wie weet gaat hij het binnenkort wel in het echt beleven. Hij wordt al opgewonden als hij eraan denkt. Maar tegelijk vindt hij het best spannend. Heel spannend. Hij heeft het nog nooit gedaan. Als het maar geen afgang wordt. Daar moet hij nu niet aan denken. Het gaat ook allemaal zo snel... Die romantische plek van Sophie moet wel echt een soort droomplek zijn: hij wil niet zomaar ergens met haar vrijen. Hij moet om zichzelf lachen. Hij had nooit gedacht dat hij zo romantisch was. Als Romeo en Stef het wisten, zouden ze tegen hun hoofd tikken.

Het gaat ook allemaal zo snel, denkt hij weer. Hoe goed kent hij Sophie nou? Toch kan hij haar niet meer wegdenken. Soms is hij bang dat het alleen maar een droom is... PIEPIEP! Hij kijkt op zijn mobiel. Een sms'je.

Ik verheug me op ons tweetjes, tot zo, love Sophie. Edgar staart dromerig voor zich uit. Om zijn mond verschijnt een vette lach.

'We hoeven niet te raden van wie dat sms'je is,' zegt zijn moeder lachend.

'Van Sophie,' zegt Brian plagerig. 'Dat zie je toch aan hem, ze heeft het uitgemaakt.'

'Dat is een goeie...' Edgar geeft zijn broer lachend een klap op zijn schouder.

Edgar en Sophie rijden hand in hand over kleine weggetjes door landerijen waar geen auto's komen. Edgar is hier nog nooit geweest. Hij wist niet eens dat dit landschap bestond. Sophie wel, want die woont hier. Zou ze hier ook met Alain zijn geweest? Edgar krijgt meteen een naar gevoel. Niet aan denken, zegt hij tegen zichzelf, dat maakt niks uit. Het is uit met Alain, ze is nu met jou.

Ze is echt van hem. Als hij dat bedenkt, krijgt hij zo'n enorm geluksgevoel, bijna té. Hij moet ervan zuchten. Om hen heen horen ze de vogels fluiten en af en toe schiet er een salamander over de weg. Het is maar goed dat hij niet naar Romeo en Stef heeft geluisterd, anders hadden ze hier nooit samen gereden.

Het is ook onzin om zo bang voor Alain te zijn. Wat heeft die jongen nou helemaal gedaan? Een keer zijn banden lekgestoken en zijn voorwiel in de prak gegooid. Daarna niks meer. De lol is er allang vanaf. Hij is blij dat hij niks tegen zijn vrienden heeft verteld, anders had hij echt problemen gekregen. Hij heeft gezegd dat hij tegen een boom was gereden. Ze hebben hem er behoorlijk mee gepest, maar dat had hij er wel voor over. Op de camping stond nog een oude fiets waar hij het wiel vanaf mocht slopen. Het was zo verholpen. Sophie vertelde trouwens dat haar vriendin meteen werk van Alain heeft gemaakt. Veel geluk samen, denkt Edgar.

Hij kijkt naast zich. Wat een prachtmeid is het toch! Hij haalt stiekem zijn mobiel uit zijn zak en maakt een foto van Sophie. De zoveelste.

'O, wat gemeen,' zegt Sophie. 'Ik sta er vast stom op, laat zien.'

Ze stoppen en Edgar laat de foto zien.

Sophie moet lachen. 'Wat is hier nou aan? Je ziet alleen mijn benen.'

'Deze foto wordt mijn screensaver!'

Ze kijken elkaar aan en zoenen alweer. Edgar kan echt niet van haar afblijven. Telkens als ze elkaar even loslaten, begint hij opnieuw.

'Zo komen we nooit op ons plekje,' grapt Sophie.

Edgar stapt meteen weer op de fiets. Dat wil hij niet missen.

Ze gaan heuvelafwaarts en fietsen langs een rivier. 'Kijk, een hele school forellen!' zegt Sophie. Na een tijdje komen ze in het bos. 'Hier kunnen we niet verder,' zegt Sophie. 'Het laatste stuk moeten we lopen.'

Ze zetten hun fietsen tegen een boom. Met de armen om elkaar heen lopen ze over het bospad. Bij een zijpaadje dat omhoog gaat, zegt Sophie: 'Nu zijn we er bijna.' Ze klimmen omhoog.

'Hier is het,' zegt Sophie als ze boven zijn.

Edgar ziet alleen struiken, maar als Sophie die opzij duwt, verschijnt er een open plek.

Sophie gaat op haar rug in het gras liggen. Ze trekt Edgar naast zich.

'Wat gaaf!' Edgar slaat een arm om haar heen. Het ruikt er heerlijk naar lavendel en je hoort alleen de vogels en de krekels. Als dit geen droomplek is... Edgar weet het meteen: dit is onze plek. Als het gaat gebeuren, dan moet het hier. Al is het pas volgende zomer.

'Heerlijk hier, hè?' zegt Sophie. 'Ik zou hier wel altijd met jou willen blijven.' Ze streelt zijn borst.

'Ik ook met jou.' Edgar kust haar hals. Vraag het dan, zegt hij in stilte tegen zichzelf. Je wilt het toch zo graag weten?

'Heb jij het wel eens gedaan?'

Sophie knikt. 'Eén keer, met Alain. Maar niet van harte. Ik wou het eigenlijk helemaal niet. En jij, heb jij het al eens gedaan?'

'Ook één keer,' zegt Edgar. Hij durft Sophie niet de waarheid te vertellen: ze hoeft niet te weten dat het zijn eerste keer wordt.

'Ik wil het wel met jou,' fluistert Sophie, 'maar nu nog niet. We moeten elkaar eerst beter kennen.'

'Dat vind ik ook,' zegt Edgar. 'We hebben toch geen haast?' Hij is ook wel een beetje opgelucht.

'We zijn hier helemaal alleen, niemand die ons stoort,' zegt hij en hij kust Sophie.

'Helemaal niemand,' fluistert Sophie.

12

Het is het eerste wat Birgit zegt als ze 's ochtends wakker wordt. 'De week is om! Nu mag ik van mezelf op Romeo's avances ingaan als hij weer begint.'

'Hij doet vast niks meer,' zegt Simone. 'Wat denk jij nou? Die heeft het allang opgegeven.'

Birgit laat van schrik haar toilettas vallen. 'Denk je?'

'Grapje!' Simone begint te lachen.

'Wat ben jij een pestkop!' Birgit geeft Simone een klap met haar handdoek.

Ze heeft geen geduld meer. Nu wil ze Romeo ook zo snel mogelijk zien. Ze hebben hun ontbijt nog niet op of ze moeten van Birgit al naar de kantine. Zo vroeg zijn ze nooit op pad geweest, de kantine is nog maar net open. Er is nog niemand.

'We gaan op de site kijken.' Birgit zet de computer aan.

Simone leest de laatste sweetmemories voor. Birgit luistert maar met een half oor. Ze houdt voortdurend de deur in de gaten om te zien of Romeo binnenkomt. Het wordt steeds drukker in de kantine, maar Romeo is er nog niet.

'Zullen wij ook iets op de site zetten?' zegt Birgit als Simone klaar is met voorlezen.

'Ik weet niks,' zegt Simone. 'Als ik nou met Kars had gezoend, maar dat zit er niet meer in. Die twee zijn weer helemaal verliefd.'

'Nog wel,' zegt Birgit. 'Maar ik heb alweer een nieuw plan. We gaan...' Simone stoot haar aan. Er komt een groepje kinderen binnen en ze wil niet dat die het horen.

'We gaan Annabel vertellen dat we dat meisje van die kaart weer in het dorp zijn tegengekomen,' fluistert Birgit. 'En dat ze beweert dat ze met Kars heeft gezoend. Dat hij zelfs zijn mobiele nummer aan haar heeft gegeven. En dan noemen we dat nummer en dan blijkt het te kloppen. Vind je het niet goed dan?' vraagt ze als Simone haar schouders ophaalt.

'We hebben Kars' nummer helemaal niet,' zegt Simone.

'Romeo heeft het wel,' fluistert Birgit. 'Ik ontfutsel het als ik met hem ben.'

'Alsof jij daaraan denkt als je met Romeo bent,' zegt Simone. 'Dan heb je echt wel iets anders te doen. Trouwens, het gaat me veel en veel te ver. We moeten ermee ophouden.'

'Dus jij wilt niet met z'n vieren naar het Love Island,' zegt Birgit.

'Natuurlijk wel,' zegt Simone. 'Maar dat gaat nou eenmaal niet. Annabel maakt het toch weer goed.'

'Nu nog wel,' zegt Birgit. 'Maar als we hiermee komen, wordt het vast anders.'

'Vast niet. En dan moeten we weer iets anders verzinnen en dan weer. Zo blijven we de hele vakantie bezig. Dan maar geen verkering met Kars.'

Birgit is niet van plan het op te geven. 'Dit is het laatste wat we doen, goed? Als dit niet lukt, houden we op.'

'Afgesproken,' zegt Simone. 'Maar dan ook echt.'

'Hand erop,' zegt Birgit.

Ze vallen stil als Romeo binnenkomt. Birgit is zogenaamd verdiept in de site. Romeo komt meteen naar hen toe. 'Hallo beauty's,' zegt hij. 'Gave site, hè?'

'Zeker,' zegt Birgit.

Romeo is verbaasd dat ze antwoordt. Hij probeert al een week met Birgit in contact te komen, maar ze hield het steeds af.

'Heb jij er al een sweetmemory op gezet?' vraagt hij aan haar.

'Nee, helaas nog niet,' zegt Birgit.

'Als je wilt, heb je er zo een,' zegt hij. 'Over een halfuurtje kan die er al opstaan. Je mooiste sweetmemory ever.' Hij kijkt Birgit aan. 'En daar kan ik persoonlijk voor zorgen.'

'Niet gek.' Birgit lacht. 'Toch, Simoon?'

'Nee, zo'n aanbod zou ik niet afslaan,' zegt Simone.

'Met kanoën heb ik het meeste succes,' zegt Romeo.

'Ik kan helemaal niet kanoën,' zegt Birgit.

'Dat is juist fantastisch,' zegt Romeo. 'Dan ga ik het je leren. Zal ik er twee huren? Ja eh, je wilt op de site of je wilt niet op de site.'

'Dat wil ik wel eens meemaken,' zegt Birgit. 'Ik trek even mijn bikini aan. Ik zie je zo wel op het strandje.'

Gierend van de lach hollen ze naar hun tent. 'Beet!' juicht Birgit. 'Ik heb beet! Straks weet ik hoe hij zoent. Wat een lekker ding, hè? Ik heb me een week ingehouden, maar nou ga ik ook helemaal los! Jij moet mee,' zegt ze tegen Simone.

'Ik? Ik ga niet toekijken hoe jij zoent,' zegt Simone. 'Dank je wel. Ik bedenk wel iets leukers.'

'Je hoeft niet toe te kijken,' zegt Birgit. 'Jij zegt dat je op onze kleren past en dan zoek je het nummer van Kars in zijn mobiel.'

'O nee!' zegt Simone beslist. 'Dat durf ik echt niet.'

'Toe nou,' dringt Birgit aan. 'Wat kan je gebeuren? Denk even na. Stel je voor dat je morgen ook met een sweetmemory op de site staat. "Dit is de sweetmemory van Simone",' zegt ze met een zwoele stem. '"Het is zover, ik heb met Kars gezoend…"'

Simone wil niks liever. 'Oké, ik doe het. Maar het is het aller-, allerlaatste,'

'Ja.' Birgit trekt haar T-shirt over haar bikini aan. 'Dat hebben we toch al gezegd.'

Simone zit op het strandje bij de rivier. Ze kijkt lachend naar Birgit. Wat is het toch een gek. Voor de zoveelste keer kiepert haar kano om. Simone weet zeker dat ze dat expres doet. Ze hebben samen zo vaak een kano gehuurd; Birgit kan het juist heel goed. Ze doet net of ze bang is en Romeo trapt erin, die vist haar telkens uit het water.

'Niks doen,' zegt Romeo als hij Birgit weer uit het water heeft gehaald. 'Ik kom je zo helpen.' En hij sleept zijn eigen kano naar de kant.

'Ik ga het haar eerst maar leren,' zegt hij tegen Simone. 'Zo gaat het niet. Ik heb het wel meer meiden geleerd.'

'Succes.' Simone moet moeite doen om niet in de lach te schieten, want op het water ziet ze Birgit. Als Romeo zich omdraait ziet hij het ook: Birgit kanoot gauw weg.

'O, je kunt het wel....' Romeo slaat met zijn hand tegen zijn voorhoofd. 'En ik trap er nog in ook.' Hij duikt het water in en zwemt achter haar aan.

Simone gaat staan; dit moet ze zien, het lijkt wel een wedstrijd. Birgit zoeft door het water. Maar Romeo kan heel snel crawlen. Nog even en hij heeft haar ingehaald.

'Nee!' Birgit gilt van spanning. Ze moet om een steen heen varen. Haar peddel blijft steken, daardoor verliest ze tijd en dan heeft Romeo haar te pakken. Hij trekt aan de boot. Nu valt Birgit om. Ze gaat kopje onder. Romeo tilt haar omhoog. Hij houdt haar tegen zich aan en kust haar.

Dat duurt nog wel even, denkt Simone. Nu heeft ze mooi de tijd om in Romeo's mobiel te snuffelen. Ze wil niet dat iemand het ziet en kijkt om zich heen. Als de kust veilig is, pakt ze Romeo's spijkerbroek en voelt in zijn zak. Er zit geen mobieltje in. Misschien heeft hij hem niet meegenomen naar het strand-je. Ze voelt in zijn andere zak. Ja, daar zit hij in! Gelukkig staat hij aan. Ze zoekt bij de K en dan heeft ze meteen wat ze nodig heeft.

Simone kijkt naar de naam, als ze wil kan ze Kars zo bellen. In gedachten drukt ze het knopje in. *Hai Kars, met Simone. Je weet wel, van de camping. Ik wou je gewoon even bellen, om te zeggen dat ik je zo'n hunk vind.* Wat zou er gebeuren als ze dat deed? Simone moet lachen: hij zou echt denken dat ze gek was. Ze pakt haar eigen mobiel en zet het nummer erin. Niet bij de K, maar bij de H van hunk. Dan stopt ze Romeo's mo-biel gauw weer weg. Maar haar eigen mobiel bergt ze niet op. Ze staart naar het nummer. Dit nummer delete ze nooit, dat weet ze nu al. Ook al krijgt ze deze vakantie geen verkering met Kars. Je weet maar nooit of ze het nog een keer nodig heeft. Misschien leest ze ooit op de Sweetmemory dat het uit is met Annabel – dan belt ze Kars meteen op. Ze leest het nummer wel tien keer over, tot ze het helemaal vanbuiten kent. Zou ze het deze vakantie nog kunnen gebruiken? Si-mone zucht. Stel je voor dat Birgit gelijk krijgt en ze met z'n vieren naar het Love Island gaan. Ze ziet het al helemaal voor zich. Ze is zo in gedachten verzonken, dat ze schrikt als Birgit en Romeo opeens voor haar staan.

Als Simone en Birgit even later op het Love Island in de zon liggen, krijgt Simone alles te horen.

Romeo zoende precies zoals Birgit had gedacht: heel heftig. Maar daar houdt ze juist van, zegt ze. Ze ratelt maar door: over hoe bijzonder het was en dat Romeo echt verliefd op haar is. 'Ik weet het zeker, hij is helemaal niet zo'n versierder als ze allemaal zeggen. Hij doet alleen maar stoer. Hij is echt heel lief.'

'Dus jullie hebben alweer een nieuwe afspraak gemaakt,' zegt Simone.

'Eh... nee, dat niet,' zegt Birgit. 'Maar dat hoeft ook helemaal niet. Ik bedoel, het is toch logisch dat we elkaar weer zien? Ik weet zeker dat hij dat wel wil. Hij laat het zogenaamd toch altijd bij één keer? Dat zeggen ze tenminste. Nou, met mij niet. Hij wil vast verkering, ik voel het gewoon. Ik ben zo verliefd. Heb je zijn gespierde armen gezien?'

Als ze eindelijk is uitgepraat, springt ze op. 'Ik moet mijn sweetmemory op de site zetten. Hij gaat vast kijken wat ik heb geschreven. Ik ben zo terug.'

'Dat kan straks toch wel,' zegt Simone. 'We liggen hier juist zo lekker.'

'Goed dan.' Zodra Birgit ligt, begint ze weer te vertellen. 'Ach,' zegt ze ineens. 'Het is wel gemeen tegenover jou. Jij zou dat ook wel willen.'

'Niet met Romeo,' zegt Simone.

'Nee, dat snapt mijn neus,' zegt Birgit. 'Met Kars natuurlijk. Als ze zijn naam uitspreekt, slaat ze met haar hand tegen haar voorhoofd. 'Kars... Wat ben ik een egoïst! Ik was het helemaal vergeten. Jij zou in Romeo's mobiel kijken. Heb je zijn nummer?'

'Nee, jammer hè?' zegt Simone. 'Ik baal er ook van, maar hij had zijn mobiel niet bij zich.'

'Shit.' Birgit gaat rechtop zitten. 'En nu?'

Simone richt zich ook op. 'Nu niks. Ik moest in zijn zak kijken, dat was het allerlaatste wat ik zou doen, weet je nog. Nou, dat heb ik gedaan.'

'Balen!' Maar als Birgit naar Simone kijkt, vertrouwt ze het opeens niet meer. 'Heb je het echt niet?'

'Nee,' zegt Simone.

'Laat je mobiel zien.'

'Kijk zelf maar.'

Birgit kijkt bij de K, maar Kars staat er niet bij. 'Waardeloos,' zegt ze.

Nu moet Simone lachen.

'Je hebt het wel.' Birgit gooit haar vriendin achterover in het zand. Ze houdt haar hand op Simones keel en doet net of ze haar gaat killen.

Een groepje kinderen dat in het water speelt, kijkt op, zo hard gilt Simone.

'Vertel op, waar is dat nummer?'

'Het staat in mijn mobiel,' roept Simone.

'Niet bij de K. Wacht even.' Birgit bladert Simones telefoonboek door. 'Hunk!' roept ze als ze bij de H is. 'Is dat hem?'

'Ja,' zegt Simone lachend.

'En jij noemt mij vals,' zegt Birgit. 'Alleen maar omdat ik een kotertje bedrieg. Jij bent nog veel gemener. Je eigen lieve vriendin voorliegen, je hartsvriendin die alles voor je overheeft, dat is pas slecht. Dit is een heel gemeen meisje,' zegt ze tegen twee kinderen die langslopen. De kinderen moeten lachen.

'Dus we hebben het,' zegt Birgit. 'Nou, dan gaan we even een bezoekje aan Annabel brengen.'

'Dat doen we morgen,' zegt Simone. 'We moeten eerst naar het dorp. Anders gelooft ze ons toch niet. Ze heeft ons hier de hele ochtend rond zien lopen.'

'Alsof dat niet opvalt,' zegt Birgit. 'Hallo Annabel, wij gaan nu naar het dorp, hoor. Hoor je het goed?'

'We zeggen het ook niet zo duidelijk,' zegt Simone. 'Tussen neus en lippen door moet zoiets. We zeggen eerst dat het zo'n mooie dag is. En dat het zonde is dat we naar het dorp moeten, maar dat het niet anders kan, omdat we een afspraak hebben. Dan heeft ze echt niks door. Kijk eens wie daar aankomt?' Simone wijst naar Annabel die van het vlot stapt. 'Zeg maar dat we naar het dorp gaan.'

'Nee, dat ga jij zeggen,' zegt Birgit. 'Jij kunt zo goed liegen, veel beter dan ik.' En ze steekt haar tong naar haar vriendin uit.

13

'Hoe ging het gisteren eigenlijk met die dansvoorstelling?' vraagt Daans moeder als ze 's morgens zijn ontbijt klaarzet.

'Eh... wat zeg je?'

'Hij is nog niet helemaal wakker,' zegt zijn vader. 'Mama vroeg naar de dansvoorstelling. Wordt het wat?'

Daan heeft eigenlijk geen zin om erover te praten. Wat moet hij zeggen, dat hij eigenlijk had gehoopt dat Brian meedeed maar dat het niet zo is? Hij is blij als zijn broertje binnenkomt met een emmer met een forel erin.

'Zo, geweldig jochie,' zegt Daans moeder. 'Je bent dus niet voor niks zo vroeg opgestaan. Die gaan we vanavond lekker bakken.'

Daan denkt weer aan gistermiddag. Hij baalde er echt van dat Brian niet meedeed. Nu hij hem heeft ontmoet, weet hij zeker dat het een goede zet was om de verkering met Michel uit te maken. Hij was gewoon niet verliefd genoeg op hem. Hij had het gevoel al een tijdje, maar hij stelde het steeds uit. Het is ook vervelend. Ze zitten bij elkaar in de groep. Hij vond het heel naar om te zeggen. Michel was zo verliefd op hem. Daarom is het goed dat hij het vlak voor de vakantie heeft uitgemaakt. Nu zien ze elkaar twee maanden niet. Na de vakantie is Michel er vast wel overheen.

Hij had zich nog zo voorgenomen de hele zomer niet verliefd te worden. Hij wilde vrij zijn. Nou, dat begint goed. Hij is nog niet op de camping of hij valt op Brian; en niet zo'n beetje ook. Hij schrok gewoon toen hij hem zag. Meestal weet hij wel of iemand homo is, maar bij Brian heeft hij zijn twijfels. Toen hij hem de eerste keer zag, was hij wel met Nona. Het zou best kunnen dat die twee verkering hebben. Dan heeft hij dus dikke pech. Hij gaat het vandaag uitzoeken. Hij heeft geen zin om met iemand in zijn hoofd te lopen als het toch niks kan worden.

'Daan, kijk dan?' Rick houdt de emmer onder Daans neus.

'Wat een grote forel,' zegt Daan. Zelf vist hij nooit. Hij vindt het zielig voor die dieren. Daan is vegetariër.

'Ik ga er nog een vangen,' zegt Rick.

'Dan loop ik met je mee,' zegt Daan. 'Ik heb wel zin in een duik in de rivier, dan ben ik meteen wakker.'

Daan is niet de enige die gaat zwemmen. Romeo en Stef komen net het water uit.

'Hé, superdanser!' roepen ze

'Nou, dat valt wel mee,' zegt Daan lachend.

'Je bent echt veel beter dan de rest,' zegt Stef.

'Dat mag ook wel,' zegt Daan. 'Het wordt mijn beroep. Is het water lekker?'

'Heerlijk,' zegt Romeo. 'Echt lekker warm, je kunt er zo induiken.'

Daan duikt van de steiger af. 'Gatver, wat koud!' schreeuwt hij.

De jongens moeten lachen. 'Lekker fris, hè? Weet je dat Brian elke ochtend een duik neemt? Maar niet op dit uur hoor, veel vroeger.'

Het komt Daan goed uit dat ze over Brian beginnen. Nu kan hij mooi even vissen of Brian en Nona verkering hebben.

'Gaat hij dan in zijn eentje?' vraagt Daan.

'Ja, met wie anders?' Romeo lacht. 'Wie is er nou zo crazy om in de vakantie om acht uur op te staan? Nou ik niet, dan draaien wij ons nog even lekker om, toch Stef?'

'Nou ja, het kon toch dat hij met Nona gaat zwemmen?' zegt Daan onverschillig.

Maar de jongens zien dat hij rood wordt. Ze kijken elkaar aan en denken hetzelfde: hij wil weten of Brian en Nona verkering hebben; hij is verliefd op Nona.

'Nee, 's morgens zwemt hij niet met Nona,' zegt Romeo. 'Maar dat is dan ook het enige wat ze niet samen doen.'

'Ja,' doet Stef er nog een schepje bovenop, 'Nona en Brian zijn echt altijd samen.'

'Dat zou mij te klef zijn,' zegt Romeo. 'Hoe lang hebben ze nou al verkering, Stef?'

'Al een paar jaar,' zegt Stef. 'Dat geloof je toch niet, hè? Dat gaat nooit meer uit tussen die twee.'

Balen, denkt Daan. Hij heeft meteen geen zin meer om te zwemmen en klimt het water uit. 'Ik ga.'

'See you,' zegt Romeo.

Als Daan weg is, beginnen ze te lachen. 'Zag je zijn kop? Hij is echt verliefd. Dat hebben wij weer eens goed gedaan.' Een kwartier later liggen ze nog dubbel van het lachen.

'Wat is er zo grappig?' vraagt Nona als ze aan komt lopen.

'Ja,' zegt Brian. 'Dat zou ik ook wel eens willen weten.'

'We hebben Daan net verteld dat jullie verkering hebben. Wat een mop, hij trapte er meteen in,' hikt Stef.

'Wat is dat nou voor onzin,' zegt Nona. 'Waarom hebben jullie dat gezegd?'

Brian heeft ook de pest in.

'Grapje,' zegt Romeo. 'Een beetje pesten mag toch wel. Hij is hartstikke verliefd. Hij vroeg naar je, Nona, of jij verkering had. Hij valt op je.'

'Op mij? Nou, ik niet op hem hoor,' zegt Nona. 'Ik vind hem aardig, maar meer niet.'

Brian zegt niks. Zie je wel, denkt hij, als ik een jongen leuk vind is hij altijd hetero.

'Zullen we even een wedstrijdje zwemmen?' vraagt Romeo.

'Leuk!' Nona heeft haar T-shirt al uit.

'Ik niet,' zegt Brian. Hij heeft geen zin in die lol van Romeo en Stef. 'Ik ga even de grot in.' Hij baalt zo, hij moet even alleen zijn.

'Ik heb nog een forel gevangen!' roept Rick als Daan de tent inkomt. 'Moet je zien!'

'Jij met je vissen!' snauwt Daan.

Zijn ouders kijken hem verbaasd aan. Zo doet Daan nooit.

Hij schrikt er zelf ook van. Wat kan Rick eraan doen dat die twee verkering hebben? Hij had het kunnen weten. En hij maar hele nachten aan Brian denken. Hij is ook hartstikke gek. 'Hoe lang blijven we eigenlijk op deze camping?' vraagt hij.

'Hoezo?' vraagt zijn moeder. 'Jij wilt toch meedoen aan die voorstelling?'

'Dat hoeft niet hoor,' zegt Daan. 'Dan zeg ik het wel af. Ze kunnen het ook zonder mij.'

Zijn ouders kijken elkaar aan. Wat is dit nou weer? denken ze.

'Allemaal naar de grot,' zegt Annabel als ze die middag Brian tegenkomt. 'Ze laten hun kabouteract zien, we moeten zeggen wat we ervan vinden.'

Eén voor één druppelen ze binnen. 'Wat hoor ik, krijgen we een voorstelling?' zegt Justin.

Als iedereen er is, komt Romeo als Kabouter Plop te voorschijn. Ze beginnen allemaal te klappen en op hun vingers te fluiten.

'Staat me goed hè?' zegt Romeo. 'Zelfs met een baard en een kaboutermuts op zie ik er nog sexy uit.'

'Wat heb jij toch een verbeelding!' roept Annabel.

Het gelach begint meteen als Kabouter Plop onder het raam van kaboutervrouwtje Isa wil gaan zingen. Zijn baard valt af en hij zingt supervals.

'Het lijkt wel een clownsact,' zegt Kars lachend.

Als de muziek begint, dansen er drie kabouters achter elkaar in het rond. Kabouter Plop danst voorop. Ineens blijft hij staan, waardoor de twee andere kabouters tegen hem aanvallen.

'Wat doe je nou?' roept kaboutervrouwtje Nona.

'Kan ik het helpen, ik zie een wespentaille binnenkomen.' Kabouter Plop wijst naar Birgit.

Birgit en Simone zoeken een plaatsje en de kabouters gaan verder.

'Hoe vonden jullie het?' vraagt Isa als de act is afgelopen.

'Het is wel een heel bijzondere Plop,' zegt Kars.

'Dus jullie zijn weer weg van me,' zegt Romeo. 'Wat heb ik toch veel talenten, hè?'

'Ja, en opscheppen is je grootste!' Isa slaat Romeo met haar kaboutermuts om de oren.

'Even serieus, jongens,' zegt Kylian. 'Het idee vind ik goed, maar jullie moeten er nog wel hard aan werken. Zo kan het echt niet.'

Daar is iedereen het mee eens.

'Bedankt!' zegt Isa. 'Dit was het dan.' Ze willen de grot verlaten.

'Ik stel voor dat jullie hier blijven, mannen,' zegt Kylian. 'We moeten de verlichting afmaken. Alleen hebben we nog een paar spots nodig.

'Die haal ik wel even.' Kars staat al bij de uitgang.

'Ik ga mee,' zegt Stef.

'Nee,' zegt Kars. 'Ik ga alleen. Even lekker mijn conditie oppompen op de mountainbike.' Annabel schrikt: waarom wil hij per se in zijn eentje? Tegelijk corrigeert ze zichzelf. Wees niet zo wantrouwig. Kars heeft toch gezworen dat hij geen ander heeft.

'Kom op,' zegt Birgit als Annabel de grot uitloopt. 'We gaan haar even lekker bang maken.'

'Doe jij dat maar,' zegt Simone. 'Ik hoor het zo wel.'

Birgit gaat Annabel achterna. 'Hai,' zegt ze. 'Ik moet je nog iets heel mafs vertellen. Eergisteren zijn Simone en ik toch naar het dorp geweest?'

Annabel herinnert zich nog dat ze dat zeiden.

'Weet je wie we daar zagen? Dat fotomodel, weet je wel? Wij erachteraan. Die meid is echt gestoord. Ze beweert gewoon dat ze iets met Kars heeft.'

'Dan is ze zeker gek,' zegt Annabel. 'Kars kent haar helemaal niet.'

'Natuurlijk niet,' zegt Birgit. 'Dat weten wij ook wel. Het zijn allemaal verzinsels, maar dat het bestaat. Zo'n wijf is toch crazy. Hij heeft zogenaamd met haar gezoend. Ja, dat soort praatjes verspreidt ze dus. Ik waarschuw je maar, dat je er niet van schrikt. Ze is dus echt gek. Die kaart was van haar. Ja,' gaat Birgit verder. 'Ik ben kwaad op haar geworden, hoor. "Je moet niet zo abnormaal doen," zei ik. "Je liegt het allemaal".'

'Gaf ze dat toe?' vraagt Annabel.

'Welnee,' zegt Birgit. 'Die gaat ver hoor. Weet je wat ze toen zei? "Hij heeft me anders wel zijn mobiele nummer gegeven." Toen ze het noemde, heb ik het voor de lol opgeschreven. Het klopt natuurlijk helemaal niet. Het zal haar eigen nummer wel zijn, of van een neef of zo, weet jij veel.'

Annabel wil het nummer weten. Ze verbleekt als Birgit het opleest. 'Dat is wel Kars' nummer...'

'Doe niet zo maf,' zegt Birgit. 'Je vergist je.'

'Nee,' zegt Annabel. Voor de zekerheid checkt ze het nog even in haar mobiel. 'Hij heeft dus wél iets met haar, hoe komt ze anders aan zijn nummer,' zegt ze als het klopt.

'Shit,' zegt Birgit. 'En ik heb nog ruzie met haar gemaakt. Ik heb haar voor leugenaar uitgemaakt. Ik schaam me dood. Die Kars van jou wordt bedankt.'

Birgit loopt naar Simone.

'En?' vraagt Simone.

Birgit steekt haar duim op. 'Deze week zoen jij met Kars.'

14

Is het al tien uur? Brian schrikt als hij de volgende ochtend wakker wordt. Hij heeft met Jules' vader in de kantine afgesproken. Hij kruipt zijn tent uit en holt naar het washok. Als hij een beetje opschiet, haalt hij het nog. Hij wil niet te laat komen. Jules' vader heeft de tekst voor de rondleiding gemaakt en die gaan ze samen doornemen.

'Vind je het niet zonde om met dat mooie weer binnen te zitten?' vraagt zijn moeder als hij weer terug is.

'Nee hoor.' Brian is blij dat hij er even tussenuit kan. Hij heeft geen zin om Daan tegen te komen. Hij merkt dat hij toch nog gevoelens voor hem heeft. Als hij hem ziet, weet hij zich vast geen houding te geven.

'Je weet dat ik tussen de middag niet kom eten, hè, ma?' zegt Brian als hij zijn stokbrood naar binnen heeft gepropt. 'Ik ga met Jules' vader werken.'

'Ga je nu weg?' vraagt Edgar.

'Ja,' zegt Brian. 'Ik ben nog net op tijd.'

'Dan mis je wat. Sophie komt zo hier,' zegt Edgar.

'Naar onze tent?' vraagt hun moeder. 'Dan kan ik haar zien,' zegt ze als Edgar knikt. 'Wat gezellig. Hoe laat komt ze?'

'Ze kan er elk moment zijn,' zegt Edgar. 'Ze belt als ze op de camping is en dan ga ik haar halen.' Edgar heeft het nog niet gezegd of zijn mobiel gaat. 'Ik kom eraan!' roept hij met een stralend gezicht door de telefoon, en weg is hij.

'Nou nou,' zegt Brian, 'Edgar heeft nog nooit een meisje aan je voorgesteld.'

'Volgens mij is het ook heel serieus,' zegt zijn moeder. 'Heerlijk voor hem.'

'En voor ons,' zegt Brian. 'Hij is veel aardiger.'

Zijn moeder knikt. 'Ik ken hem ook niet terug.'

'Ik ga,' zegt Brian.

Als hij over de camping loopt, komt Nona net het washok uit. 'Ik ben Stef en Romeo wel dankbaar,' zegt ze. 'Die hebben Daan toch verteld dat wij verkering hebben? Het heeft echt geholpen. Ik zag hem net, maar hij deed heel gewoon, helemaal niet verliefd of zo.'

'Vind je het niet jammer?' vraagt Brian. 'Je kunt gewoon tegen hem zeggen dat het niet waar is.'

'Moet je die nou zien, wat een leuk mannetje.' Nona wijst naar een peutertje dat met een heel lang stokbrood onder zijn armpje de kantine uit komt lopen. 'Eh, wat vroeg je ook alweer? Of ik het jammer vind? Nee, juist niet, Daan is helemaal niet mijn type. Ik weet ook niet precies waarom. Veel te soft of zo. Of vind jij wel dat hij bij me past?'

'Hoe moet ik dat nou weten?' roept Brian. Het komt er veel te fel uit.

Nona kijkt hem aan. Waarom doet hij zo?' Maar dan weet ze het ineens. 'Wat ben ik stom,' zegt ze. 'Zit ik maar over Daan te zeuren dat hij verliefd op mij is, terwijl jij hem zelf leuk vindt.'

Brian slaat zijn ogen neer. Hij heeft geen zin om Nona voor te liegen. 'Ach,' zegt hij, terwijl hij naar de grond kijkt. 'Het is alweer over.'

'Nee,' zegt Nona. 'Het is nog niet over, dat zie ik toch. Wat een pech heb jij, zie je een leuke jongen en dan valt hij op mij.'

'Ik schijn altijd verliefd te worden op jongens die op jou vallen,' zegt Brian. Nu moeten ze alletwee lachen.

'Zie ik er moe uit?' vraagt Sophie als Edgar haar bij de kantine komt halen.

'Je ziet er prachtig uit.' Edgar kust haar. 'Jij bent mijn prinses.'

'Ik heb hartstikke slecht geslapen,' zegt Sophie. 'Ik vind het zo eng om mee naar je moeder te gaan. En toen ik eindelijk in slaap viel, droomde ik dat ze me heel stom vond.'

'Dat hoeft helemaal niet.' Edgar streelt Sophies gezicht. 'Mijn moeder vindt je vast heel lief. Ze is echt een schat. Al mijn vrienden zijn dol op haar. Als ze ergens mee zitten, gaan ze vaak naar mijn moeder om het te bespreken. Je hoeft echt niet bang voor haar te zijn.'

'Of zullen we nog een paar dagen wachten?' zegt Sophie.

'Ik heb al aangekondigd dat we komen,' zegt Edgar. 'Ze verheugt zich erop. Weet je wat, we blijven maar heel even en daarna mag jij kiezen wat we gaan doen.'

'Dan weet ik het al,' zegt Sophie. 'Ik wil naar ons plekje. Of wil jij dat niet?'

'Ik wil niks liever.' Edgar trekt haar naar zich toe. Wat is hij toch gek op haar. Hij kan het zelf ook niet bevatten. Sophie wil nog wachten met vrijen tot ze elkaar wat beter kennen, maar hij neemt zijn condooms toch maar mee voor de zekerheid. Vanaf nu moet ik ze altijd bij me hebben, denkt hij.

Het zou een kort bezoekje worden, maar ze zijn de hele ochtend bij Edgars moeder gebleven. Het ging gewoon vanzelf, terwijl zijn moeder helemaal niet goed Frans spreekt. Edgar merkte in het begin wel dat Sophie gespannen was, maar door die maffe gebarentaal van zijn moeder moest Sophie lachen en was het ijs zo gebroken.

'Ik vind het zo gezellig,' zei Edgars moeder. 'Ik zit altijd maar tussen de mannen.'

Iets beters had ze niet kunnen zeggen. Na de lunch vertrekken ze pas.

'Wat een geweldige moeder heb je,' zegt Sophie als ze op de fiets zitten.

'Ze vond jou ook heel lief,' zegt Edgar, 'dat merkte ik wel.'

Sophie zucht als ze door de landerijen rijden. 'Wat is het toch allemaal mooi! Weet je, nu ik je moeder gezien heb, is het heel echt.'

Edgar knikt. 'Jij bent de eerste vriendin die ik mee naar huis heb genomen. Ik zag het nut er nooit van in. Het was toch zo weer uit. Weet je hoe kort mijn langste verkering heeft geduurd?'

'Nou?' zegt Sophie.

'Tien dagen.' Edgar moet er zelf om lachen. 'Dan verveelde ik me weer en dan moest het uit.'

'Je gaat mij niet over een week dumpen hoor,' zegt Sophie.

'Ik laat jou nooit meer gaan.' Edgar stopt en trekt Sophie naar zich toe. Hij meent wat hij zegt en kust haar. Zijn handen gaan vanzelf langs haar hals omlaag. Edgar zucht. 'Ik wou dat we al op ons plekje waren.'

'Ik ook,' fluistert Sophie. Ze voelen het allebei als ze weer doorrijden: als ze straks weer op dat prachtige plekje zijn, met z'n tweetjes in die geweldige natuur, dan gaat het gebeuren...

Hand in hand fietsen ze langs de rivier. Af en toe blijven ze staan om te kussen. Ze hebben alleen maar oog voor elkaar, daardoor merken ze niet dat ze worden gevolgd. Dronken van verliefdheid klimmen ze het smalle bergpaadje op. Ze zeggen niks. Het is ook zo spannend.

Zodra ze op hun plekje zijn, trekt Edgar Sophie naast zich in het gras. Hij kust haar, een heel lange romantische kus, met de geluiden van de vogels en de krekels op de achtergrond en de heerlijke lavendelgeur. Edgar voelt het als hij Sophie kust: nu gaat het gebeuren. Hij voelt het aan hun lichamen. Hij rilt, omdat het ook eng is. Waarom heeft hij ook tegen haar gelogen? Hij heeft het nog nooit gedaan.

Sophie kreunt zachtjes als hij met zijn hand over haar borsten gaat. Ze hebben het gevoel alsof er niks meer bestaat, ze vergeten alles om zich heen.

Ineens worden de struiken woest opzijgerukt. Alain en twee vrienden kijken hen aan. Sophie geeft van schrik een gil en Edgar springt op. 'Wat moeten jullie hier?'

'Grijp hem!' roept Alain. Voordat Edgar iets kan doen, grijpen de jongens hem vast. Alain trekt Sophie ruw omhoog. 'Slet die je bent, een beetje met een ander liggen vrijen, hè? Je bent van mij!'

'Blijf van haar af!' Edgar probeert zich los te rukken, maar de jongens draaien zijn armen op zijn rug. 'Niet mee bemoeien jij, loser!'

Alain trekt Sophie ruw naar zich toe. 'Was het lekker met hem? Nou?' Hij begint haar te zoenen.

'Laat haar los!' schreeuwt Edgar. 'Ze is jouw meisje niet meer, ze is van mij...'

'Kop dicht jij!' Terwijl een van de jongens Edgar een knal voor zijn hoofd geeft, probeert Alain zijn tong in Sophies mond te duwen.

'Hou op!' Sophie draait haar gezicht opzij, maar Alain trekt haar aan haar haren naar zich toe.

'Ik wil het niet, ik wil niet met je zoenen!' Sophie houdt haar lippen stijf op elkaar.

'Wat jij,' schreeuwt Alain. 'Je houdt toch zo van zoenen?'

'Loslaten!' schreeuwt Edgar. Hij probeert zich los te rukken.

'Zien jullie dat jongens?' zegt Alain. 'Ze wil niet zoenen, ze wil iets anders.'

'Nee! Blijf van me af!' Sophie slaat en schopt om zich heen, maar Alain scheurt haar blouse open. 'Je kunt het krijgen!' En hij duwt zijn hand in haar kruis.

'Edgar help, hij gaat me verkrachten!' gilt Sophie.

'Stelletje klootzakken!' Edgar geeft een van de jongens een trap tegen zijn ballen. En dan rukt hij zich los. 'Viezerik!' Hij haalt uit naar Alain en geeft hem een stomp op zijn oog.

'O, jij wilt vechten, dat kan ook!' Alain laat Sophie los en balt zijn vuisten.

'Sophie, rennen!' roept Edgar.

De drie jongens grijpen Edgar vast. Alain stompt hem in zijn gezicht en in zijn buik. Kreunend van de pijn valt Edgar op de grond.

'Wat wou je nou, lulletje?' Ze trappen tegen zijn hoofd en schoppen in zijn buik; ze gaan maar door. Tot ze merken dat Edgar niet meer beweegt.

'Godverdomme!' schreeuwt Alain. 'We hebben hem dood-getrapt. Wegwezen!' Ze rennen het pad af. Sophie komt ach-ter de struiken vandaan.

'Edgar je bloedt, je hoofd bloedt!' Ze buigt zich over hem heen en schudt aan hem. 'Edgar, zeg dan wat!' Maar het blijft stil en het bloed loopt langs zijn gezicht uit zijn mond en uit zijn neus.

In paniek valt Sophie naast hem op de grond. 'Edgar, alsje-blieft, zeg iets.'

Als het stil blijft, beseft ze ineens dat ze hulp moet halen. Ze pakt haar mobiel uit haar zak en toetst een nummer in. 'Mam...' huilt ze. 'Je moet hierheen komen... er is iets heel ergs gebeurd...'

Het is al middag en Annabel zit nog steeds in haar tent. Van-ochtend vroeg, toen iedereen nog sliep, heeft ze snel een frisse duik in de rivier genomen en daarna is ze meteen weer haar tent ingegaan. Na het gesprek met Birgit kan ze nergens anders meer aan denken. Kars heeft een ander, daar is ze nu wel van overtuigd. De halve nacht heeft ze in haar slaapzak liggen huilen. Toen ze wakker werd, waren haar ogen helemaal gezwollen. Na het zwemmen heeft ze een beslissing genomen: ze maakt het uit.

Isa wilde gisteravond dat ze met Kars ging praten, maar het heeft geen zin. Ze wil ook niet dat Isa zich ermee bemoeit. 'Kars heeft toch weer een smoes,' zei ze tegen haar vriendin. 'Het is afgelopen.'

'Slaap er nog maar een nachtje over,' zei Isa. 'Morgenmiddag hoor ik het wel.' Want vanochtend moest ze met Nona en Romeo repeteren voor de kabouteract.

Kylian is bezig met een playbackshow voor de kleintjes; ze kan de muziek hier horen. En Kars en Stef zijn affiches aan het ophangen in het dorp. Als hij straks klaar is, zal hij wel naar haar toe komen. Dan krijgt hij het meteen te horen.

'Hi, hoe is het?' Isa steekt haar hoofd door de opening van Annabels tent.

Annabel haalt haar schouders op. Nu ze haar vriendin ziet, begint ze weer te huilen.

Isa slaat een arm om haar vriendin heen. 'Heb je iets besloten?'

'Ik maak het uit,' zegt Annabel.

'Shit,' zegt Isa. 'Wat een loser is die broer van me. Hoe kan hij dit nou doen? Wil je echt niet dat ik er met hem over praat?'

'Nee,' zegt Annabel beslist. 'Er valt toch niks meer aan te doen. Hij heeft gezworen dat het niet zo was. Dat is toch verschrikkelijk? Dat ik hem niet eens kan vertrouwen?'

'Ik heb het Justin verteld,' zegt Isa. 'Hij begrijpt wel dat je kwaad bent. Maar hij heeft Kars echt nooit met een ander gezien, ook niet toen ze om het Love Island zijn gezwommen.'

'Nee, daar past hij wel voor op,' zegt Annabel. 'Hij is niet gek. Dat doet hij stiekem. Ik denk dat niemand van zijn vrienden er iets van weet. Waarom mocht Stef gisteren anders niet mee naar het dorp? Hij wilde zogenaamd even alleen zijn. Ja, niet dus. Het is echt uit, het is voorbij.'

'Maar je blijft toch nog wel op de camping?' vraagt Isa.

Annabel schudt haar hoofd. 'Ik ga liever naar huis. Wat moet ik hier? Zie jij het voor je? Kan ik zeker toekijken hoe Kars met die meid zoent. Dankjewel.'

Isa pakt Annabels hand. 'Denk erom hoor, wat hebben wij altijd gezegd? We laten ons plezier niet door die boys verpesten. Jij bent mijn vriendin, je moet hier blijven. Hoe moet het anders met de voorstelling? Jij hebt de hoofdrol.'

Annabel schrikt. De voorstelling, dat is ook zo, daar heeft ze helemaal niet meer aan gedacht. Wat afschuwelijk! Ze kan de groep toch niet in de steek laten? Dan is iedereen de dupe, dat is niet eerlijk. 'Had ik maar niet meegedaan,' zegt Annabel. 'Nou kan ik niet eens weg…'

'Daar ben ik wel blij om,' zegt Isa. 'Nu is het even ellendig, maar dat gaat heus wel weer over. Ik laat je hier echt niet in je eentje zitten.'

'Jij hebt Justin,' zegt Annabel.

'Nou, pech voor Justin, dan gaat hij maar een poosje met de boys. Ze vonden het toch zo leuk om zonder ons om het Love Island te zwemmen?'

'Maar na de voorstelling ga ik meteen weg,' zegt Annabel.

'Of je moet ineens een lekker ding tegenkomen,' zegt Isa. 'Is die Daan niks voor je? Dat zou ik nou net goed vinden voor Kars, dat jij ineens heel verliefd bent op een ander. Wedden dat hij dan spijt krijgt van zijn stomme avontuurtje? De loser!

Want meer betekent het niet voor hem. Het is alleen maar een avontuurtje. Hij wil jou heus niet inruilen voor die meid.'

'Ze schijnt heel knap te zijn,' zegt Annabel. 'Een soort fotomodel, dat zeggen Simone en Birgit.'

'Bullshit, dan is ze knap, nou en? Jij bent wel duizend keer leuker, dat weet ik nou zeker. Dat mijn broertje zichzelf zó in de problemen heeft gebracht. Hij probeert het vast goed te maken, die gaat janken, man. Misschien gaat hij wel voor je op zijn knieën liggen, echt hoor, ik zie het hem zo doen.'

'Daar trap ik dus niet in,' zegt Annabel. 'Hij kan opdonderen. Het is toch ook een belediging voor mij. Wat denkt hij eigenlijk wel?'

'Heel goed,' zegt Isa. 'Powergirl, dat ben je Geef hem maar op z'n donder.' Ze stopt als ze voetstappen op het veld hoort. 'Daar zul je Justin hebben, we zouden gaan zwemmen.'

Isa duwt haar hoofd door de opening. 'Het is Kars,' zegt ze. 'Ik laat jullie maar even alleen. En... Powergirl hè?'

Met een stralend gezicht komt Kars Annabels tent in. 'Hoor je die muziek? Ze zijn aan het playbacken. Allemaal kotertjes van een jaar of acht. Hè hè, het hele dorp hangt vol affiches. Je weet niet wat je ziet. En nu zijn Romeo en Stef nog flyers uitdelen ook, dan weet echt iedereen dat onze grot wordt geopend. Hé, is er iets?' vraagt hij als hij Annabels rode ogen ziet. Hij wil haar een kus geven, maar Annabel duwt hem weg.

'Blijf van me af,' zegt ze. 'Ik hoef geen kus van jou.'

'Wat doe je boos,' zegt Kars. 'En ik kom je nog wel gezellig halen.'

'Heel goed dat je hier bent,' zegt Annabel. 'Dan weet je het meteen. Het is uit tussen ons.'

Annabel had gedacht dat ze zou gaan huilen als ze Kars zag, maar ze is woedend. Hoe durft hij!

'Uit?' Kars kijkt haar verbaasd aan. 'Je maakt een grapje.'

'Nee,' zegt Annabel. 'Dit is geen grapje. Ik meen het, je kunt opdonderen.'

'Mag ik misschien weten waarom?' vraagt Kars.

'Moet jij dat nog vragen? Omdat je me bedriegt natuurlijk, daarom.'

'Je hebt het toch niet weer over dat kaartje hè?' vraagt Kars.

'Nee,' zegt Annabel. 'Maar wel over je liefje dat dat kaartje in je zak heeft gedaan. Je kende haar toch niet? Dat zei je toch? Je hebt het zelfs gezworen. "Er is echt niemand anders, ik hou van jou".'

'Dat is ook zo,' zegt Kars. 'Je moet me vertrouwen.'

'Ik jou vertrouwen? Laat me niet lachen. Dat zou je wel willen hè? En dan lekker doorgaan met vreemdgaan. Was ze vanochtend soms ook in het dorp? En gisteren, toen je zo nodig alleen naar de lampenwinkel moest? Stef mocht niet mee: nee, dat snap ik.'

Nu wordt Kars kwaad. 'Hou op met die beschuldigingen. Ik heb je toch al gezegd dat ik niet weet van wie die kaart is. Als je me niet vertrouwt, is het maar goed dat het uit is. Dat is nou wat ik het allerergst vind: dat je mij niet vertrouwt. Er is helemaal niemand. Wat moet ik nou nog meer doen? Op mijn knieën gaan liggen en sorry roepen voor iets wat ik niet gedaan heb? Wil je dat soms?'

'Je blijft ontkennen, hè?' Annabel wordt zo boos dat de tranen in haar ogen springen. 'Zeg dan tenminste eerlijk dat het zo is.'

'Het is niet zo!' Kars kijkt naar Annabel. 'Je haalt het je alleen maar in je hoofd.'

'En hoe komt ze dan aan jouw mobiele nummer?' vraagt Annabel.

'Mijn mobiele nummer?'

'Ja, dat weet ik toevallig, jij hebt haar je nummer gegeven.'

Wat is er allemaal aan de hand? Kars heeft het gevoel dat hij gek wordt. Nou begint ze weer over zijn mobiele nummer. Wat heeft Annabel? Hij kijkt haar aan. 'Ik geloof dat ik het door begint te krijgen,' zegt hij. 'Jij vindt er zeker niks meer aan en dat durf je niet te zeggen. En daarom maak je ruzie. Je gebruikt die kaart om het uit te maken. Nou, als je dat per se wilt, dan kan het. Toedeloe.' En hij kruipt haar tent uit.

Annabel valt huilend op haar luchtbed neer. 'Het is gemeen...' snikt ze. 'Het is zo verschrikkelijk gemeen...'

Al die tijd zitten Birgit en Simone in de tent ernaast. Birgit steekt haar duim op. 'Grijp je kans,' fluistert ze.

Maar Simone is helemaal niet blij. 'Ik ga zeggen dat het niet waar is, ik vind het zielig.'

'Wat nou zielig,' fluistert Birgit. 'Als je nu achter hem aan gaat, heb je hem. Dit is je kans,' zegt ze als Simone aarzelt. 'Het is nu toch al uit tussen die twee.'

Simone zucht. 'Denk je nou echt dat dit goed is?'

'Het wordt fantastisch.' Birgit haalt haar mobiel te voorschijn en laat de foto zien die ze van Kars heeft gemaakt. 'Wil je met hem zoenen of niet?'

Simone wordt smoorverliefd als ze de foto ziet.

'Kom op, eropaf!' Birgit duwt haar vriendin de tent uit.

15

Sophie zit huilend naast haar moeder in de auto. Ze rijden achter de ziekenauto aan.

'Rustig maar liefje,' troost haar moeder haar. 'Gelukkig is er niks met je gebeurd en met Edgar komt het ook goed.'

Maar Sophie hoort aan haar stem dat haar moeder zelf ook ongerust is over Edgar. Toen de broeders hem de ambulance inreden was hij nog steeds bewusteloos.

Als ze voor het stoplicht moeten wachten, trekt Sophies moeder haar blouse uit. 'Doe jij die maar aan, ik heb er toch nog een t-shirt onder.'

Sophie moet nog harder huilen als ze haar kapotte blouse uittrekt. 'Ik was zo bang... ik was zo bang dat hij me zou verkrachten...'

Ze schrikt overal van: als haar moeder even te hard remt, als er een motor langs hen rijdt. Ze schrikt zelfs als ze een sms'je krijgt. Met trillende vingers drukt ze op de toetsen.

'Het zal wel van papa zijn,' zegt moeder. 'Ik heb hem gebeld. Zeg maar dat we op weg zijn naar het ziekenhuis en hem bellen zodra we iets weten.'

Maar het sms'je is helemaal niet van Sophies vader. Sophie geeft een gil als ze het leest.

'Van wie is het?' vraagt moeder.

'Van... van Alain...' snikt Sophie. 'Ik ben zo bang...'

Ze houdt haar moeder de mobiel voor. Die schrikt al net zo erg. *Waag het niet ons aan te geven. Alain.* Ze kijkt Sophie aan. 'Het is beter dat we niet naar de politie gaan,' zegt ze. 'Ik heb geen rustig moment meer als ik bedenk dat jij gevaar loopt.

Helemaal niet nu papa een paar dagen in het buitenland zit.'

Als ze bij de eerste hulp komen, wordt Edgar meteen naar binnen gereden. 'Wachten jullie hier maar even,' zegt de broeder. 'Ik zal zorgen dat er zo iemand bij u komt.'

Sophie loopt naar de deur. Ze kijkt of de moeder van Edgar eraan komt. Toen ze op de ambulance stonden te wachten, heeft Sophie haar gebeld.

'Kan ik dat niet beter doen?' vroeg haar moeder. Maar Sophie wilde het haar per se zelf vertellen. Het was veel te moeilijk. Toen ze Edgars moeder aan de lijn kreeg, kon ze alleen maar huilen.

'Wat is er meisje?' riep Edgars moeder. 'Er is toch niks ergs gebeurd?'

'Edgar... Edgar...' verder kwam Sophie niet. Toen heeft ze de telefoon aan haar moeder gegeven.

Edgars moeder schrok heel erg toen ze hoorde wat er was gebeurd. 'Hij leeft toch nog wel?'

Sophies moeder verzekerde haar dat Edgar ademde. 'Hij is bewusteloos,' zei ze. 'Ik heb een ambulance gebeld. Ze kunnen elk moment hier zijn. Zodra ik weet naar welk ziekenhuis hij gaat, bel ik je.'

Sophie zit tegen haar moeder aan in de wachtkamer van het ziekenhuis. Edgars moeder is er ook met Brian en Ad. Ad heeft hen gereden. Sophie is al wat rustiger. De verpleegster heeft haar iets kalmerends gegeven. In gebrekkig Frans vertelt Edgars moeder hen dat Brian hier vorig jaar om deze tijd ook lag, op dezelfde afdeling.

'En?' vraagt ze als de dokter uit de behandelkamer komt.

'Hij is bijgekomen,' zegt de dokter. 'U hoeft niet voor zijn leven te vrezen.'

'Godzijdank!' Van opluchting begint Sophies moeder te huilen.

'Ze hebben hem behoorlijk te pakken gehad,' zegt de dokter. 'Hij heeft een maagbloeding en zijn ribben zijn gekneusd. We gaan ervan uit dat hij ook een hersenschudding heeft.'

'Mogen we even bij hem?' vraagt Edgars moeder.

'Later,' zegt de dokter. 'Hij heeft nogal wat wonden in zijn gezicht en die moeten we eerst hechten. En het gat in zijn hoofd moet ook verbonden worden.'

'Mag hij daarna mee naar huis?' vraagt Edgars moeder.

'Nee,' zegt de dokter beslist. 'Hij moet hier nog een poosje blijven. Rekent u maar op minimaal een week.'

Edgars moeder slaat haar handen voor haar gezicht. 'Die jongen...'

Nu moet Sophie ook huilen. 'Het is mijn schuld...'

'Natuurlijk niet, lieverdje,' zegt Edgars moeder.

'Jawel,' snikt Sophie. 'Ik was zo bang dat Alain me zou verkrachten en toen riep ik Edgar om hulp... Als ik dat niet had gedaan, lag hij hier nu niet...'

'Het is maar goed dat je dat hebt gedaan,' zegt Ad. 'Je moet er toch niet aan denken wat er met jou was gebeurd als Edgar hen niet had tegengehouden? Dat tuig had hem toch wel in elkaar geslagen, neem dat maar van mij aan.'

'Hoeveel jongens waren het precies?' vraagt Ad.

'Drie,' zegt Sophie. 'Alain, Jacques en Paul.'

'Dus François en Michel waren er niet eens bij,' zegt Sophies moeder. 'Die François is nog een van de ergsten. Mijn man en ik hebben hem nooit vertrouwd.'

'Jij weet waar ze wonen, hè?' vraagt Ad. Sophie knikt.

'Dan moet je dat maar tegen de politie zeggen.'

'Politie?' zegt Sophie verschrikt. 'We geven ze niet aan, toch mam?'

'Nee,' zegt Sophies moeder. 'Daar wil ik het eerst met mijn

man over hebben, maar die zit in het buitenland. Ik wil niet dat Sophie gevaar loopt. Laat dat sms'je eens zien?'

'Nog dreigen ook,' zegt Ad als hij het leest. 'Luister, dit zijn echte criminelen, ze moeten gestraft worden.'

'Daar ben ik het helemaal mee eens,' zegt Edgars moeder. 'Mijn jongen had wel dood kunnen zijn. Ik geef ze in elk geval aan.'

Terwijl Edgars gezicht wordt gehecht, is de hele crew kwaad op Kars. Annabel heeft hen verteld dat ze het uit heeft gemaakt en waarom.

'Wat maak jij nou?' zegt Romeo. 'Hoe vaak heb je mij niet beschuldigd dat ik meiden in de maling neem? En moet je zien wat jij doet.'

'En ons nog voorliegen ook,' zegt Stef. 'Net doen alsof je die kaart van Annabel had gehad.'

'Je moet het zelf weten,' zegt Romeo. 'Maar een beetje achterbaks is dit wel.'

Kars zegt dat het niet waar is, dat hij helemaal geen ander heeft, maar ze lachen hem uit. 'Daar trappen wij dus niet in, hè,' zegt Romeo.

'Barst dan ook als jullie me toch niet geloven.' Kars wil weglopen, maar Kylian houdt hem vast. 'Hier blijven, we hebben geen tijd voor ruzie. We moeten zo aan de voorstelling werken. Jullie moeten je er ook niet mee bemoeien. Dit is een zaak tussen Annabel en Kars. Waar is Edgar trouwens?'

'Weet ik veel, die ging vanochtend op de fiets weg met Sophie. Ik hoor het wel als we gaan beginnen.' En Kars loopt weg.

In z'n eentje loopt hij langs de rivier. Hij is razend op Annabel. Ze heeft iedereen tegen hem opgestookt en het is nog niet eens waar. Hij gaat op de punt van een rots zitten en staart naar het water. Nou kan hij straks nog gaan repeteren ook. Wat kan hem die voorstelling nog schelen. Van hem mogen ze die opening afgelasten. De hele camping kan hem gestolen worden. Het is zijn tweede zomer hier. Voor het eerst heeft hij heimwee naar Nederland. Hij weet dat het een vlucht zou zijn, maar hij moet er niet aan denken om de hele zomer met Annabel samen te zijn.

Kars schrikt op uit zijn gedachten als hij voetstappen hoort. Daar heb je Isa. Lief dat ze naar hem toe komt. Tenminste nog iemand die het voor hem opneemt. Isa gelooft hem, dat weet hij zeker. Hij wil haar gedag zeggen, maar Isa overvalt hem.

'Wees niet bang,' zegt ze. 'Ik ben zo weer weg. Ik wil alleen even zeggen dat ik jou een grote loser vind. Je moet zelf weten wat je met meisjes doet, daar zal ik me nooit mee bemoeien. Maar Annabel is wel mijn vriendin. Dat je zoiets durft te flikken met mijn beste vriendin, dat vind ik laag. Alleen al tegenover mij. Ik walg van je en ik ben niet de enige. Je mag dan een liefje hebben, maar de hele crew is op je afgeknapt.'

'Hou je kop!' schreeuwt Kars. 'Ik dacht dat je naar me toe was gekomen om me te helpen. Maar jij vertrouwt me dus ook niet, mijn eigen zus, bedankt.'

'Ja, je bent zielig, ik heb echt medelijden met je. Je ziet maar hoe je je hier uitredt. Dag broertje.' Isa draait zich om en loopt weg.

Shit! Kars moet moeite doen om niet te gaan huilen. Niemand gelooft hem. Kon hij maar bewijzen dat het niet waar is, maar dat gaat niet. Er bestaat helemaal geen ander. Het lijkt wel een nachtmerrie. Hij bijt op zijn lip. In geen tijden heeft hij zich zo rot gevoeld.

Au! Edgar komt kreunend bij zijn positieven. Wat is er met hem gebeurd? Alles doet hem pijn. Hij voelt aan zijn hoofd. Er zit een verband omheen. Hij wil zich oprichten, maar dat gaat niet. Zijn borst is helemaal stijf. Elke ademhaling snijdt door hem heen. Waar is hij? Hij kan zijn hoofd niet eens draaien. Van wie zijn die voetstappen? Is dat zijn moeder die eraan komt? En dan kijkt hij in het gezicht van een verpleegster.

'Je bent wakker,' zegt ze. 'Weet je het weer? Je ligt in het ziekenhuis.'

Langzaam herinnert Edgar zich wat er is gebeurd. 'Sophie...' Hij wil vragen wat de jongens met haar gedaan hebben, maar hij kan bijna niet praten. Zijn kaak is stijf.

'Rustig maar,' zegt de verpleegster. 'Je vriendin is in veilige handen. Ze was net nog bij je, maar je sliep. Ze is nu met haar moeder en de baas van de camping naar het politiebureau. Ze gaan die jongens aangeven.'

Als er maar niks ergs met haar is gebeurd! Edgar probeert terug te halen hoe het is gegaan. Hij ziet Alain voor zich die Sophie vasthield. Hij scheurde haar blouse kapot. In zijn hoofd hoort hij Sophies stem. Edgar, help! De klap in Alains gezicht en toen het gevecht. 'Mijn moeder...' Edgar probeert te praten, maar het doet zo'n pijn.

'Je moeder weet het al,' zegt de verpleegster. 'Ze heeft een tijd aan je bed gezeten, samen met je broer. Ze zijn nu even de frisse lucht in. Ze zullen zo wel terugkomen. Wil je iets drinken?'

'Nee,' zegt Edgar. Hij heeft niet alleen pijn, maar hij voelt zich ook misselijk. Hij grijpt kreunend naar zijn borst.

'Je hebt zes gekneusde ribben,' zegt de verpleegster. 'Daar komt die pijn vandaan. Maar het belangrijkste waarvoor je hier ligt is je hoofd. Ze hebben je wel te pakken gehad. Je hebt geen schedelbasisfractuur, maar je hoofd heeft rust nodig, dan komt het weer goed. Je zult hier een tijdje moeten blijven.'

Edgar schrikt. Dan kan hij niet meedoen aan de show! Wat

erg! Het heeft ook geen zin om het uit te stellen, want wie weet hoe lang het duurt voordat hij is opgeknapt. Hij kan zich niet eens bewegen. Misschien gaan er maanden overheen voordat hij weer kan dansen. Hij denkt aan Sophie. Was ze maar bij hem. Hij wil precies weten wat ze met haar hebben gedaan. Ze moet het hem vertellen, ook al is hij er nog zo beroerd aan toe.

Opnieuw probeert hij voor zich te zien wat er gebeurde. Zijn hoofd doet pijn als hij denkt, maar hij moet het weten. Ze schopten hem, dat weet hij nog. En ze gingen maar door met schoppen. Wat er daarna gebeurde, weet hij niet meer, toen was hij zeker al bewusteloos. Wat verschrikkelijk, toen heeft Alain dus alles met Sophie kunnen doen wat er in zijn zieke kop opkwam. Er was niemand die voor haar op kon komen. Als ze haar maar niet hebben verkracht! Edgar grijpt naar zijn hoofd. Het doet zo'n pijn. Hij wordt ineens heel moe. Kon hij zich maar even op zijn zij draaien, maar dat gaat niet. Zijn ogen vallen bijna dicht als de deur opengaat en zijn moeder binnenkomt.

'Jochie, je bent wakker.' Ze geeft hcm een kus en dan moet ze huilen. 'Het is ook zo verschrikkelijk wat er is gebeurd. Je had wel dood kunnen zijn.'

'Sophie...' zegt Edgar. Haar naam komt er heel vreemd uit, maar zijn moeder verstaat hem toch.

'Ik begrijp waar je bang voor bent,' zegt zijn moeder, 'maar ze zijn er direct vandoor gegaan. Toen jij bewusteloos was, zijn ze gevlucht.'

Edgar zucht van opluchting, maar wat doet dat een pijn.

'Gaat het?' Zijn moeder legt bezorgd een hand op zijn arm. 'Je ribben zijn gekneusd, dat is heel pijnlijk.'

Gelukkig, ze zijn weggerend, denkt Edgar als de steek in zijn borst weer weg is, dan hebben ze Sophie niks meer gedaan.

Hij denkt aan zijn vrienden. Wat zullen ze kwaad op hem zijn. Ze hebben hem nog zo gewaarschuwd. Romeo had het voorspeld. Jij krijgt Alain op je dak als je verkering met Sophie neemt. Edgar vond dat ze er niks mee te maken hadden en dat vindt hij nog steeds. Maar nu kan hij niet dansen; daar hebben ze dus wel mee te maken. Moet je mij nou zien liggen, denkt Edgar. En dat allemaal omdat hij verliefd is op een meisje. Hoe ziek hij zich ook voelt, hij heeft er geen spijt van.

Brian steekt zijn hoofd door de deuropening. 'Hai,' zegt hij. Hij is opgelucht dat zijn broer wakker is. Zo ziet het er tenminste iets minder eng uit.

'Je mag maar heel even blijven,' zegt de verpleegster, 'je broer moet zo weer rusten.'

'Heb je erge pijn?' vraagt Brian.

'Vraag hem maar niks,' zegt moeder. 'Praten doet hem veel pijn.'

'Balen,' zegt Brian. 'Ik wou dat ik iets voor je kon doen.'

Edgar kijkt naar zijn broer. En dan weet hij ineens wat Brian voor hem kan doen: voor hem invallen, omdat hij nu niet kan dansen.

Hij probeert het te zeggen, maar doordat hij niet goed kan praten, begrijpt Brian het niet.

'Hij heeft het over de voorstelling,' zegt zijn moeder. 'Hij wil dat jij voor hem invalt.'

Nee, denkt Brian. Ik wil alles voor je doen, maar dat niet. Daar ben ik veel te verlegen voor. Maar Edgar kijkt hem vragend aan. Brian ziet hoe verschrikkelijk zijn broer eraan toe is. En dan hoort hij het zichzelf zeggen: 'Ik doe het.'

Sophie heeft zich heel groot gehouden tijdens het gesprek met de politie, maar zodra ze buiten staan, begint ze te huilen. Haar moeder slaat een arm om haar heen. 'Huil maar, meisje,' zegt ze. 'Het is ook zo verschrikkelijk wat er is gebeurd. En je hebt het heel knap gedaan.'

'Dat vind ik ook.' Ad houdt de autodeur voor hen open. 'Maar je had ook geluk met die rechercheur. Wat was die vrouw aardig. Zullen we ergens iets drinken om even bij te komen? Of wil je liever naar huis?'

'Ik wil helemaal niet naar huis,' snikt Sophie. 'Ik wil naar Edgar.'

Ad kijkt haar moeder aan.

'Dan doen we dat,' zegt Sophies moeder. 'Ga jij nog maar even naar hem toe, dan wacht ik wel zolang in de hal beneden.'

'Over die jongens hoeven we ons geen zorgen meer te maken,' zegt Ad als hij de auto start. 'Die worden vandaag nog vastgezet. Ze gaan naar een jeugdgevangenis en daar komen ze voorlopig niet uit.'

'Moet ik dan getuigen?' vraagt Sophie angstig.

'Dat lijkt me wel,' zegt moeder.

'Nee... dat durf ik niet!' Sophie raakt meteen in paniek.

'Maak je maar niet ongerust,' zegt Ad. 'Nu ben je nog in de war. Het is allemaal net gebeurd, maar het duurt nog heel lang voordat de jongens moeten voorkomen. Tegen die tijd voel je je alweer veel sterker. En dan is Edgar ook weer beter en kunnen jullie er samen naartoe.'

'Ben je blij dat we hen toch hebben aangegeven?' vraagt Sophies moeder.

Sophie knikt. 'Ik had nooit gedacht dat Alain zoiets zou doen.'

'Je vader wel,' zegt haar moeder. 'Weet je nog dat hij je waarschuwde toen je hem mee had genomen?'

Dat weet Sophie nog wel. 'Ik wil dat je het uitmaakt met die jongen,' zei haar vader. 'Hij deugt niet. Dat stuk schorem komt er hier niet meer in.'

Sophie werd alleen maar kwaad. 'Ik mag toch zelf wel weten met wie ik verkering neem,' schreeuwde ze. Elke dag hadden ze er ruzie over. Nu wilde ze dat ze beter naar haar vader had geluisterd.

'Daar zijn we weer,' zegt Ad als ze voor het ziekenhuis staan.

'Heel hartelijk bedankt!' Sophies moeder geeft Ad een hand. 'Ik ben zo blij dat u mee was. Met z'n tweetjes hadden we het vast niet gered.'

Ze zwaaien Ad uit en lopen daarna het ziekenhuis in. 'Vind je het niet erg om te wachten?' vraagt Sophie.

'Maak je om mij maar geen zorgen,' zegt haar moeder. 'Ik bestel een heerlijke cappuccino in het restaurant. Als je klaar bent, kom je maar naar me toe.'

Sophie holt de trappen op. 'Eigenlijk mag er niemand bij Edgar,' zegt de verpleegster als ze Sophie ziet, 'maar voor jou maak ik een uitzondering. Hij wil je vast heel graag zien.'

Sophie doet zachtjes de deur open en loopt op haar tenen naar binnen. Als ze ziet dat Edgar slaapt, gaat ze naast het bed zitten. Ze hoort hem zachtjes kreunen. En bij elke ademhaling vertrekt zijn gezicht van de pijn. Sophie voelt zich schuldig. Had ik maar nooit je hulp ingeroepen, dan lag jij hier nu niet, denkt ze. Ze zit al een poosje bij hem als Edgars ogen opengaan.

Ondanks de pijn komt er een glimlach op zijn gezicht. Hij wil Sophie van alles vragen, maar ze merkt hoe moeilijk het voor hem is om te praten. Heel voorzichtig legt ze haar vinger op zijn mond. 'Jij mag niks zeggen,' fluistert ze. 'Ik vertel je precies hoe het gegaan is...'

Edgar luistert vol spanning naar Sophie. Af en toe vindt hij het moeilijk om zich te concentreren, maar hij wil per se weten wat er gebeurd is nadat hij bewusteloos raakte.

Hij merkt wel dat het Sophie moeite kost om het te vertellen; alles kom weer boven. Ze vecht tegen haar tranen. Als ze klaar is, slaakt ze een diepe zucht. 'En nu worden ze opgepakt,' zegt ze. 'En dan hebben we nooit meer last van ze.'

Edgar pakt Sophies hand en knijpt er zachtjes in. Een tijdje zitten ze zo bij elkaar, zonder iets te zeggen.

Je wordt moe, denkt Sophie als ze Edgars gezicht ziet.

'Ga maar lekker slapen,' fluistert ze. 'Ik kom morgen weer.' Edgars ogen vallen al dicht.

Sophie buigt zich over hem heen en drukt heel zachtjes een kus op zijn mond. Daarna sluipt ze op haar tenen de kamer uit.

16

Kars zit in z'n eentje bij de rivier. Hij weet niet zo goed wat hij moet beginnen. Hij is in de war. Niet alleen is zijn verkering uit buiten zijn schuld, maar nu is zijn zus ook nog tegen hem. Nadat ze zonder naar hem te luisteren weg was gelopen, heeft hij zeker een uur verslagen voor zich uit zitten staren. Hij had echt niet verwacht dat ze hem zou laten zakken, zijn eigen zus. Hij kon wel janken, maar nu wordt hij ineens kwaad. Zijn ze helemaal gek met z'n allen! Hij heeft niks gedaan. Hij is niet van plan de rest van de vakantie in zijn eentje bij de rivier te blijven, dan lijkt het wel of hij bang is. Hij gaat gewoon naar hen toe.

Ze moeten zo oefenen voor de show. Dat zal niet meevallen. Hij vindt het vreselijk om met Annabel te moeten dansen, maar daar moet hij dan maar aan wennen. Ze kunnen de voorstelling toch niet afzeggen, omdat hun verkering uit is? Hij wordt weer woedend. Het is uit! Onbegrijpelijk, alleen maar omdat een of andere meid beweert dat ze iets met hem heeft. Het moet een vergissing zijn. Misschien is er nog wel iemand die Kars heet, dat kan toch? En daar is hij Annabel dan aan verloren.

Wat een vertrouwen heeft ze in hem. Daar is hij nog het meest van geschrokken. Ze hebben nu al een jaar verkering en nog gelooft ze hem niet. Was hij maar bij zijn oude principe gebleven. Verkering, niks voor mij, dat heeft hij jaren gezegd. Met Annabel wilde hij het ineens wel. Hij is er helemaal voor gegaan, voor de volle honderd procent. En nou krijgt hij dit. Alsof hij er zomaar een ander naast zou nemen! Dat Romeo en Stef nou zo zijn, maar zo zit hij niet in elkaar. Op school waren er dit jaar ook meiden die hem probeerden te versieren, maar hij is er nooit op ingegaan. Het kostte hem niet eens moeite. Voor hem bestond er maar één meisje: Annabel.

Hij loopt terug naar de kantine. Hij ziet het al als hij aan komt lopen: ze zitten er allemaal. Behalve Annabel, die ziet hij niet. Hij haalt diep adem en stapt naar binnen.

'Ik vind het echt zielig voor Annabel,' hoort hij Nona zeggen.

'Hebben jullie het er nou, nog over?' vraagt Kars.

'Wat denk je nou man,' zegt Romeo. 'Ik vind het heus geen punt dat je met een ander zoent.'

'Nee,' valt Stef zijn vriend bij. 'Dat juichen wij zelfs toe. Wij zijn tegen verkering, dat weet je. Maar je had het ons moeten vertellen, dat is de misser.'

'Voor de laatste keer!' Kars slaat met zijn vuist op tafel. 'Ik heb helemaal geen ander en als jullie me niet geloven, dan donderen jullie maar op.'

'Nou, dan gaan we maar.' Romeo staat al.

'Zijn jullie nou weer bezig?' zegt Kylian, die samen met Brian binnenkomt. 'Weten jullie niet wat er gebeurd is?'

Ze zien aan Kylians gezicht dat er iets ergs is.

'Vertel jij het maar,' zegt hij tegen Brian. 'Jij komt net uit het ziekenhuis.'

Brian heeft onderweg bedacht hoe hij het aan hun vrienden zou vertellen, maar nu wordt hij ineens emotioneel. 'Die klootzakken hebben Edgar in elkaar getrapt.' De tranen springen in zijn ogen. 'Hij ligt in het ziekenhuis, helemaal in puin. Als je ziet hoe hij eraantoe is...'

'Wat zeg je nou? Wat is er gebeurd?'

'Dat weet ik ook niet precies,' zegt Brian. 'Ik weet alleen dat hij met Sophie ging fietsen. Het is ergens in het bos gebeurd.

Alain moet hen zijn gevolgd. Hij was niet alleen, ze waren met z'n drieën. En ze schopten maar door. Nog een geluk dat die klootzak van een François er niet bij was, dan hadden ze Edgar misschien doodgetrapt.'

Niemand denkt meer aan de ruzie tussen Annabel en Kars. Ze zijn verbijsterd. Hun vriend is in elkaar getrapt door het groepje van Alain. 'We moeten iets doen,' zegt Kars. 'Dit kunnen we niet pikken, toch?'

De anderen voelen zich al net zo machteloos als Kars. 'We moeten ze aangeven,' zegt Romeo.

'Dat is al gebeurd,' zegt Brian. 'Sophie heeft hen aangegeven. Ze zitten al vast.'

'O, jullie weten het al,' zegt Hanna als ze binnenkomt. 'Het is echt afschuwelijk wat er is gebeurd. Ze hebben Sophie ook nog gedreigd dat ze niks mocht vertellen. Haar moeder was zelfs bang voor hen. Ad heeft hen overgehaald om die jongens aan te geven, anders hadden ze nu nog vrij rondgelopen.'

'Mogen we naar hem toe?' vraagt Nona.

'Nee,' zegt Brian. 'Hij heeft rust nodig.'

'Kunnen we hem bellen?' vraagt Justin.

'Hij kan niet eens praten,' zegt Brian. 'Zijn hele kaak is beurs.'

'Dus ze hebben hem ook in zijn gezicht getrapt,' zegt Kars geschrokken.

'Het schijnt dat ze als gekken tekeer zijn gegaan,' zegt Hanna. 'Hij was bewusteloos. Maar daar is Ad al, die weet het precies.'

Terwijl ze Ad en Brian met vragen bekogelen, ziet Brian de vader van Jules langslopen. Help, denkt hij. Die is hij helemaal vergeten. Ze waren samen in de grot toen zijn moeder hem kwam halen. Hij had beloofd zo snel mogelijk terug te komen, maar door de schrik heeft hij helemaal niet meer aan hem gedacht. Hij laat Ad de vragen beantwoorden en loopt gauw de kantine uit.

'Sorry dat ik u heb laten wachten,' zegt hij.

'Maak je om mij maar niet bezorgd,' zegt Jules' vader. 'Ik heb gehoord wat er met je broer is gebeurd. Afschuwelijk. Jij hebt nu wel iets belangrijkers aan je hoofd dan de rondleiding. We waren al een heel eind gekomen; de rest komt wel een andere keer. Sterkte.'

Brian is blij dat hij nu niet over de rondleiding hoeft na te denken. Dat gaat ook gewoon niet. Hij voelt zich doodmoe. Hij wil weer naar binnen gaan als er een schok door hem heen gaat. Daar heb je Daan! Hij schiet achter een boom.

Brian moet om zichzelf lachen. Dit is een wel heel overtrokken reactie. Het zal wel komen doordat hij in de war is. Hij kan toch niet de rest van de vakantie voor Daan op de vlucht gaan? Dan schiet hem ineens te binnen dat Daan ook in de show danst. Hij schrikt nog meer. Daar had hij nog niet eens aan gedacht. Hij durft niet eens met Daan de kantine in en dan moet hij met hem dansen. Dat wordt nog wat. Moet je zien hoe hij zich nu al gedraagt.

Brian heeft spijt van zijn belofte aan Edgar. Nou zit hij ermee. Zou hij er nog onderuit kunnen? Hij heeft nog niks verteld. Niemand weet het nog, alleen Edgar en zijn moeder.

Brian zucht. Nu zal het nog wel meevallen, want zo vaak hoeven ze niet te repeteren. De laatste dagen, dan wordt het pas echt crisis. De laatste dagen moeten jullie vrij houden, heeft Kylian gezegd. Brian ziet het al voor zich, dan kan hij de hele dag met Daan optrekken. Misschien is zijn verliefde gevoel dan alweer over. Maar hij is bang van niet. Toen hij verliefd op Jules was, duurde het ook lang voordat het voorbij was. Zo meteen merken ze het nog aan hem, dat wil hij echt niet.

Hij loopt naar zijn tent. Zijn moeder zit in de voortent met haar jas aan. Ze heeft niet eens in de gaten dat het prachtig weer is, zo erg is ze in de war. Als Brian ziet dat ze huilt, slaat hij een arm om haar heen. 'Het komt echt goed met Edgar, mam,' zegt hij.

Zijn moeder veegt haar tranen weg. 'Ik vind het zo afschuwelijk dat hij daar moet liggen. Hij kan nergens meer aan meedoen. Hij had zich zo op het openingsfeest verheugd.'

'Het belangrijkste is dat hij weer beter wordt,' zegt Brian.

Zijn moeder knikt. 'Je bent een lieverd,' zegt ze. 'Ik ben zo blij dat je hem gaat vervangen in de show. Dan hoeft hij zich daar geen zorgen om te maken.'

Zie je wel, denkt Brian. Ik moet het doen.

'Vandaag moet je toeslaan,' zegt Birgit tegen Simone als ze de volgende morgen met hun stokbrood de kantine uitkomen. 'Zag je die twee meiden net? Volgens mij zijn die gisteravond gekomen. Straks pikken die Kars in, dan hebben wij al die moeite voor niets gedaan.'

'Ik kill ze,' zegt Simone. 'Ze blijven van hem af, Kars is mijn hunk. Jammer dat het gisteren niet is gelukt. Hij zat als een zombie in de kantine.'

'Iedereen,' zegt Birgit. 'Romeo had gisteren ook geen aandacht voor mij. Vind je het gek? Ze hadden net gehoord dat hun vriend in elkaar is getrapt. Ze waren in een shock.'

'Na het ontbijt ga ik hem versieren,' zegt Simone. 'Maar hoe pak ik het aan?'

'Ik spreek met Romeo op het Love Island af,' zegt Birgit. 'Het is alweer zo lang geleden dat we samen waren. Dat komt natuurlijk, omdat hij me niet meer durft te vragen. Nu hij echt verliefd is, is hij opeens verlegen. Hij wacht tot ik iets doe. Nou, dan hoeft hij niet lang meer te wachten. Vanmiddag gaan we weer lekker zoenen op het Love Island en dan kom jij daar later met Kars naartoe.'

'Ja hallo, jij bent makkelijk. Dat zal hij nog wel zelf moeten willen. Ik kan hem niet ontvoeren, hoor.'

'Wat nou ontvoeren?' Birgit slaat het paadje naar hun tent in. 'Hij is allang blij dat er iemand lief tegen hem doet. Ze zijn allemaal kwaad op hem. Je moet natuurlijk wel lief kijken hè? Doe maar even voor. Ik ben Kars, ik sta hier en jij komt aanlopen.'

'Goed.' Simone gaat een stukje terug. Dan draait ze zich om en marcheert als een officier uit het leger naar Birgit toe. 'Naar het Love Island jij, Kars! Geef acht! Ingerukt mars. Links rechts links rechts!' En ze marcheert weer weg. 'Wat denk je ervan?' vraagt ze lachend.

'Doe nou even serieus,' zegt Birgit. 'Je wilt hem toch versieren? Nog een keer, ik ben Kars.'

Nu komt Simone met een superverliefde blik aan lopen. 'Kars, honey van me,' zegt ze met een zwoele stem. 'Verveel jij je ook zo? Zullen we samen iets leuks gaan doen?'

'Laat maar.' Birgit lacht. 'Jij kunt dus echt niet normaal doen.'

'Waar zijn de jongens trouwens?' vraagt Simone.

'Ik hoorde net dat ze al in de grot zijn.'

'Nu al?' roept Simone verbaasd. 'En wij moeten nog ontbijten?'

'We hebben vanochtend ook wel erg lang uitgeslapen,' zegt Birgit. 'Het schijnt dat ze nog een paar schijnwerpers op moeten hangen voordat de vader van Jules hen een proefrondleiding geeft.'

'Kars, liefje, zal ik die schijnwerper even voor je vasthouden?' zegt Simone met een zwoele stem.

'Zo moet je doen!' roept Birgit. 'Echt hoor, die verliefde blik van je... daar kan geen jongen tegen.'

'Dat zullen we zien,' zegt Simone. 'Ik zal eerst eens zo naar Romeo kijken.'

'Je laat het, die is van mij.' Birgit slaat met het stokbrood op Simones hoofd.

'Hè, hè, daar heb je hem ook,' roept Romeo als Stef de grot inloopt. 'Waar zat je nou man? Ertussenuit knijpen, hè. Je moet wel een goede smoes hebben, anders mag je overwerken.'

'Ik heb een goed excuus,' zegt Stef. Hij loopt naar de gereedschapskist en haalt er een schroevendraaier uit. 'Jouw vriend heeft heel goed werk gedaan. Vanmiddag ben je me dankbaar.'

Romeo ziet het aan Stefs stralende gezicht. 'Nee, je hebt met die nieuwe chica's gesproken?'

Als Stef knikt, komt Romeo de ladder af. 'En?'

'Wat nou: en?' zegt Stef. 'Het is geregeld. Vanmiddag om twee uur op het Love Island.'

'Je liegt het.'

Stef steekt twee vingers op. 'Weet je hoe ze heten?'

'Nou?'

'Kimberley en Marit. Ik moet je zeggen, het zijn twee beauty's. Jij mag kiezen, ik vind ze alle twee zo cute.'

'Geweldig! Dat heb je goed geflikt, man!' roept Romeo. 'We moeten wel doorwerken, anders kunnen we niet weg.'

Maar daar komt niet veel meer van: Romeo blijft Stef maar met vragen bestoken.

'Hou nou eens op met dat gevraag,' zegt Stef. 'Denk maar aan ze.'

'Hoe kan ik nou aan ze denken als ik niet weet welke vormen ze hebben?' zegt Romeo.

'Dat weet ik nog niet,' zegt Stef. 'Ze kwamen in hun badjas het washok uit. Die dingen hingen heel wijd, dan kan je toch niks zien.'

'Hij kan weer niks zien. Natuurlijk kan je wel wat zien. Wat ben je toch een beginnelingetje.'

'Mag ik even storen?' zegt Kars. 'Heeft een van jullie de boor gezien?'

'Die heeft Ad gisteren meegenomen,' zegt Romeo. 'Ik denk dat hij nog in de schuur ligt.'

'Dan haal ik 'm wel even,' zegt Kars.

'Ja, ja en dan gauw stiekem met je geheime liefde in de schuur zoenen, hè?' zegt Romeo.

'Ik zou haar weleens willen zien,' pest Stef. 'Hoe ziet ze eruit?'

'Val dood.' Kars loopt weg. Hij is dat gezeur spuugzat. Met een kwaaie kop loopt hij over de camping. In de verte ziet hij Annabel met Isa lopen. Hij kan nog steeds niet geloven dat het uit is. Vannacht heeft hij er niet van kunnen slapen. Hij lag maar te piekeren. En toen hij eindelijk in slaap viel, had hij een vreselijke droom. Ze trokken hem de zee in en toen waren er allemaal haaien die hem uit elkaar scheurden. Zo voelt hij zich ook. Het liefst nam hij een enkele reis naar Afrika en kwam hij nooit meer terug. Vanochtend begon zijn vader ook al. 'Wat is dat met jou, Kars? Wat hoor ik?'

'Begin jij nou ook al?' Hij is nog nooit zo tegen zijn vader uitgevallen. Gelukkig nam Hanna het voor hem op. 'Laat die jongen nou.'

'Wat zoek je, jongen?' vraagt oma als ze Kars verdwaasd in de schuur ziet staan.

'Eh...' Kars is zo in de war dat hij het niet eens meer weet. Het lijkt wel of hij gek wordt. Ineens schiet het hem te binnen. 'De boor.'

'Moet jij nou wel gaan boren,' zegt oma. 'Je ziet er niet goed uit, jochie. Ik hoorde net wat er aan de hand is...'

Nee, denkt Kars. Oma ook nog.

'Ik wil het er niet over hebben,' zegt hij.

'Dat snap ik,' zegt oma. 'Ik vind het zo naar voor je.'

Kars kijkt oma aan. 'Dus je gelooft me.'

'Wat denk jij nou,' zegt oma. 'Natuurlijk geloof ik jou. En de anderen komen er ook wel achter dat jij geen stiekeme liefde hebt. Volgens mij is het een misverstand, dat moet goedkomen.'

'Ik word gek van dat gezeur,' zegt Kars. 'Net begon Romeo ook weer: "Hoe ziet ze eruit?"'

'Niet op reageren,' zegt oma. 'Dat is het beste. Laat ze maar kletsen. Negeer die opmerkingen. Kom eens hier, jochie.' Oma trekt Kars naar zich toe en kust hem op zijn hoofd. 'Jij bent mijn fijne knul.'

Nu moet Kars ineens huilen. Dat komt doordat oma zo lief tegen hem doet. Wat zouden ze zonder haar moeten?

'Huil maar,' zegt oma. 'Maar het komt goed, let op mijn woorden.'

Kars haalt zijn schouders op. 'Ik ga maar weer. Ik moet opschieten, want ik wil zo nog even naar Edgar in het ziekenhuis.' Hij pakt de boor en loopt weg.

'Als je steun nodig hebt, kom je maar bij mij, jongen,' roept oma hem na.

'Wacht jij hier maar even,' zegt Birgit als ze bij de grot zijn. 'Als mijn afspraakje met Romeo is geregeld, kom jij naar binnen, goed?'

Simone vindt het prima. 'Als je maar geen uren wegblijft.'

'Natuurlijk niet,' zegt Birgit. 'Ik hoef heus niet met Romeo in de grot te zoenen. Daar hebben we de hele middag de tijd voor.' En ze stapt de grot in.

'Hai,' zegt ze. 'Wat zijn jullie hard aan het werk.'

'Ja,' zegt Stef. 'En je mag ons niet storen, want het moet vanochtend af zijn.'

'Ik kom helemaal niet voor jou,' zegt Birgit beledigd. Ze

147

loopt door naar Romeo die op de ladder staat en kijkt naar boven. 'Het komt goed uit dat het vanochtend af moet zijn, anders kun je vanmiddag niet naar het Love Island.'

'Hoe weet jij dat?' zegt Romeo verbaasd. 'Hoe weet jij dat ik een afspraakje heb op het Love Island?'

Birgit denkt dat Romeo een grapje maakt. 'Ja, dat had je niet gedacht, hè, dat je zou worden uitgenodigd.'

'Nou, uitgenodigd is niet helemaal waar.' Romeo lacht. 'Stef heeft het voor ons geregeld. Jij hebt zeker Kimberley of Marit gesproken. Meiden kunnen ook nooit iets voor zich houden. Hoor je dat nou Stef, de hele camping weet het alweer.'

Birgit schrikt. Romeo maakt helemaal geen grapje, hij heeft een afspraakje met een ander.

'Veel plezier vanmiddag.' Ze draait zich om en loopt de grot uit.

'Ik zie je nog wel!' roept Romeo, die niets in de gaten heeft.

'En?' vraagt Simone. 'Hoe laat hebben jullie afgesproken?'

Maar dan ziet ze Birgits gezicht.

'Het is gewoon een versierder,' zegt Birgit. 'Ik ben eringetrapt. Even lekker zoenen en dan dumpt hij je weer. Wat een sucker is dat, zeg!' En ze loopt weg.

'Wacht nou even,' zegt Simone.

Maar Birgit loopt hard door. 'Ik heb geen zin meer om nog langer in de buurt van die loser te zijn.'

17

Sophie kijkt op de klok in haar kamer. Als ze de bus wil halen, moet ze nu weg. Ze wil graag op tijd bij Edgar zijn. Ze mag toch maar zo kort naar hem toe. Haar moeder kan haar niet brengen, die werkt. 'Waarom ga je niet morgen?' zei ze. 'Dan heb ik 's middags vrij en dan rijd ik je er zo naartoe.' Maar Sophie heeft geen zin om een dag over te slaan, dan maar dat eind met de bus.

Ze trekt haar jas aan. Als ze buiten staat, aarzelt ze. Zal ze naar de bus lopen? Nee, ze gaat toch maar op de fiets, dan is ze er in elk geval op tijd. De bus mag ze niet missen. Hij gaat maar een keer per uur.

Sophie fietst de straat uit. Af en toe kijkt ze achterom. Ze is bang dat ze wordt gevolgd. Vannacht heeft ze het raam van haar kamer dichtgedaan. Ze dacht telkens dat er iemand binnenkwam. Dat heeft ze maar niet aan haar moeder verteld. Die is dan meteen ongerust en dan moet ze naar de dokter. Ze heeft geen zin om kalmerende pillen te slikken.

Als ze voor de tweede keer achterom kijkt, geeft ze van schrik een gil. Alain rijdt achter haar! De mensen op straat staren haar verbaasd aan. Ze kijkt nog een keer en dan ziet ze dat het Alain niet is. Dat kan ook helemaal niet, Alain zit vast. Dat heeft de politie aan haar moeder verteld. Sophie trilt over haar hele lichaam.

Als ze bij het busstation komt, trilt ze nog steeds. Gelukkig staat de bus er al. Sophie zet haar fiets op slot en stapt in. Ze gaat voorin zitten, bij het raam. Ze kan niet zo goed tegen de bus. Voorin gaat het nog wel, maar laatst zat ze helemaal achterin en toen moest ze uitstappen, zo ziek voelde ze zich.

Het duurt even en dan begint de bus te rijden. Hij draait de andere kant op. Daar baalt Sophie van. De bus maakt een enorme omweg. Hij rijdt helemaal via de camping naar de stad. Als ze een paar keer zijn gestopt, komen ze langs de camping. Raar is dat. Nog maar kortgeleden had ze niks met deze camping. Ze is er zo vaak langsgefietst, en dan was het gewoon een camping, meer niet. Maar sinds ze met Edgar gaat, is Timboektoe zo belangrijk voor haar geworden. Als Alain hen niet had overvallen, zou ze nu samen met Edgar op het Love Island liggen. Zou je het vanuit de bus kunnen zien?

Sophie kijkt en dan staat haar hart stil. Het lijkt François wel die daar bij de bosjes staat. Maar ze kan het niet goed zien: de bus raast rijdt te snel. Zou het echt François zijn? Wat moet die bij de camping? Niks natuurlijk. Waarschijnlijk was hij het helemaal niet. Net dacht ze ook al dat Alain achter haar reed. Alsof François en Michel interesse in Timboektoe hebben. Nee hoor, die zitten te blowen op hun stekkie.

Ze denkt aan de tijd dat ze nog bij hen hoorde. Wie had er kunnen denken dat het zo zou aflopen? Sophie is zo in gedachten verzonken, dat ze niet merkt dat ze er zijn.

'Die dame voor het ziekenhuis moet uitstappen!' roept de buschauffeur.

'O, sorry!' Sophie springt op.

Even later doet ze de deur van Edgars kamer open. Hij is wakker en kijkt bezorgd naar Sophie.

'Hai,' klinkt het zachtjes.

'Je stem is veel beter,' zegt Sophie.

Edgar wijst naar zijn hoofd.

'Ik weet het,' zegt Sophie. 'Je moeder belde me. Er zit toch een scheurtje in je schedel. Dat zagen ze op die scan die ze vanochtend hebben gemaakt. Balen voor je. Nou moet je hier nog langer liggen. Maar ik kom elke dag.'

Edgar gebaart met zijn handen.

'Wat bedoel je, mag ik niet komen? Waarom niet?' vraagt Sophie. 'Vind je het niet fijn?'

Edgar maakt een teken met zijn vinger bij zijn hoofd.

'Je denkt dat je niet helemaal normaal bent? Hoe kom je daarbij? Wat bedoel je?' Sophie probeert Edgar te begrijpen. 'O, door het scheurtje in je hoofd. Waarom zou je opeens gek zijn?'

'Alain,' zegt Edgar. Hij gebaart met zijn handen.

'Was Alain hier? O, ik snap het al,' zegt Sophie. 'Je dacht dat Alain hier was. En daardoor denk je dat je gestoord bent, omdat het niet kan, want Alain zit vast. Dan ben ik zeker ook gestoord,' zegt Sophie als Edgar knikt. 'Net dacht ik dat Alain achter me reed. En toen de bus langs de camping kwam, zag ik zogenaamd François bij de bosjes achter de camping. Dat is toch ook niet normaal? Wat moet François bij de camping? En ik heb geen scheurtje in mijn kop hoor. Maak je maar niet bezorgd, het komt helemaal goed met jou.' En ze geeft Edgar een kus.

'Zo,' zegt Romeo. 'We zijn bijna klaar, Stef. Net op tijd voor onze date. We hebben nog tien minuten. Als we hard doorwerken, redden we het.'

Ze schrikken als Kylian met de rest van de crew binnenkomt. 'Sorry hoor, jullie kunnen nu nog niet repeteren,' zegt Romeo.

'Ja,' zegt Stef. 'Over vijf minuten moet het af zijn, dan kunnen jullie hier terecht. Eerder niet, het moet af, anders missen wij een zeer belangrijke afspraak. En dat zouden jullie toch niet willen, hè?'

'We gaan niet oefenen,' zegt Kylian. 'Ik heb geen tijd. De kleintjes wachten op de speurtocht. Ik zit wel met de show in mijn maag. Het is duidelijk dat Edgar niet mee kan doen.

En dat betekent dat we een probleem hebben en dan denk ik vooral aan de scène met Daan.'

'Die scène kan er ook uit,' zegt Daan. 'Dan trek ik me wel terug.'

Iedereen begint te protesteren. 'Zonde!'

Ze draaien zich om als Brian binnen komt hollen. 'Sorry, ik hoorde nu pas dat er hier vergaderd wordt.'

'Ja,' zegt Kylian. 'Het gaat over de show. We zitten met Edgars plek.'

Help, denkt Brian. Nu moet hij het zeggen. Maar dan kan hij er echt niet meer onderuit.

Hij voelt dat hij rood wordt als hij naar Daan kijkt. Dat wordt een grote afgang! Zo meteen weet de hele crew dat hij verliefd op Daan is. Zal hij niks zeggen?

'Snap je,' zegt Kylian als hij is uitgepraat. 'Dat is nu ons probleem.' Hij kijkt Brian aan.

Brian denkt aan zijn broer. Het was zo'n schok voor Edgar toen hij vandaag hoorde dat hij voorlopig nog in het ziekenhuis moet blijven. Hij mag hem niet teleurstellen.

'Er is niet echt een groot probleem,' zegt Brian. 'Ik heb Edgar beloofd dat ik voor hem inval.'

'Tof van je!'

'Een applausje voor Brian!' roept Romeo.

'Dat vind ik echt super van je,' zegt Nona. 'Ik weet hoe verlegen je bent.'

Kylian is opgelucht. 'Geweldig Brian, ik weet dat je keigoed kan dansen. Dan neem jij dus de plek van Edgar in.'

'Gefikst,' zegt Romeo. Stef is ook klaar. Ze stormen de ladder af en rennen de grot uit. Nona loopt achter hen aan.

'Morgen gaan we met z'n allen repeteren,' zegt Kylian. 'Het zou fijn zijn als jij dan bent ingewerkt, Brian. Dan kunnen we gewoon verdergaan, want zoveel tijd hebben we niet meer.

Daan, zou jij de scène vandaag met Brian kunnen doornemen?'

'Eh... ja, dat wil ik wel.' Het valt Daan ook zomaar op zijn dak dat hij nu met Brian moet dansen. Echt gemakkelijk vindt hij het niet.

'Mooi, jongens,' zegt Kylian. 'Dan laat ik het aan jullie over.' En hij vertrekt.

'Brian!' roept Nona. 'Ik ga zwemmen hoor!'

'Je mag wel mee,' zegt Daan. 'We kunnen ook later vandaag oefenen. Het hoeft niet per se nu meteen.'

'Ja, eh... een ander moment kan ook,' stamelt Brian. Hij ergert zich aan zichzelf. Wat sta je nou te bazelen, denkt hij. Zo wordt het echt niks en dan is het nog veel erger voor Edgar.

'Of gaan jullie nu repeteren?' Nona is weer binnengekomen.

'Ja,' zegt Brian.

'Cool, dan blijf ik kijken,' zegt Nona.

Daan baalt. Kan ik zeker de hele tijd naar zo'n verliefd stelletje kijken, denkt hij.

'Als jullie tenminste willen dat ik erbij ben,' zegt Nona.

Brian heeft er ook niet veel zin in. Hij heeft er geen behoefte aan te zien hoe leuk Daan Nona vindt.

'Ik merk het al, echt enthousiast zijn jullie niet. Ik ga zwemmen. Bye!' En voordat ze er erg in hebben, is Nona verdwenen.

'Ik hoop voor je dat ze niet kwaad is,' zegt Daan.

Dat hoop je niet voor jezelf, denkt Brian. 'Nona is niet zo gauw kwaad,' zegt hij. 'We hebben nog nooit ruzie gehad.'

'Zo,' zegt Daan, 'jullie hebben al lang verkering, hè?'

'We hebben geen verkering.'

Daan kan het niet geloven. 'Waarom zei Romeo dat dan?'

'Ik denk dat hij je wou pesten,' zegt Brian. 'Nona ging met Jules en nu heeft ze niemand.'

'Ik dacht dat jullie verkering hadden,' zegt Daan.

'Niet dus.' Brian vindt dat hij nou wel lang genoeg met Daan over Nona heeft gepraat. Als je zo verliefd op haar bent, moet je maar werk van haar maken, denkt hij. 'Zullen we beginnen?' vraagt hij.

'Ja, natuurlijk.' Maar Daan is er niet met zijn hoofd bij. Hij kijkt maar naar Brian. Dus je bent helemaal niet verliefd op Nona, denkt hij. Hij is helemaal in de war. Van schrik is hij de danspassen vergeten.

Hij is wel heel verliefd op Nona, denkt Brian. Nu hij weet dat hij kans maakt, kan hij zich opeens niet meer concentreren. 'We kunnen ook later vanmiddag oefenen,' zegt hij.

'Nee, ik denk dat ik het alweer weet.' Daan zet de muziek aan en begint te dansen. Na een paar passen blijft hij staan. 'Hebben jullie echt geen verkering?' vraagt hij.

Nu wordt Brian kwaad. 'Ga dan achter haar aan als je zo verliefd bent,' zegt hij. 'Hier schieten we niks mee op.' Hij schrikt er zelf van.

'Wat bedoel je?' Daan kijkt hem aan.

'Sorry,' zegt Brian, 'maar je bent toch verliefd op Nona?'

'Ik op Nona?' roept Daan uit. 'Hoe kom je daar nou bij?'

'Dat zei Romeo,' zegt Brian. 'Jij wilde toch weten of Nona en ik verkering hadden?'

Daan wordt rood.

Dus wel, denkt Brian. 'Zeg het nou maar eerlijk, je hoeft je niet te schamen hoor. Dat is toch wat je wilde weten?'

'Eh... ja,' zegt Daan. 'Dat klopt.'

'Nou dan,' zegt Brian geïrriteerd. Hij kijkt Daan aan. De lach om zijn mond, de blik in zijn ogen. Ineens wordt het Brian duidelijk. Wat is hij stom geweest. Daan wilde inderdaad weten of Nona en hij verkering hadden, maar het ging hem niet om Nona. Het ging Daan om hem... Ze staan daar maar met z'n tweeën tegenover elkaar.

'En?' Opeens komt Isa de grot in. 'Lukt het een beetje? Weet je, ik help jullie wel even, ik heb toch niks te doen.' En ze zet de muziek harder.

Annabel zit op haar luchtbed in haar tent met haar handen onder haar hoofd. Ze voelt zich wanhopig. Isa vindt dat ze moet blijven voor de show. Dat wil zij ook wel, maar ze is bang dat ze het niet kan. Ze ziet zichzelf echt niet met Kars optreden. Vanochtend was ze met Isa en Justin bij Edgar in het ziekenhuis. Toen ze vertrokken, zagen ze Kars de hal inkomen. Ze was snel de wc in gevlucht en pas toen Isa haar kwam halen, ging ze naar buiten. De hele terugweg zag ze Kars in gedachten met die ander zoenen. Als ze hem al niet eens tegen kan komen, hoe moet het dan met de show? Volgens Isa had Kars niks gemerkt. Dat is maar goed ook: Kars hoeft niet te weten hoe ze zich voelt, dat gunt ze hem niet. Laat hij maar met die ander gaan als hij dat zo nodig moet.

Toen ze terug waren, is ze meteen naar haar tent gegaan en daar komt ze de hele dag niet meer uit. Isa is toch repeteren met Brian en Daan. Nu heeft ze mooi de tijd om goed na te denken of ze wel wil blijven. Als het aan haar ligt, gaat ze vandaag nog met de trein terug naar Nederland. Ze heeft hier echt helemaal niks meer te zoeken. Misschien moet ze dat ook maar doen, die show wordt toch niks, dat weet ze nu al. Morgen moeten ze repeteren; daar ziet ze als een berg tegen op.

Hoe langer ze erover nadenkt, hoe duidelijker het voor haar wordt. Ze gaat vertrekken, ze moet voor zichzelf kiezen. Als ze ziek was, zou ze ook niet kunnen dansen. Trouwens, voor Edgar hebben ze toch ook een vervanger gevonden? Zij is heus niet onmisbaar.

Annabel zucht. Wat een raar einde van haar vakantie en van Timboektoe. Zal ze hier ooit nog komen? Ze denkt het niet.

Isa moet maar naar haar toe komen als ze haar wil zien. Voor haar vriendin vindt ze het nog het ergst. 'Je moet blijven,' Isa smeekte het bijna. 'Doe het dan voor mij...'

Ze heeft best veel voor haar vriendin over, maar dit niet. Ze raakt helemaal in de stress als ze hier nog een week moet blijven. Misschien moet ze nu haar spullen maar vast pakken, dan kan ze vanavond de trein nemen.

Annabel pakt haar rugtas. Ze ziet de foto van Kars en moet huilen. Van uitputting valt ze in slaap.

Even later komen Birgit en Simone bij hun tent aan. Ze raken er maar niet over uitgepraat. Sinds ze vanmorgen de grot hebben verlaten, hebben ze het erover.

'Je had het kunnen weten,' zegt Simone. 'Romeo is een versierder, dat zegt iedereen. En je kunt niet eens kwaad op hem zijn, want hij heeft toch ook geen verkering aan je gevraagd?'

Birgit zucht. 'Het is ook stom van me. Wat een afgang! Nou ja, pech gehad, we laten onze vakantie niet door zo'n loser verpesten. Zullen we naar de stad gaan? Lekker shoppen, ik betaal.'

'Eerst moet ik nog een date zien te scoren,' zegt Simone. Ze schrikt en wijst naar de tent naast hen.

'Annabel is er helemaal niet,' zegt Birgit. 'Die ging toch naar het ziekenhuis? Gaan we nou de stad in of wil je per se met Kars?'

'Natuurlijk wil ik dat,' zegt Simone. 'Ik wil gewoon één keer met hem zoenen, dat heb jij met Romeo toch ook gedaan?'

'Ja, maar nu is alles anders,' zegt Birgit. 'Dat snap je toch wel? We zouden met z'n vieren lol maken.'

'Ik moet met hem zoenen,' zegt Simone.

Birgit kijkt de andere kant op.

'Ben je kwaad?' vraagt Simone.

Birgit haalt haar schouders op. 'Jij denkt alleen maar aan jezelf, hè?' roept ze met een overslaande stem.

Annabel schrikt wakker. Wat hoort ze allemaal? En dan herkent ze de stemmen van Birgit en Simone. Ze hebben ruzie.

'Wat nou: ik denk aan mezelf, dat doe jij!' schreeuwt Simone.

'Weet je wel hoe ik me nu voel? Nee hè, daar denk jij niet aan. Jij denkt alleen maar aan Kars die je zo nodig moet versieren,' snauwt Birgit.

Kars? Annabel schiet overeind.

'Natuurlijk denk ik aan Kars.' Simone is woedend. 'Het was jouw idee. Wil je soms dat ik hem laat lopen?'

'Ja,' zegt Birgit.

'Jij bent gek!' schreeuwt Simone. 'Dan hebben we alles voor niks gedaan.'

'Nou en?' zegt Birgit.

'Dat is toch belachelijk,' zegt Simone. 'Eerst moet die verkering van Kars van jou uit en nou is het zover, en dan mag ik niet eens met hem zoenen. Dan had hij ook wel met Annabel kunnen blijven.'

Annabel wordt bleek van schrik. Wat bedoelen ze met: dan hebben we alles voor niks gedaan?

'Ik vind het zielig voor haar,' zegt Simone.

'Wat is zielig voor mij?' Annabel komt haar tent uit. 'Nou, vertel maar?'

Simone en Birgit verbleken. 'Sorry,' zegt Simone. 'Het was heel gemeen.' Ze begint te huilen. 'We hadden die kaart niet in Kars' zak moeten stoppen. We...'

Wat ze nog meer zeggen, hoort Annabel niet meer. Het is dus niet waar... Kars heeft geen vriendin... Dat is het enige wat ze denkt.

18

Sophie komt uit het ziekenhuis. Ze denkt de hele tijd aan Edgar. Ze is nog nooit zó verliefd op een jongen geweest. Raar is dat, hij komt al jaren op deze camping en deze zomer is ze hem voor het eerst tegengekomen. Het liefst zou ze de hele dag aan zijn bed zitten, maar de verpleegster stuurde haar weg. Edgar sliep al en ze zat heel rustig naast hem, wat is daar nou verkeerd aan? Maar ze moest toch naar huis. Hij krijgt ook wel veel bezoek. Annabel, Isa en Justin waren er vanochtend ook en daarna kwam Kars nog. Ze vraagt zich af hoe lang Edgar daar nog moet blijven. Misschien nog wel een paar weken. Hoeveel tijd hebben ze dan nog samen? Want Edgar gaat ook weer naar huis.

'Waar begin je aan?' zei haar vader gisteravond aan de telefoon. 'Die jongen woont helemaal in Nederland.' Maar dat kan haar niks schelen en Edgar ook niet. Dat zei hij nog toen ze samen in het bos lagen. 'Ik kom elke vakantie naar je toe. Ik neem wel een baantje, dan kan ik de treinreis betalen. Als ze Skype op hun computer zetten, kunnen ze elke dag zo lang bellen als ze willen, helemaal gratis. Het kan haar niet schelen wat haar vader ervan vindt.

'Als jij mama op een camping in Nederland was tegengekomen, had je dan geen verkering met haar genomen?' vroeg ze. 'Ik ben mama niet in Nederland tegengekomen,' zei hij. Echt weer zo'n stom antwoord van haar vader. Hij kan nooit normaal doen. Ze heeft het gesprek meteen beëindigd, anders kregen ze alleen maar ruzie. En het helpt niks, met haar vader valt gewoon niet te praten. Haar moeder zegt dat het wel meevalt. Nou, dat vindt zij dus helemaal niet.

Sophie zucht. Wat hobbelt de bus. Ze wordt misselijk. Ze haalt gauw een appel uit haar tas en neemt een hap. Soms helpt het als ze iets eet. Waar zijn ze eigenlijk? Ze kijkt door het raam naar buiten. Gelukkig, ze schieten al lekker op. Rustig ademen, dat is het beste.

Als de bus na tien minuten op haar halte stopt, is ze er als eerste uit. Lucht! Zodra ze buiten staat, haalt ze diep adem. Het misselijke gevoel verdwijnt langzaam. Sophie stapt op haar fiets. Ze is al bijna thuis als ze twee jongens op de hoek ziet staan. Sophie schrikt. Zijn dat François en Michel? Ze begint langzamer te rijden, maar dan bedenkt ze dat het onzin is: op de heenweg dacht ze ook dat ze Alain zag. Maar als ze dichterbij komt, ziet ze dat ze zich niet heeft vergist. Ze zijn het wel. Ze keert om, maar de jongens hebben haar al gezien. Ze stuiven op haar af en houden haar bagagedrager vast. 'Staan blijven jij!'

François kijkt haar aan. 'Je bent zeker bang voor ons, hè? Dat komt door je slechte geweten. Alain had je nog zo gewaarschuwd zijn naam niet te noemen. Of heb je zijn sms'je soms niet gekregen?'

'Jawel,' zegt Sophie.

'Maar je hebt niet geluisterd,' zegt François. 'Ik heb het wel gehoord, die klotecampingbaas zit erachter.'

'Ja, die schijn je belangrijker te vinden dan Alain,' zegt Michel. 'Van hem moest je hen aangeven, dat is toch zo?'

Sophie haalt haar schouders op.

'Die rotzak is met jou naar de politie gegaan, dat hebben we gehoord. Heel dom van hem, dat had hij niet moeten doen. Maar daar komt hij nog wel achter. Zeg dat maar tegen je campingvriendjes. Stelletje verknipte buitenlanders, wat moeten ze hier? Daardoor zitten onze vrienden vast, weet je dat wel?'

'Het is hun schuld niet,' zegt Sophie. 'Jij was er niet bij. Alain heeft Edgar bewusteloos getrapt. Hij heeft een scheurtje in zijn schedel, wat denk je daarvan?'

'Dat was een ongelukje,' zegt François. 'Die twee boys hadden iets uit te vechten. Dat weet jij heel goed. Het ging namelijk over jou. En daar had die idiote campingbaas niks mee te maken. Helemaal niks.' En ze lopen weg.

Brian kijkt verbaasd op als hij de tent binnenkomt. Waar is zijn moeder? Maar dan weet hij het weer: ze is naar Edgar, dat had ze nog zo gezegd. 'Je moet maar iets voor jezelf maken als je trek krijgt, ik denk niet dat ik het red.' Hij was helemaal vergeten dat zijn moeder weg was. Brian kijkt naar het stokbrood en de Franse kaas. Eigenlijk heeft hij helemaal geen trek. Raar, het is al vier uur. Hij maakt zichzelf wijs dat het door het dansen komt, maar diep in zijn hart weet hij wel beter. Het heeft niks met dansen te maken, hij heeft last van stress. Hij denkt aan Daan. Wat zou er gebeurd zijn als Isa niet was binnengekomen? Maar tegelijk stuurt hij de vraag weg. Hou op, niks natuurlijk, dan was er helemaal niks gebeurd. Ga maar weer denken dat Daan verliefd op je is, net als met Jules. Heb je er dan niks van geleerd?

Toen ze klaar waren met oefenen, is hij expres meteen weggegaan. Hij wilde kijken hoe Daan zou reageren. Als die hem zo leuk vond, zou hij hem heus wel achterna gekomen zijn met een of andere smoes. Vergeet het maar, hij liet hem gewoon gaan. Oké, dan is Daan niet verliefd op Nona, maar dat betekent nog niet dat hij op Brian valt. Hij wilde alleen maar weten of Nona en hij verkering hadden. Dat mag hij toch wel vragen, daar hoeft hij toch niet meteen iets achter te zoeken? Waarschijnlijk was hij gewoon nieuwsgierig.

Brian probeert Daan uit zijn hoofd te zetten, maar het lukt

hem niet. Hij moet hier ook niet in z'n eentje in de tent blijven, dan gaat hij alleen maar piekeren. Hij besluit naar de grot te gaan. Jules' vader is daar aan het werk, dat lijkt hem veel beter. Morgen moeten ze alweer oefenen voor de show. Al die uren met Daan om hem heen, dat is al moeilijk genoeg. De rest van de tijd moet hij hem vermijden, anders komt hij nooit van zijn verliefde gevoel af. Hij schenkt voor zichzelf cola in. Hij zit nog niet of hij ziet Daans blik voor zich en die lach om zijn mond. Waarom kwam Isa nou net binnen?

Daan zit bij de rivier en gooit steentjes in het water. Hij denkt precies hetzelfde. Ik moet Brian hebben, maar hoe? Hij twijfelt er echt niet meer aan. Brian valt ook op jongens. Hij heeft gemerkt dat Brian hem leuk vindt. Maar Brian is zelf vast doodsbang voor zijn gevoel, daarom ging hij meteen weg na de repetitie. Stel je voor dat Isa ervandoor was gegaan. Dan waren ze met z'n tweetjes geweest en dat durft Brian niet. Misschien is hij nog nooit verliefd geweest op een jongen. Het zou hem niks verbazen als Brian er zelf nog niet achter is dat hij gay is. Daarom is Daan ook niet achter hem aan gegaan; dan was Brian helemaal bang voor hem geworden. Hij weet zeker dat hij hem dan was kwijtgeraakt. Hij moet er goed over nadenken hoe hij dit gaat aanpakken.

Hij zit al een tijdje bij het water als hij in de verte Brian ziet lopen. Die gaat vast naar de grot, denkt Daan.

Brian ziet Daan ook en steekt zijn hand op. Daan wil opspringen en naar hem toe gaan. Maar hij beheerst zich en zwaait terug. Laat hem maar lopen, denkt Daan. Het komt wel.

Maar Brian vat het heel anders op. Zie je wel, er is helemaal niks tussen ons, denkt hij. Ik heb het me verbeeld. Hij zwaait naar me, daar is niks speciaals aan. Dat doet Romeo ook als hij me ziet. Teleurgesteld loopt hij de grot in.

Kars heeft net de laatste spot opgehangen als Kylian de grot in komt. 'Super, Kars!' Kylian geeft hem een klap op zijn schouder. 'Alles is klaar, we zitten precies op schema.'

Fijn, denkt Kars. Hij is helemaal niet blij. Wat maakt het hem uit? Hij voelt zich toch verrot. Als er nog iemand over zijn zogenaamde verkering begint, spat hij van woede uit elkaar.

'Ga je mee naar de kantine?' vraagt Kylian.

'Nee,' zegt Kars, 'ik blijf nog even.' Hij heeft geen zin in Kylians vrolijkheid.

Maar als Kylian al een poosje vertrokken is, gaat hij zelf ook weg. Hij mist Annabel. Eerst was hij alleen maar kwaad, maar nu mist hij haar. Hij voelt zich leeg. Alles is leeg, zijn hele leven. Een jaar verkering is zomaar weg, in één seconde. En waardoor? Hij snapt het nog steeds niet.

Hij loopt naar buiten. Voor hem is het helemaal niet zo fijn dat de klus is geklaard. Wat moet hij nu doen? Hij heeft nergens zin in. Misschien moet hij een heel eind gaan kanoën. Maar als hij bij de steiger komt, zijn alle kano's weg. Dan gaat hij wel zwemmen. Kars wil net zijn zwembroek gaan halen als hij een sms'je krijgt. Het is van Romeo. *Wij zitten hier op het Love Island met Kimberley en Marit. Waar blijf jij met je nieuwe chica? We gaan feesten!*

Kars wordt wit van woede. Hoezo: waar blijf jij met je nieuwe chica. Houdt het nou nooit op? Kotsmisselijk wordt hij ervan. Dit had Romeo niet moeten doen. Hij kan barsten met zijn feestje. Ze kunnen allemaal barsten. Annabel, zijn vrienden, zijn zus en zijn ouders. Hij gaat ervandoor. Hij wil een paar dagen alleen zijn om na te denken. Er is ook zoveel gebeurd. Een paar dagen geleden was alles nog zo fijn en nu is zijn leven één grote puinzooi. Hij pakt gewoon zijn rugtas in en gaat een paar dagen fietsen. Misschien knapt hij daar wel van op. Dan oefenen ze maar zonder hem. Het hele openings-feest kan hem niks meer schelen.

Tien minuten later stapt hij met zijn rugtas het kantoortje van zijn vader in. 'Ik ga een paar dagen fietsen,' zegt hij.

Zijn vader kijkt verbaasd op. 'Wat zeg je nou?'

'Ik ga fietsen,' zegt Kars. 'Over twee dagen ben ik weer terug.'

'Wat is dat nou opeens?' vraagt Ad. 'Ga je helemaal alleen? Is dat wel verstandig?'

'Ik ben geen baby meer,' zegt Kars.

'Wat hoor ik?' Oma komt binnen. 'Ga je fietsen, jongen? Een heel goed idee. Iedereen heeft het weleens nodig om even op zichzelf te zijn. We leven hier ook zo close met elkaar.'

'Weet Hanna dat?' vraagt Ad.

Kars knikt. 'Mama vindt het goed.'

'Kan je niet beter morgen gaan?' zegt Ad. 'Het is al zo laat.'

'Om elf uur is het pas donker,' zegt Kars. 'Dan heb ik allang mijn tent opgezet.'

'Hmm,' zegt Ad. 'Ik wil wel weten waar je uithangt.'

'Ik weet nog niet waar ik heen ga,' zegt Kars, 'maar dat laat ik wel horen.'

Ad kijkt naar het trekkerstentje van Kars. 'Je gaat wel op een camping slapen hoor, want anders is het veel te gevaar-lijk.'

'Ja, ik ben geen malloot,' zegt Kars. 'Zeg maar tegen Kylian dat ik over twee dagen weer terug ben.'

'Ik weet het niet, hoor,' zegt Ad.

'Het komt helemaal goed.' Oma neemt het voor Kars op. 'Lekkere twee dagen fietsen. Ga maar gauw jongen, dat zal je goed doen.'

Annabel is nog steeds verbijsterd: Kars heeft geen ander.

'Dus jullie hebben ons uit elkaar gedreven.' Ze kijkt Birgit en Simone aan. 'O, daarom kwamen jullie ineens naast mijn tent staan.' Het wordt haar steeds duidelijker. Flarden van de gesprekken met de twee meiden schieten door haar hoofd. 'Jij had het nog over je broer!' roept ze. 'Jullie hebben mij opgehitst. Er is helemaal geen meisje dat Kars' mobiele nummer heeft. Jullie hebben het allemaal in scène gezet. Hoe durven jullie! En ik ben er nog ingetrapt ook!'

Paniekerig loopt ze haar tent in. Wat moet ze beginnen? Ze heeft Kars vals beschuldigd. Hij had zogenaamd een ander en iedereen geloofde haar. Wat erg! Ze heeft haar eigen vriend laten vallen. Vertrouw me dan! Kars smeekte het. Ze ziet voor zich hoe wanhopig hij eruitzag en zij dacht alleen maar dat het leugens waren. Hoe kan ze dit ooit goedmaken?

Nog nooit heeft ze ergens zo'n spijt van gehad als van deze actie. Ze heeft zichzelf en Kars ongelukkig gemaakt. Ze moet het hem zo snel mogelijk vertellen, ook al is hij voorgoed op haar afgeknapt. Het is ook afschuwelijk wat ze heeft gedaan. Ze heeft haar relatie kapotgemaakt door de misselijke actie van Simone en Birgit. Twee totaal vreemde meiden. Ze zal het snappen als Kars nooit meer iets met haar te maken wil hebben.

Ze weet echt niet wat ze moet beginnen. Dit kan ze niet alleen, dan maakt ze het misschien nog erger. Haar vriendin moet haar helpen. En ze toetst Isa's nummer in.

Zodra ze Isa's stem hoort begint ze te huilen. 'Het is ook allemaal zo erg...' snikt ze. 'Kars heeft helemaal geen ander.' En ze vertelt Isa waar ze achter is gekomen.

Isa kan het bijna niet geloven. 'Wat zijn dat voor trutten!' roept ze. 'Ik kom meteen naar je toe.'

Annabel ziet het al aan de manier waarop Isa aan komt lopen: ze is razend! Ze gaat naar haar vriendin toe.

'Wacht,' zegt Isa en ze loopt door naar Simone en Birgit. Die willen net weggaan, maar Isa grijpt Birgits arm vast. 'Hier, jullie! Hebben jullie mijn broer en Annabel uit elkaar gedreven? Nou?'

'We bedoelden het niet zo,' zegt Birgit. 'Het was meer een spelletje.'

'Een spelletje?' schreeuwt Isa. 'Dan is dit ook een spelletje!' Patsssss! Ze slaat eerst Birgit in haar gezicht en daarna Simone. Terwijl de meiden over hun wang wrijven, draait Isa zich om. 'Wat sta je hier nou?' zegt ze tegen Annabel. 'Je moet mijn broer vertellen hoe het zit. Iedereen moet weten dat het een leugen was. Ze zijn allemaal kwaad op hem. Hoe denk je dat hij zich voelt? Kom mee!' Ze trekt haar vriendin mee.

Daan is de eerste die ze tegenkomen. 'Heb jij Kars gezien?' vraagt Isa.

'Ik zag hem net wegfietsen,' zegt Daan. 'Ik weet niet waarheen.'

'Dan is hij zeker de stad in,' zegt Isa. 'Hij moet vast iets halen voor oma of mijn vader.' Ze trekt Annabel mee naar het kantoortje. Ad kijkt op van zijn computer als ze binnenkomen. 'Weet jij waar Kars heen is?' vraagt Isa.

'Ja,' zegt Ad. 'Hij is een paar dagen fietsen. Hij wilde even alleen zijn.'

Een paar dagen? Annabel schrikt. 'Ik moet hem spreken,' zegt ze.

'Dan zul je moeten wachten tot hij terug is,' zegt Ad. 'Of je moet proberen hem te bellen.'

Door het raam ziet Isa Romeo en Stef lopen. Ze rent naar hen toe. 'We hebben mijn broer vals beschuldigd. Hij heeft geen ander. Birgit en Simone hebben die kaart in zijn zak gedaan. Dat leek hun leuk. Wat een rotstreek, hè?'

'Shit,' zegt Romeo. 'Ik had niet gedacht dat die Birgit zo'n bitch was.'

'Je hebt nog met haar gezoend, man,' zegt Stef.

'Waar is Kars?'

'Dat weten we niet,' zegt Isa. 'Hij is een paar dagen fietsen. Annabel zal wel proberen hem te bellen, toch?' Ze kijkt haar vriendin aan, maar die hoort haar niet eens. In gedachten ziet Annabel Kars door de heuvels fietsen, helemaal alleen. Iedereen heeft hem verlaten, alleen maar omdat zij hem niet geloofde. Timboektoe is zo belangrijk voor Kars. Als hij de camping in de steek laat, moet hij zich wel heel ellendig voelen...

19

Annabel heeft gelijk: Kars voelt zich miserabel. Hij fietst maar wat door de vallei en heeft geen idee waar hij heen gaat. Ik zie wel waar ik uitkom, denkt hij. Wat maakt het uit. Alsof dat nog belangrijk is. Niks is meer belangrijk. Kars rijdt door een veld vol zonnebloemen; anders zou hij daar altijd naar kijken, maar nu ziet hij het niet eens. Hij is alles kwijt: zijn vrienden en zijn vriendin. Hij had zich zo op de vakantie verheugd. De opening van de grot, de show: alles leek hem prachtig. Wie had kunnen denken dat het zo zou aflopen? Deze zomer zal hij niet gauw meer vergeten. Wat een nachtmerrie. En dat allemaal omdat een of andere malloot een kaart in zijn broekzak heeft gedaan.

Hij fietst de heuvel op als zijn mobiel afgaat. Zeker Romeo weer met een of andere misplaatste grap. Hij denkt natuurlijk dat hij stiekem met zijn zogenaamde geliefde is gevlucht. Een romantisch tochtje. Nou, reuze romantisch. Kars kijkt op zijn mobiel. Het is Romeo niet, het is Annabel. Hij heeft geen zin om weer door haar beschuldigd te worden en drukt haar weg. Kars heeft een raar gevoel als hij zijn mobiel in zijn zak stopt. Wie had nou ooit gedacht dat hij Annabel nog eens zou wegdrukken? Met een somber gevoel rijdt hij door. Weer gaat zijn mobiel af. Kars kijkt op zijn scherm. Dit keer is het Isa die hem wil spreken. Alsof hij daar nu zin in heeft. Op zijn zus is hij helemaal afgeknapt. Hij denkt aan het moment dat hij bij de rivier zat. Wat was hij blij toen hij Isa zag komen! Maar ze kwam helemaal niet om hem te troosten. Wat hij ook zei, ze geloofde hem niet. Isa en hij hebben heus weleens ruzie, maar dat stelt eigenlijk nooit veel voor. Al zijn ze nog zo kwaad, als ze elkaar nodig hebben, zijn ze er voor elkaar. Blijkbaar is er nu een ander tijdperk aangebroken. Zijn zus heeft hem keihard laten vallen. Hij drukt haar weg.

Kars is boven op de heuvel als hij bedenkt dat hij zijn mobiel beter uit kan zetten, dan hoeft hij zich niet de hele tijd te ergeren. Als hij hem uit zijn zak haalt, gaat hij weer af. Oma. Zij is de enige die hij wil spreken. Wat is ze toch een schat. Ze heeft vast een leuke camping voor hem opgezocht. Hij drukt het knopje in. 'Hallo, oma.'

'Fijn, jochie, dat ik je aan de telefoon heb. Ik bel eigenlijk voor iemand anders. Iemand die jou heel graag wil spreken.'

Kars is geïrriteerd. Het valt hem tegen van oma dat ze zich daarvoor leent.

'Annabel zeker,' zegt hij chagrijnig. 'Daar heb ik dus geen zin in. Ze vertrouwt me toch niet. Doe haar maar de groeten.' Kars wil de verbinding verbreken.

'Wacht nou even,' zegt oma. 'Volgens mij heeft Annabel er ontzettend veel spijt van dat ze jou niet heeft vertrouwd. Ze heeft je nog veel meer te zeggen. Ik denk dat je er erg van opknapt als je haar spreekt. Mag ze je bellen?'

'Goed dan.' Kars is benieuwd wat Annabel te zeggen heeft. Hij stapt van zijn fiets en leunt tegen een boom. Wat als het haar echt spijt? Wil hij haar dan terug? Hij neemt zich voor om daar eerst goed over na te denken. Maar in zijn hart weet hij wel dat het flauwekul is. Als het Annabel echt spijt, als ze hem op zijn woord gelooft, dan springt hij een gat in de lucht.

Nadat het gesprek met oma is beëindigd, rijdt Kars een eindje het bos in. Hij fietst naar een plek waar hij rustig kan bellen. Met de telefoon in zijn hand zit hij onder de boom te wachten. Maar Annabel belt niet. Misschien heeft oma zich vergist. Als ze na tien minuten nog niet heeft gebeld, wordt Kars kwaad. Ik ben ook gek, denkt hij. Ze heeft helemaal geen spijt. Oma kletst maar wat, anders had ze nu wel gebeld. Hij moet gewoon verder fietsen. Door dat stomme telefoontje is hij alleen maar nog meer in de war geraakt. Hij dacht echt dat het goed zou komen. Niet dus. Het liefst smeet hij zijn mobiel de heuvel af. Had hij maar nooit opgenomen. Wat een domper! Nu gaat dat rotding definitief uit. Alleen vanavond zet hij zijn mobiel aan, heel even, alleen maar om door te geven waar hij zit. En voor de rest wil hij niemand meer spreken, helemaal niemand.

Hij ziet dat hij geen bereik heeft. Annabel kon helemaal niet bellen. Zou het dan toch nog goed komen?

Kars springt op zijn fiets en racet terug naar de plek waar hij oma heeft gesproken. Ja, hier heeft hij wel bereik. Het duurt even en dan krijgt hij een voicemail! Kars voelt zijn hart in zijn keel kloppen. Het is een bericht van Annabel. Wat zou ze te zeggen hebben? Vol spanning luistert hij het af. 'Lieve Kars, het spijt me zo,' hoort hij Annabel zeggen. 'Ik wil je spreken. Wil je me alsjeblieft bellen?'

Kars staart voor zich uit. In zijn hoofd hoort hij weer Annabels stem. Ze heeft er spijt van. Ze heeft er spijt van! Hij schreeuwt het over de vlakte. Maar dan wordt hij ineens bang. Laat hij nou niet te vroeg juichen. Hij heeft Annabel nog niet echt gesproken, het is alleen maar een voicemailbericht. Hij kan geen seconde langer wachten en drukt haar nummer in. Dan hoort Kars Annabels stem. De stem waar hij al zo lang verliefd op is en waarvan hij gedacht had dat hij die nooit meer zou horen. Hij had gedacht dat hij haar voor altijd zou moeten missen en nu is ze daar. Hij voelt dat hij warm wordt zonder dat ze nog iets hebben gezegd.

'Hai,' zegt Kars.

En dan begint Annabel te vertellen. Kars is totaal onthutst. Hij kan het niet geloven. 'Was de kaart echt van Simone en Birgit?' Hij onderbreekt Annabel voortdurend. 'Wat een rotstreek. Waar zijn die bitches?'

'Ben je niet boos op me?' vraagt Annabel als ze is uitverteld. 'Ik had je moeten vertrouwen.'

Maar Kars is allang niet kwaad meer. De nachtmerrie is voorbij. Hij kan wel juichen. Hij heeft Annabel terug, en zijn vrienden. De camping, zijn hele leven heeft hij terug.

'Het spijt me zo,' zegt Annabel. 'Ik mis je, Kars.'

'Ik mis jou ook,' zegt Kars. 'Ik wil dat we het goedmaken.'

'Dus je wilt nog met me?' vraagt Annabel en dan moet ze huilen.

'En of ik je nog wil,' zegt Kars. 'Ik kom terug en dan maken we alles goed. Maar niet waar iedereen bij is. Ik wil dat we samen zijn.'

'Ik ook,' fluistert Annabel. 'Alleen wij tweetjes.'

'Zullen we vannacht afspreken?' stelt Kars voor. 'Om twaalf uur bij het vlot? En dan varen we samen naar het Love Island. Wil je dat?'

'Ja!' juicht Annabel. 'Ik wil niks liever. I love you.'

'I love you,' zegt Kars. 'Tot vannacht.' Hij geeft Annabel een kus door de telefoon en drukt hem uit.

Kars dacht dat het nooit twaalf uur zou worden. De avond kroop voorbij. Vanaf tien uur keek hij maar op zijn horloge. Om halftwaalf wilde hij al weggaan, maar dat was natuurlijk veel te vroeg. Hij heeft het nog tien minuten kunnen rekken.

Hij loopt bij de steiger op en neer. Over een kwartier ontmoet hij Annabel. Hij kan zijn geluk niet op. Na het telefoongesprek met Annabel is hij meteen naar het dorp gefietst. Later hoorde hij dat iedereen had gedacht dat hij onmiddellijk naar de camping zou komen om Birgit en Simone onder handen te nemen. Maar die meiden kunnen Kars gestolen worden. Hij had geen zin om zijn blijdschap te laten verstoren door woede. En blijkbaar was dat ook niet meer nodig: Isa en de jongens hebben hen behoorlijk aangepakt. En nu zijn ze weg. Toen hij net langs de tent van Birgits ouders liep, was die verdwenen.

Kars heeft een rode roos voor Annabel gekocht en nog een verrassing. Hij voelt in zijn zak en dan twijfelt hij. Zou ze het wel willen hebben? Misschien wordt ze wel boos als hij het haar geeft.

Toen hij op de camping kwam, werd hij door z'n vrienden met een luid applaus onthaald. Echt weer wat voor die gekken. Kars moet weer lachen als hij eraan terugdenkt. Ze hadden een lauwerkrans voor hem gemaakt. Romeo hield een heel maffe toespraak. Hij werd uitgeroepen tot de trouwste lover van het jaar. En toen had Stef hem de krans omgehangen. Isa zei ook dat ze er spijt van had. Ze vond het heel erg dat ze haar broer had laten vallen.

'Geef me maar een klap,' had ze gezegd. Maar Kars had helemaal geen behoefte om zijn zus te slaan. Hij was zo gelukkig dat het allemaal goed was gekomen.

Annabel heeft hij nog niet gezien. Volgens Isa had ze zich expres verstopt, omdat ze elkaar vanavond zouden ontmoeten. Daar was Kars wel blij mee. Hij is dol op zijn vrienden, maar hierbij heeft hij hen echt niet bij nodig.

Hij tuurt het donker in, maar Annabel komt er nog niet aan. Het is stil op de camping. De meeste mensen slapen al. Toen hij naar de steiger liep, zag hij nog maar een paar mensen voor hun tent zitten. Ze fluisterden.

Aan de hemel schijnt een klein maantje. Zou het niet te donker zijn op het strandje? Hij had de olielamp mee moeten nemen. Dat hij daar niet eerder aan heeft gedacht. Hij kan de lamp nog halen natuurlijk, maar dan zal je zien dat Annabel net komt als hij weg is. Nee, dat wil hij niet.

In de verte hoort hij een paar honden blaffen. Weer kijkt hij op zijn horloge. Het is drie minuten voor twaalf. Nu moet Annabel toch bijna komen. Hij heeft hetzelfde opgewonden gevoel als toen ze aan het begin van de vakantie de camping op kwam rijden. Misschien is dit nog wel spannender. Toen hij vandaag wegfietste, dacht hij nog dat het uit was en nu komt alles weer goed. Hoort hij iets? Ja, in de verte klinken voetstappen. Zouden die van Annabel zijn? Hij tuurt het donker. Annabel! Hij rent naar haar toe.

Als Annabel hem ziet, begint ze ook te rennen. Ze rent recht in zijn armen.

'Mijn liefje!' Kars trekt haar naar zich toe en dan kussen ze. Het is alsof ze elkaar nooit meer los willen laten. Ze merken niet eens dat er een hondje aan hen snuffelt. Het baasje trekt het dier lachend weg.

'Ik ben zo blij!' Annabel moet huilen van geluk.

Dan ziet ze de roos.

'Die is voor jou,' fluistert Kars.

'Wat lief van je.' Annabel veegt haar tranen weg. 'Maar ik heb niks voor jou.'

'Dat hoeft helemaal niet,' zegt Kars. 'Jij bent meer dan genoeg voor mij. Ik ben zo gelukkig dat we weer samen zijn.' En hij tilt haar op en kust haar.

'Ze zijn weg,' zegt Annabel. 'Die krengen zijn vertrokken.'

'Heel verstandig van ze,' zegt Kars en hij kust haar weer.

'Het vlot ligt al klaar,' zegt Kars dan. 'Vind je het niet te donker?'

'Een beetje,' zegt Annabel.

Kars twijfelt ook. 'Ik kan de olielamp halen,' zegt hij. 'Wil je dat?'

'Ja,' zegt Annabel zachtjes. 'Dat is romantisch!'

'Ik ben zo terug.' Kars rent naar de kantine. In de verte ziet hij zijn vrienden voor hun tent kaarten. Dat doen ze meestal als de kantine dichtgaat. Om elf uur wordt iedereen eruit gezet.

Kars pakt de sleutel van het haakje en maakt de deur open. Hij weet waar de olielamp staat, in het kastje bij de bar.

Hebbes! Hij haalt de lamp eruit en kijkt naar de olie. Dat is niet veel, als de lamp tien minuten brandt is het op. En hij wil wel langer met Annabel op het strandje blijven. Misschien wel de hele nacht. Hij zoekt de fles met lampolie en zet de lamp op de bar. Wat een troep. Alle asbakken liggen nog vol peuken. Je kan wel zien dat Romeo en Stef vanavond dienst hadden. Kars vult het lampje. Shit! De olie plenst over de bar. Hij wil het wegvegen, maar ziet nergens een doek liggen. Dan komt het morgen wel. Hij zet de fles terug en rent met de lamp naar de steiger.

Annabel zit al op het vlot als Kars aan komt lopen.

'Kijk eens! Als dit niet romantisch is!' Hij zet de lamp op het vlot en steekt hem aan. 'Zullen we vertrekken?' vraagt hij.

'Ja!' zegt Annabel stralend.

Kars trekt de motor aan. Ze schrikken. Overdag hoor je het motortje amper, maar nu snijdt het geluid door de stilte. Met de armen om elkaar heen varen ze naar de overkant.

'Dit vergeet ik nooit meer,' zegt Annabel zachtjes. Ze wijst naar een vleermuis die boven hen fladdert.

Als ze vlak bij het strandje zijn, denkt Kars aan zijn cadeautje. Zo meteen gaat hij het haar geven. Nu het moment zo dichtbij is, vindt hij het best eng. Kars is blij dat hij de lamp heeft gehaald. Het was echt te donker geweest. Dat komt doordat je nergens een lichtje ziet. Hij legt aan en steekt zijn hand uit naar Annabel. Ze lopen een stukje door het zand en dan zet Kars de lamp neer.

'Wat een heerlijke plek.' Annabel zucht van geluk. Ze wil in het zand gaan zitten.

'Nee, nog niet zitten,' zegt Kars. 'Je moet nog even blijven staan.' Annabel moet van de spanning grinniken. Wat gaat er nu gebeuren?

Kars valt vlak voor haar op zijn knieën. 'Lieve Annabel,' zegt hij. 'Wil je weer mijn vriendin zijn?'

'Dat wil ik heel graag,' zegt Annabel.

Kars staat op. 'Dan verklaar ik je hierbij tot het mooiste en liefste meisje dat ik ooit zal tegenkomen.' Dan haalt hij een doosje uit zijn zak. Hij maakt het open en haalt er twee ringen uit. Vol spanning kijkt hij naar Annabel. Als ze maar niet kwaad wordt.

Maar Annabel krijgt tranen in haar ogen. 'Wat zijn ze mooi!' Ze houdt haar vinger op, zodat Kars de ring eromheen kan schuiven.

'Hij past!' Kars zucht opgelucht.

Nu doet Annabel de ring bij Kars om. Ze kijken elkaar aan. Kars tilt haar op, zwiert haar door de lucht en zet haar weer neer. Hij ploft in het zand en trekt Annabel naast zich. Ze kussen heel innig. Bij het licht van de olielamp strelen ze elkaar.

'Ik hou van je,' verzucht Annabel.

'Ik hou ook van jou,' fluistert Kars.

Ineens draait hij zijn hoofd naar achteren.

'Wat is er?' vraagt Annabel.

'Nee niks,' zegt Kars. 'Ik rook iets. Ik dacht dat de olielamp was omgevallen, maar die staat nog.'

Hij trekt Annabel naar zich toe en kust haar.

'Ik ruik het nog steeds,' zegt Kars.

'Nu ruik ik het ook,' zegt Annabel. 'Een schroeilucht.' Ze gaan rechtop zitten.

'Moet je daar kijken!' In de verte zien ze lichten en horen ze geschreeuw. Ze springen op en rennen naar het vlot. Dan zien ze vuur. 'Het komt van de camping!' zegt Kars.

Ze springen op het vlot, starten de motor en varen weg. Kars tuurt maar naar de camping. De vlammen worden steeds groter. 'Het is de kantine!' roept hij uit. 'De kantine staat in de fik. Shit! Ik wil ernaartoe. Waarom kan dat ding niet harder? Schiet eens op!' Kars geeft van de stress een trap tegen het vlot. Paniekerig kijkt hij naar de vlammen die steeds hoger worden.

Ze zijn nog niet bij de steiger of ze springen van het vlot en rennen naar de kantine. Er is niets over van de vredige atmosfeer van daarnet. Mensen rennen hun tenten uit. Moeders met kinderen hollen over de camping. Zodra Ad Kars ziet, duwt hij hem een emmer in zijn hand. 'Blussen!' Zelf rent hij naar de tenten die vlak bij het vuur staan. Samen met Hanna helpt hij de mensen om de tenten neer te halen en hun spullen in veiligheid te brengen. Er wordt met emmers water van de rivier en de badhokken heen en weer gerend, maar de vlammen zijn sterker. Ze slaan over naar het stuk bos dat naast de kantine ligt.

'Graven!' roept Ad. De jongens halen scheppen en maken geulen rond de brandende struiken om de vlammen tegen te houden.

'Waar blijft de brandweer?' wordt er geroepen. Iedereen is in paniek. Sommige mensen zetten hun kinderen in de auto en rijden weg. Met luide sirenes komen de brandweerauto's de camping oprijden. Slangen worden uitgerold. Honderden liters water worden op de kantine gespoten, maar de vlammen zijn al overgeslagen naar de disco. Het dak van CU staat in lichterlaaie en nu begint het kantoortje ook te fikken. Het lijkt wel of de vlammen door het water nog feller worden. Mensen hoesten van de rook. Een van de brandweermannen sommeert iedereen uit de weg te gaan. Hoestend en kuchend spitten de jongens door. Angstig kijken ze naar het stuk bos. Zouden ze het redden? Hanna staat bij het huis. Als dat maar niet in de fik vliegt.

Ze zijn keihard aan het werk als een brandweerman het teken 'brand meester' geeft. Het duurt nog een tijd voordat alle vlammen zijn gedoofd. De brandweer inspecteert of er nergens meer iets ligt te smeulen.

Pas tegen de ochtend, als de brandweermannen hun slangen oprollen en wegrijden, beseft de crew wat er is gebeurd. Een groot gedeelte van de camping is in vlammen opgegaan. Timboektoe, hun droom waar ze zo hard voor hebben gewerkt, de kantine, de disco: er is niets meer van over.

20

Iedereen staart somber voor zich uit. Ze kunnen het niet geloven. Hoe kon dit gebeuren? Kars hangt tegen Annabel aan bij de rivier. Zijn hoofd ligt op haar schouder en zijn ogen vallen bijna dicht. Ze zijn doodmoe. Oma heeft al een paar keer gezegd dat ze een paar uurtjes moeten gaan slapen, maar daar hebben ze geen zin in.

De vader van Jules probeert hen op te beuren. 'Niet alles is verloren, jongens. Het huis staat nog en we hebben de grot.'

Dat vindt Kylian ook. 'Het openingsfeest moet doorgaan. Juist nu.'

Annabel streelt Kars' haar. Ze denkt dat hij slaapt, maar dan schiet hij ineens overeind

'Wat is er?' vraagt Annabel. Kars ziet spierwit. Met een verschrikt gezicht loopt hij weg.

Annabel wil hem achterna gaan, maar Isa houdt haar tegen. 'Laat hem maar even. Het vliegt hem gewoon aan, daar hebben we allemaal last van.'

Annabel knikt. 'Het is toch ook een nachtmerrie.'

Kars loopt naar zijn tent. De olie... Dat is het enige wat hij denkt. Ik heb lampolie gemorst... er lag een hele plas, tussen alle asbakken. Er moet ergens een sigaret hebben gesmeuld...

Kars kan zijn haren wel uit zijn kop trekken. Wat is hij stom geweest! Hij had het meteen op moeten ruimen! Daardoor zijn ze nu alles kwijt. In paniek loopt hij voor zijn tent heen en weer. De gedachte dat Timboektoe in de fik is gevlogen door zijn schuld, is ondraaglijk. Wat moet hij beginnen? Zijn vader vermoordt hem als hij dat hoort. De hele crew wordt woedend. Logisch, hij zou ook kwaad zijn als Romeo of Stef dit had geflikt.

Hij zal het aan zijn vader moeten vertellen. Die komt er toch achter. De mensen van de verzekering zoeken al naar de oorzaak van brand. Die olie komt daar niet zomaar. Hoe langer hij erover nadenkt, hoe meer hij ervan overtuigd raakt dat het zijn schuld is. Kars gaat zijn tent in, maar hij kan geen rust vinden. Hij wil ook niet naar de anderen toe. Die vragen zich voortdurend af hoe de brand is ontstaan. En hij weet het.

Omdat Kars al meer dan een uur weg is, gaat Annabel naar hem toe. 'Je bent hier!' zegt ze als ze Kars voor zijn tent ziet zitten. 'Waarom zit je hier in je eentje? Kom toch bij ons; iedereen is in de war. De campinggasten zijn hartstikke lief. Ze willen allemaal helpen om de camping weer op te bouwen. Alleen je vader ziet het niet zitten, die denkt dat het veel te veel werk is. Hé.' Ze slaat een arm om Kars heen. 'Waarschijnlijk betaalt de verzekering gewoon uit. Het is niemands schuld. Je vader is alles nagegaan. Romeo en Stef hebben gisteravond afgesloten en toen was er nog niks aan de hand. Ze betalen echt wel uit.'

Was het maar waar, denkt Kars. Zal hij het Annabel vertellen? Even twijfelt hij, maar ze is zo lief tegen hem dat hij het niet langer voor zich kan houden. 'De verzekering betaalt niks,' zegt hij. 'Dat is juist het ergste. We krijgen geen cent.'

'Waarom niet?' zegt Annabel. 'Waarom ben je zo pessimistisch?'

Even blijft het stil. Kars zucht diep en dan gooit hij het eruit. 'Omdat het mijn schuld is.'

Hij kijkt Annabel aan. 'Het komt door mij. Ik ben zo stom geweest! Ik eh… Ik heb lampolie gemorst op de bar. Ik dacht:

dat ruim ik morgen wel op. Maar er stonden allemaal asbakken vol peuken...'

'Nee!' Annabel verbleekt. 'Wat erg! O, Kars, wat een ramp.'
Kars knikt. 'Hoe moet ik dit vertellen?'

'Ze moeten het wel weten,' zegt Annabel. 'Ze komen er toch
achter. Het is niks voor jou om de boel voor te liegen. Zoiets
belangrijks houd je niet achter. Het is ook mijn schuld.'

'Hoe kom je daar nou bij?' zegt Kars. 'Jij hebt die olie niet
gemorst. Jij zat op het vlot. Als jij erbij was geweest, zou het
nooit gebeurd zijn: jij had een doek gezocht. Je had het echt
niet laten liggen. Niemand is zo stom, alleen ik!'

'Het is ook mijn schuld,' zegt Annabel. 'Ik wilde toch ook
dat je de lamp ging halen. Als ik dat niet had gezegd, was er
niks gebeurd.'

Kars schudt zijn hoofd heen en weer. 'Die stomme rotlamp!'

'We moeten het zeggen,' zegt Annabel.

Kars knikt. 'Maar ik wacht nog even. Nu ben ik er zelf nog
te veel van in de war. Ik ben zo kwaad op mezelf. Wat een
loser ben ik. Ik heb alleen maar aan ons tweeën gedacht. Ik
wilde zo gauw mogelijk terug bij jou zijn en dan samen naar
het eiland. Ons feestje vieren... Dat was het enige waar ik mee
bezig was. Hoe kan ik mezelf dit ooit vergeven?'

Ze kijken elkaar wanhopig aan. Vannacht waren ze nog zo
gelukkig en nu is dat blije gevoel helemaal weg.

'Gaat het?' vraagt Annabel als ze ziet dat Kars met zijn hand
over zijn borst strijkt.

'Het is net of iemand mijn borst in elkaar drukt,' zegt Kars.
'Ik heb het heel benauwd. Mijn keel zit ook dicht.' Paniekerig
kijkt hij haar aan. 'Ik heb het gevoel dat ik stik...'

Annabel pakt zijn hand. 'Misschien moet je even huilen. Dat
lucht vast op. Je mag best huilen. Het is toch ook afschuwelijk. Alleen maar door een stomme fout, daardoor is alles weg.'

Kars kijkt naar de grond. 'Het is klote,' zegt hij. En dan moet hij huilen.

'Hé, jullie zijn hier!' roept Isa als ze Annabel en Kars voor de tent ziet liggen slapen. 'Word eens wakker.' Na Kars' huilbui zijn ze van ellende in slaap gevallen.

Kars schiet overeind. Meteen weet hij het weer. De brand! Door zijn schuld is camping afgebrand. Annabel heeft ook haar ogen open.

'Ze weten waar het door komt,' zegt Isa. 'Ik moet jullie van Ad halen. Hij gaat het ons vertellen en hij wil dat jullie er ook bij zijn.'

Kars gaat staan, hij heeft een zwaar gevoel. Nou is hij nog in slaap gevallen ook, alsof het allemaal al niet erg genoeg is.

'Opschieten, hè?' Zonder op haar broer te wachten rent Isa terug. 'Het is bij ons thuis!' roept ze nog.

'Shit,' zegt Kars. 'Ik ben te laat, hoorde je dat? Ze weten het al. Wat zullen ze kwaad zijn dat ik niks heb gezegd.'

'Daar kan je niks aan doen,' zegt Annabel. 'Je wilde het vertellen. We hebben geen oog dicht gedaan vannacht. We zijn in slaap gevallen.'

'Alsof ze dat geloven,' zegt Kars.

Annabel geeft hem een kus op zijn wang. 'Dan geloven ze het maar niet. Als wij maar weten dat het waar is. Kom mee, we moeten gaan, ze wachten op ons.'

Samen lopen ze naar het huis. Kars heeft het gevoel dat hij naar het schavot moet. Over een paar minuten weet de hele camping dat het zijn schuld is. Wat zullen ze kwaad zijn.

Hij kijkt naast zich. Gelukkig heeft hij Annabel nog, samen komen ze hier wel doorheen. Kars denkt aan zijn vader. Hij zal hem wel uitschelden en dat snapt hij best. Zelf zou hij dat ook doen. Wie laat er nou een plas olie naast een asbak met peuken liggen? Zijn vader zal wel vragen of iemand weet hoe die lampolie daar is gekomen. En dan moet hij het zeggen. Ad zal niet weten wat hij hoort. Al die ellende aangericht door zijn eigen zoon. Kars denkt maar liever niet aan wat er daarna gebeurt.

Iedereen staat al voor het huis als Annabel en Kars aankomen.

'Jullie zijn er allemaal,' zegt Ad. 'We gaan naar binnen.' En hij maakt de voordeur open. Oma en Hanna en Jules' vader zitten al binnen.

'De mensen van de verzekering hebben de oorzaak van de brand ontdekt. Het is iets wat ik totaal niet had verwacht,' zegt Ad. 'Van alles had ik me voorgesteld. Jij had het nog over kortsluiting,' zegt hij tegen Jules' vader. 'Maar dat was het ook niet.'

Kars staat te trillen op zijn benen. Hij heeft het gevoel dat hij moet kotsen. Annabel knijpt in zijn hand.

'Het is walgelijk wat er is gebeurd,' zegt Ad. 'Niet alleen voor mij, ook voor jullie zal dit een grote schok zijn. De kantine is niet zomaar in de fik gevlogen. Het is geen ongeluk, nee, het is opzet.'

'Opzet?' roept Kars uit. 'Dat is niet waar! Het is helemaal geen opzet. Ik...'

'Helaas is het wel opzet,' onderbreekt Ad hem. 'Iemand heeft opzettelijk de kantine in de fik gestoken. Door het raampje bij de keuken is een brandende lap met benzine naar binnen gegooid.'

Iedereen is een moment sprakeloos en dan komen de vragen. 'Een brandende lap met benzine? Wie heeft dat nou gedaan?'

De crew zit er verslagen bij. Als ze de dader niet vinden, gaan ze failliet, want de verzekering betaalt niet uit.

'Wie doet nou zoiets?' zegt Ad steeds. 'Een camping in de fik steken. Ik denk dat het een pyromaan is geweest. Nou, dan kunnen we de gasten wel vergeten: iedereen is natuurlijk bang dat die terugkomt. Nu is het nog goed afgelopen, maar de volgende keer vallen er misschien wel slachtoffers. Jongens, jullie zullen wel begrijpen dat het openingsfeest nu niet doorgaat.'

Kars kan het niet geloven. Het komt dus niet door hem. Hoe afschuwelijk het ook is dat Timboektoe is afgebrand, het is niet zijn schuld.

Ad loopt in gedachten verzonken over de camping als Sophie naar hem toe komt fietsen.

'Ik wou even zeggen dat ik het heel erg voor jullie vind,' zegt ze.

'Dat is lief van je, meisje,' zegt Ad. 'Een ramp is het. En hoe komen we erachter wie het heeft gedaan? Ik denk dat het 't werk is van een pyromaan. Het is hoogseizoen: er loopt hier van alles rond. De politie houdt de boel in de gaten. Als hij weer mocht toeslaan, hebben ze hem.'

'Denkt u echt aan een pyromaan?' Sophie vindt het een eng idee dat er zo iemand in haar dorp rondloopt.

'Ik zou niet weten wie het anders gedaan kan hebben,' zegt Ad. 'Wij hebben hier geen vijanden. Nou, doe de groeten aan Edgar. Ik zie je nog wel.' En Ad loopt door.

Sophie blijft stokstijf staan: ineens schieten de woorden van François door haar hoofd. 'Heel dom van hem, dat had hij niet moeten doen. Maar daar komt hij nog wel achter.' Ad heeft wel een vijand! Zou François iets met de brand te maken hebben? Ze wil Ad roepen, maar dan bedenkt ze zich. Die stapt meteen naar de politie. Stel je voor dat François er niks mee te maken heeft. Hij vermoordt haar. Sinds Alain Edgar in elkaar heeft getrapt, staat ze niet meer voor die jongens in. Met François moet ze helemaal geen ruzie krijgen, die is nog erger dan Alain. Ze houdt zich erbuiten, het is veel te eng. Ze had eigenlijk nog even naar de anderen willen gaan, maar dat doet ze nu toch maar niet. Stel je voor dat ze zich verspreekt!

Edgar heeft het verschrikkelijke nieuws ook gehoord. Zijn moeder heeft het hem 's morgens verteld. Eerst was hij nog zo opgewekt, omdat het een stuk beter gaat. Hij kan al veel beter praten. Over een week mag hij misschien naar huis.

'Ben je niet blij? 'vroeg hij toen hij het aan zijn moeder vertelde.

'Ik ben hartstikke blij,' zei zijn moeder. 'Maar ik heb ook een heel naar bericht.' En toen vertelde ze Edgar over de brand.

Wat een domper! Edgar raakt er niet over uitgedacht. Wie doet nou zoiets?

Als Sophie 's middags komt, begint hij er meteen over. 'Als ze de dader niet vinden, gaat de camping failliet,' zegt hij. 'Dat hoorde ik van mijn moeder.'

'Wat erg.' Sophie voelt zich schuldig en begint gauw over iets anders, maar Edgar komt er steeds op terug. 'Denk jij dat het een pyromaan is?'

'Weet ik veel!' Ineens wordt het Sophie te veel. Ze schrikt er zelf van. 'Sorry,' zegt ze.

'Wat is er?' vraagt Edgar. 'Er is iets, ik merk het toch? Anders zou je nooit zo reageren.'

Het zit Sophie de hele dag al dwars. Dat zij misschien weet wie het gedaan heeft. En dan moet ze huilen.

'Wat heb je?' Edgar streelt haar hand. 'Als je het niet wilt vertellen, hoeft het niet.'

'Jij mag het wel weten,' zegt Sophie en ze vertelt Edgar over François.

'Wat een schoft!' Edgar is meteen ongerust. 'Het zou heel goed kunnen dat je hem toen bij de camping hebt zien staan. Nee, bemoei jij je daar maar niet mee. Heel verstandig dat je niks tegen Ad hebt gezegd. Ga voorlopig maar niet naar de camping. Je moet je erbuiten houden. Die gasten zijn veel te gevaarlijk. Je hebt gezien wat ze mij hebben geflikt. Ik moet er niet aan denken dat ze jou ook te grazen nemen. Die gasten zijn echt crimineel.'

'Vind je me dan niet laf?' vraagt Sophie.

'Helemaal niet,' zegt Edgar. 'Jij hebt al genoeg meegemaakt. Zweer me dat je het niemand vertelt.'

Sophie steekt twee vingers op. 'Ik zweer het.'

'Iedereen blijft met z'n fikken van jou af,' zegt Edgar. 'Behalve ik.' En dan moet hij lachen. 'Au! mijn ribben!' kreunt hij.

21

Meestal als Brian het ziekenhuis verlaat, belt hij meteen zijn moeder om te vertellen hoe het met Edgar gaat. Maar nu is hij het helemaal vergeten. Zonder zijn mobiel aan te zetten, stapt hij de bus in. Hij is met zijn gedachten bij het gesprek met Edgar. Dat was ook zo heftig. Edgar heeft hem gevraagd na te gaan of François iets met de brand te maken zou kunnen hebben. Brian schrok al net zo erg als Edgar toen hij Sophies verhaal hoorde.

'Sophie moet er helemaal buiten blijven,' zei Edgar. 'Jij moet het uitzoeken. En als je genoeg bewijs hebt, geef je hem aan.'

'Moet ík dat doen?' vroeg Brian.

'Ja,' zei Edgar beslist. 'Als ik hier niet lag, deed ik het zelf.'

Brian vindt ook dat François verdacht is. Zeker door wat hij tegen Sophie over Ad gezegd heeft. Hij begrijpt wel dat Edgar het er niet bij wil laten zitten. Ze kunnen de dader toch niet laten lopen? Dan gaat Timboektoe failliet. Maar het is geen gemakkelijke opdracht. Hoe moet hij daar nou achterkomen?

Brian is de bus al uit als hij eindelijk zijn mobiel aanzet. Zijn moeder heeft een bericht achtergelaten. Brian belt haar meteen.

'En?' vraagt ze. 'Hoe vond je Edgar?'

'Het gaat goed,' zegt Brian.

'Ja, hè,' zegt zijn moeder blij. 'Dat idee heb ik ook. Hij krijgt alweer praatjes.'

Dat kun je wel zeggen, denkt Brian als hij de verbinding

verbreekt. De manier waarop zijn broer zei dat hij het moest uitzoeken. Hij vroeg het niet, het was een bevel. Daar zou hij zich anders behoorlijk aan geërgerd hebben, maar nu is hij wel blij. Het betekent dat zijn broer weer de oude wordt.

Brian voelt zich ongemakkelijk als hij over de camping loopt. Helemaal als hij Nona en Jules bij de rivier ziet. Meestal vertellen ze alles aan elkaar, maar dit mag hij niet zeggen. Nona en Jules zijn veel te betrokken bij Timboektoe; die rennen meteen naar Ad. Hij mijdt hen maar een beetje, dan merken ze ook niks aan hem.

In de verte loopt Daan. Brian schrikt als hij hem ziet. Hij kan hem niet ontlopen, want Daan heeft hem al gezien en loopt recht naar hem toe.

'Pech hè, dat de voorstelling niet doorgaat,' zegt Daan, die stiekem iets anders heeft bedacht om bij Brian in de buurt te blijven.

Brian knikt verlegen. Waarom zeg je nu niks, denkt hij. Wat moet Daan wel niet denken?

'We hebben nu wel tijd over,' zegt Daan. 'En die ga ik nuttig besteden. Weet je wat ik ga doen? Ik ga die pyromaan zoeken. Wil je me soms helpen? Jij wilt toch ook niet dat Timboektoe op de fles gaat? Ik hou wel van een beetje speurwerk. Maar met z'n tweeën is de kans dat we hem vinden natuurlijk veel groter.'

Wat moet ik nou zeggen? denkt Brian. Ik kan toch niet met Daan naar een pyromaan zoeken die er waarschijnlijk niet is? En hem in vertrouwen nemen kan ook niet.

'Lijkt het je wat?' vraagt Daan.

Brian denkt na. Eigenlijk is het helemaal zo gek nog niet om met Daan samen te werken. Hij hoeft toch niet te vertellen dat François er misschien achter zit. Ik kan best doen alsof ik ook

denk dat het een pyromaan is. Je weet maar nooit wat we ont-
dekken. 'Oké,' zegt hij. 'Ik doe met je mee.'

'Super!' zegt Daan. Hij duwt zijn hand tegen die van Brian.

Brian en Daan fietsen samen naar het dorp. Ze willen proberen erachter te komen waar de benzine die voor de brand-
stichting is gebruikt, vandaan komt. Het is niet veel, maar ze
moeten ergens beginnen.

Ze zijn al een halfuur onderweg als ze bij het eerste pompstation komen.

'Wat gaan we eigenlijk vragen?' zegt Daan.

'Ja, daar zeg je wat,' zegt Brian. 'We kunnen niet vragen wie
er benzine heeft gekocht. Daar kom je voor in een pompstation.'

'Maar misschien weten ze wel of iemand een jerrycan met
benzine heeft gekocht,' zegt Daan.

Ze gaan naar binnen. De pompbeheerder achter de kassa
vindt het maar een rare vraag.

'Wij verkopen helemaal geen jerrycans met benzine,' zegt hij
en hij gaat door met de volgende klant.

Teleurgesteld gaan ze naar buiten. 'We moeten iets anders
verzinnen,' zegt Brian. 'Dit heeft geen zin.'

'Zullen we een ijsje kopen?' Zonder het antwoord af te
wachten haalt Daan twee ijsjes. Hij kijkt naar Brian die op
een hek zit te wachten. Het liefst zou hij hem naar zich toe
trekken en zoenen, maar dan rent Brian vast gillend weg. Hij
moet het heel voorzichtig aanpakken. Ik ga vlak naast hem
zitten, tegen hem aan, denkt Daan. Als hij opstaat, weet ik
genoeg. Maar Brian staat niet op. Hij krijgt een heel warm
gevoel in zijn lichaam. Hij geniet ervan Daan zo dicht bij
zich te hebben. Als het aan hem lag, bleven ze zo de hele middag zitten. Maar dan denkt hij aan zijn broer. Hij schaamt

zich. Waar is hij nou mee bezig? Hij moet zijn belofte nakomen.

'Weet je,' zegt Brian. 'We moeten het anders aanpakken. Ik heb iets bedacht.' Hij vertelt zijn plan.

'Top!' Daan legt zijn hand op Brians schouder.

Brian staat meteen in vuur en vlam. Ik ben echt hartstikke verliefd op je, denkt hij.

Daan vindt het ook fijn om Brian aan te raken, maar hij is bang dat hij stiekem toch verder gaat en staat gauw op. 'Kom mee, we gaan volgens jouw sublieme plan te werk.'

'Jij doet het woord,' zegt Daan als ze er zijn. 'Het is jouw idee.'

'Best.' Samen stappen ze naar binnen.

'Bonjour,' zegt Brian tegen de pompbeheerder. 'Een eindje verderop staat mijn brommer, zonder benzine. Kunt u ons misschien helpen?'

'Ja,' zegt de man. 'Daar hebben wij een speciale jerrycan voor. Service hè, die mag je wel even lenen.' Hij kijkt achter zich. 'Hé, hij is weg. O ja, dat is ook zo.' Hij roept naar een andere man. 'Jim, heeft François de jerrycan teruggebracht?'

François? denkt Brian.

'Nee,' roept Jim terug.

'Dat is niet netjes van hem,' zegt de man. 'Gisteren heeft hij hem geleend.'

'Eergisteren zul je bedoelen,' verbetert Jim hem. 'Toen stond hij zonder benzine voor zijn brommer.'

'Dan had hij hem nu toch weleens terug mogen brengen. Helaas.' De man kijkt hen aan. 'Ik moet jullie teleurstellen.'

Teleurstellen? Opgewonden loopt Brian de shop uit. François heeft hier benzine gehaald, precies op de dag van de brand. Heeft hij eigenlijk wel een brommer?

'We zijn dus niks wijzer geworden,' zegt Daan.

'Ik denk dat we heel erg veel wijzer zijn geworden.' Brian kijkt Daan aan. Ik moet je iets vertellen...

Daan is duidelijk minder onder de indruk dan Brian had gehoopt.

'Denkt je broer echt dat die François de camping in de fik heeft gestoken?' vraagt hij als Brian alles heeft verteld.

'Ik denk het ook,' zegt Brian. 'Wat deed François anders die middag bij de camping?'

'Maar Sophie wist niet zeker dat hij het was.'

'En hij heeft tegen Sophie gezegd dat Ad spijt zou krijgen,' zegt Brian.

Daan is er nog niet zo zeker van. 'Dat is vast bluf! Die gasten zeggen zo veel. Je moet wel behoorlijk crimineel zijn om zoiets te doen.'

'Dat zijn ze,' zegt Brian. 'Alain heeft Edgar bijna doodgetrapt.'

'Als jullie gelijk hebben, is er dus helemaal geen pyromaan,' zegt Daan.

'Nee,' zegt Brian. 'Maar dat moeten we nog wel uitzoeken. In de bosjes op de camping is een jerrycan gevonden. En François heeft er diezelfde dag een geleend en niet teruggebracht.'

'Weet je hoe die jerrycan eruitzag?' vraagt Daan.

'Nee,' zegt Brian. 'Ik heb dat hele ding niet gezien. De politie heeft 'm meegenomen.'

'Dan moeten we dat eerst uitzoeken,' zegt Daan. 'Als ze heel verschillend zijn, houdt het hele verhaal al op. Maar hoe kom je daarachter? Je kunt het de politie vragen, maar die geven vast geen informatie.'

'Ik wil de politie er liever nog even buiten houden,' zegt Brian. 'Misschien weet Ad het wel. Zal ik bellen?'

'Probeer maar,' zegt Daan.

Brian is zo opgewonden dat hij Ad er meteen mee overvalt als hij hem aan de lijn krijgt. 'Weet jij nog hoe die jerrycan eruitzag die bij de brand is gebruikt?'

'Hoezo?' vraagt Ad. 'De politie heeft hem meegenomen.'

'Dat weet ik wel,' zegt Brian. 'Maar hoe zag hij eruit?'

Het duurt even, maar dan weet Ad het weer. 'Grijs met een rode dop.'

'Dank je!' Voordat Ad verder kan vragen, hangt Brian op. 'Grijs met een rode dop,' zegt hij.

'We moeten binnen vragen hoe hun jerrycan eruitziet,' zegt Daan, 'maar dat is wel tricky.'

Dat vindt Brian ook. Als François erachter komt dat zij hem verdenken… Hij hoort het die mannen al zeggen als ze François zien: 'Er waren hier twee Nederlandse jongens die wilden weten hoe onze jerrycan eruitziet. Ken je die soms? Die ene jongen was zwart.'

Nou, dan weet hij meteen dat het Brian is. Hij moet er niet aan denken wat er met hem gebeurt. 'Tricky of niet, we doen het toch,' zegt hij.

Daan knikt. 'Maar misschien kan ik beter naar binnen gaan, ik val niet zo op als jij.'

'Stom,' zegt Brian. 'Dat hadden we dan eerder moeten bedenken. Nu hebben ze me al gezien.'

'Let wel op,' zegt Daan als Brian naar binnen wil gaan. François schijnt die gasten te kennen: ze weten hoe hij heet.' Daan zet z'n fiets neer en loopt een stukje de weg op. Hij moet niet hebben dat die François er ineens aankomt. Je weet maar nooit.

Gespannen gaat Brian de shop weer binnen en loopt naar de kassa.

'Daar ben je weer,' zegt de man. 'Nog steeds benzine nodig zeker?'

Zie je wel, denkt Brian, hij herkent me meteen. Is het wel verstandig wat hij gaat doen? Hij kan natuurlijk ook gauw een smoes bedenken. Hij denkt aan de camping. Als ze de dader niet vinden, gaat Timboektoe failliet.

'Ik eh... Ik heb een vraag over die jerrycan,' zegt Brian. 'Hoe ziet hij eruit? Misschien kom ik hem ergens tegen, en kan ik hem bij u terugbrengen.'

De man steekt zijn hand op naar iemand die binnenkomt. Toch niet François, hè? Brians hart slaat over van schrik. Maar als hij zich omdraait, ziet hij dat het iemand anders is.

'Dus jij wilt weten hoe onze jerrycan eruitziet.'

De man begint te lachen. 'Jij bent wel een heel brave jongen. Dat maken we niet vaak mee. We hoeven die jerrycan niet terug hoor, we kopen wel een nieuwe.' Hij helpt de volgende klant.

'Sta je er nou nog?' vraagt de man als de klant wegloopt.

'Ja,' zegt Brian. 'Ik zou zo graag willen weten hoe die jerrycan eruitziet.'

De man zucht. 'Gewoon, grijs, niks bijzonders.'

'Maar de dop.' Brian voelt zich ongemakkelijk, maar hij gaat toch door.

'De dop,' verzucht de man. 'Moet je dat nou ook al weten? Blauw, of is die nou rood? Jim, weet jij dat nog?'

'Rood,' zegt Jim.

Zie je wel, denkt Brian. Hij vergeet helemaal gedag te zeggen, draait zich om en loopt weg.

'Als je hem hebt gevonden, mag je hem wel houden!' roept de man hem na. 'Dan kom je daar maar benzine mee halen.'

'En?' vraagt Daan.

'Grijs met een rode dop,' zegt Brian.

'Nee...' Daans mond valt open. 'Echt waar?'

Brian knikt. 'Ik krijg er helemaal kippenvel van. Misschien hebben we hem!'

Nu wordt het heel spannend. Stel je voor dat ze de dader echt op het spoor zijn! Dan zijn zij de redders van Timboektoe. Maar ze worden ook bang. Als François hier lucht van krijgt...

'We moeten hier niet blijven staan,' zegt Daan. Hij voelt zich niet langer veilig. Alsof François er elk moment aan kan komen en het aan hen kan zien. 'We moeten meteen naar de politie.'

Dat vindt Brian ook. 'Wegwezen hier!' En ze racen de straat uit.

Een halfuur later komen Brian en Daan het politiebureau uit. Erg opgewekt zien ze er niet uit.

'Denk jij dat ze erachteraan gaan?' vraagt Brian als ze op de fiets zitten.

'Ze hebben wel alles genoteerd,' zegt Daan. 'Maar ja, zo'n dorpsagentje, ik weet het niet.'

'Eerlijk gezegd heb ik er niet veel vertrouwen in,' zegt Brian.

'Nou ja,' zegt Daan. 'We hebben gedaan wat we konden, de rest moeten zij doen, toch?'

Brian knikt. Maar het zit hem niet lekker. De hele weg naar huis denkt hij eraan. Die agent deed net of ze twee kleine kinderen waren. Hij heeft Edgar beloofd verslag uit te brengen. Hij weet nu al wat zijn broer zal zeggen als hij dit hoort: 'Ga er zelf achteraan. Je moet zorgen dat je een bewijs vindt en dan sluiten ze hem op.'

Ze zijn al bijna bij de camping als Brian plotseling op zijn rem trapt.

Daan kijkt verbaasd op.

'Ik wil er toch achteraan,' zegt Brian. 'Ik ben bang dat de politie François laat lopen.'

'Ben je gek, man,' zegt Daan. 'Nu moet je het aan de politie overlaten.'

'O ja? En als ze er nou niks mee doen, dan loopt die gast vrij rond. Denk aan de camping, man. Als jij niet mee wilt doen, doe ik het wel alleen. Ik wil het uitzoeken. Ik ben gewend dingen uit te zoeken.'

'Niks ervan.' Nu wordt Daan kwaad. 'Het is geen muurschildering die je in de grot hebt ontdekt. Dit is gevaarlijk. Edgar zegt niet voor niks dat Sophie erbuiten moet blijven.'

'Sophie is een meisje,' zegt Brian.

'Nee, voor jongens zijn ze tof,' zegt Daan. 'Dat is waar. Wil je ook in het ziekenhuis terechtkomen, net als je broer? Je kunt helemaal niks beginnen, wat wil je dan dat we doen?'

'Ik kan uitzoeken of François echt een brommer heeft,' zegt Brian.

'Stel dat hij die niet heeft,' zegt Daan. 'Dan heeft hij gelogen. Oké, maar dat is nog geen bewijs.'

'Ik kan hem uithoren,' zegt Brian. 'Misschien verspreekt hij zich dan.'

'Denk je dat hij dat niet doorheeft?' zegt Daan. 'Als ze weten dat jij maar het minste vermoeden hebt dat hij erachter zit, ruimen ze je op. Ik wil niet dat jou iets overkomt.' Hij pakt Brians hand vast.

Brian kijkt in Daans ogen. Ze staan midden tussen de graanvelden met de geluiden van de krekels om hen heen en Daan houdt Brians hand vast. Brians lichaam begint te gloeien.

'Ik wil niet dat jou iets overkomt,' zegt Daan nog een keer, maar dan zachtjes.

Droom ik? Of is dit echt zo? Brian ziet in Daans ogen dat hij het meent. 'Daan...' fluistert hij. Brian vergeet wat hij van plan was. Even bestaat er geen François meer en ook geen camping. Hij vergeet alles om zich heen. Daan laat Brians hand los. Hij legt zijn fiets op de grond en daarna die van Brian en dan pakt hij Brians hand weer vast. Brian laat zich meevoeren. En daar, tussen het graan, waar niemand hen kan zien, kussen ze.

22

Het is het eerste wat Brian denkt als hij 's morgens wakker wordt: We hebben gezoend! Hij heeft tegen Daan gezegd dat het nog geheim moet blijven. Alleen Jules en Nona weten het. Hij heeft het hun gisteren meteen verteld. Ze waren hartstikke blij voor hem. Jules vooral. Die zat er natuurlijk toch mee dat Brian verliefd op hem was. Als het aan Daan had gelegen, zou hij het over de hele camping geschreeuwd hebben. Hij had nog geprobeerd Brian over te halen: 'Coming out man,' zei hij. Maar daar is Brian nog niet aan toe. Hij wil het wel, maar nu nog even niet. Het is allemaal nog zo nieuw en emotioneel voor hem. Daan heeft al een paar keer verkering gehad, maar voor hem is het de eerste keer dat hij met een jongen heeft gezoend.

Brian loopt de voortent in. Zijn moeder is naar het ziekenhuis. Ze heeft gisteravond niks aan hem gemerkt. Ze zat natuurlijk met haar hoofd bij Edgar. Hij kijkt in de spiegel en dan moet hij lachen. Hij ziet er echt heel anders uit. Zo stralend! Nona zei het ook al. Hij dacht dat ze overdreef, maar het is waar. Was het maar vast middag, dan ziet hij Daan. Ze gaan samen naar het politiebureau, dat hebben ze gisteren afgesproken. 'Geef ze nou één dag de tijd,' had Daan gezegd.

Nou, die dag is om. Ze gaan straks vragen of de politie al iets weet. En als ze er niks aan hebben gedaan, gaan hij en Daan zelf achter François aan. Brian vindt het wel schattig dat Daan absoluut niet wil dat hij alleen gaat. Edgar heeft al gevist bij Sophie, maar François heeft helemaal geen brommer. Het wordt steeds duidelijker voor hen dat hij de dader is. Brian heeft voorgesteld om François op zijn hangplek te bespieden en een gesprek met hem aan te knopen, zodra hij even alleen is. 'Laat mij het maar doen,' had Daan gezegd. 'Dan geef ik hem een biertje en nog een; net zolang tot hij lekker aangeschoten is. Dan krijg ik het er wel uit.'

Brian heeft er wel vertrouwen in. Als er één slap kan kletsen, is het Daan wel. Ze weten alle twee heel goed hoe gevaarlijk het is, maar ze doen het toch. 'Zo'n klootzak moet vastzitten,' zei Daan.

Brian kijkt op de klok. Hij is veel later dan anders. Dat komt doordat hij vannacht zo lang wakker heeft gelegen. Hij dacht maar aan Daan; hij wílde helemaal niet in slaap vallen. Toen hij ook nog een heel romantisch sms'je van Daan had gekregen, kon hij helemaal niet meer slapen. De vogels begonnen al te fluiten toen zijn ogen dichtvielen.

Als Brian de kantine nadert, ziet hij Daan al tussen de anderen staan. Hij knipoogt naar Brian. Brian voelt dat hij kleurt. Gelukkig let niemand op hem.

'Wie gaat er mee zwemmen?' vraagt Romeo.

'Een momentje jongens,' zegt Ad. 'Ik heb goed nieuws.'

'Echt waar?' Ze snappen meteen waar het over gaat. 'Is er nieuws over de dader?'

Ad knikt stralend.

'Vertel op!' roepen ze.

'Ze hebben hem!' roept Ad. 'De politie heeft de dader opgepakt. Het is François, een vriendje van Alain. Hij heeft het samen met Michel gedaan. Als wraak, omdat ik ervoor gezorgd heb dat Sophie hun vrienden heeft aangegeven. De politie is hen op het spoor gekomen door twee Nederlandse jongens. Die zijn gisteren met een tip gekomen.

'Twee Nederlandse jongens?'

'Ja,' zegt Ad. 'Ze waren erachter gekomen dat François de

jerrycan met benzine, waarmee de brand is aangestoken, van een pompstation had geleend.'

'Maar dat is toch geen bewijs?' zegt Kars.

'Hij is doorgeslagen,' zegt Ad. 'Hij ontkende toen de politie de jerrycan toonde. Hij had 'm zogenaamd nooit gezien. Maar de pompstationhouder wist dat François hem had geleend die avond. François schrok zo toen die man ineens binnenkwam, dat hij doorsloeg.'

'Bekende hij toen?'

'Nog niet eens,' zegt Ad. 'Hij raakte in paniek. "Ik heb die doek met benzine niet aangestoken," zei hij. "Dat heeft Michel gedaan." Lekker type, hè, zijn vriend nog verraden ook.'

'Wat een viezerik!' roepen ze.

'Nu moeten de ouders van François en Michel voor de herstelkosten van de camping opdraaien,' zegt Ad.

'Maar tegen de tijd dat we het geld krijgen, zijn we allang failliet,' zegt Kars.

'Nee,' zegt Ad. 'Nu ik weet dat ik het geld krijg, kan ik het lenen bij de bank. Dat waar we bang voor waren gebeurt niet, jongens. Timboektoe wordt weer opgebouwd.'

Iedereen begint te juichen.

'Eigenlijk hebben we het aan die twee Nederlandse jongens te danken,' zegt Ad. 'Jammer genoeg weten we niet wie dat zijn, toch, Brian en Daan?'

Brian schrikt.

'Hebben jullie dat gedaan?' De hele crew rent naar hen toe. Hij wordt verlegen van al die aandacht. 'Jullie hebben Timboektoe gered!' Als helden worden ze over de camping gedragen.

Ad kijkt glimlachend naar de juichende menigte. Hij slaat zijn arm om de schouders van zijn zoon als zijn mobiel afgaat.

'Pa, wat is er?' Kars ziet dat zijn vader spierwit wegtrekt.

'De ouders van François en Michel hebben geen cent,' zegt

Ad. 'En ze zijn ook niet verzekerd. Er is niks te halen. Dus we zullen Timboektoe nooit meer kunnen opbouwen...'

Kars staat als verdoofd naar de feeststoet te staren. Ad is meteen naar binnen gegaan om het slechte nieuws met oma en Hanna te bespreken. Ineens kan Kars het niet langer aanzien. 'Hou op!' schreeuwt hij. 'Er valt hier niks te juichen!'

Van schrik valt het stil.

'Wat kijken jullie me nou aan?' Kars' stem slaat over. 'Het maakt niks uit dat de daders zijn gepakt. Hun ouders hebben geen cent...'

'Wat?' Ze zien allemaal dat het menens is.

'Dus we gaan wél op de fles,' zegt Romeo.

'Ja,' zegt Kars.

'Dat kan niet!' Bij Isa komt de klap ook heel hard aan. Er komt van alles in haar op. Gaan ze dan terug naar Nederland? Ze kan zich haar leven helemaal niet meer zonder de camping voorstellen.

'Dus dan is alles voor niks geweest,' zegt Stef.

Niemand zegt wat. Iedereen is in de war. Jules draait zich om en loopt weg.

Nona rent achter hem aan. Ze weet wat dit voor Jules betekent. Als de camping failliet gaat, zit zijn vader alsnog zonder werk. Dan moet hij toch bij zijn tante en oom gaan wonen.

'Hé!' Nona slaat een arm om hem heen. 'Ik snap hoe jij je nu voelt.'

Jules bijt op zijn lip. Nona ziet wel dat hij moeite doet om niet te huilen.

'Als mijn vader dit hoort, wil hij meteen vertrekken, dat weet ik zeker. Hij is bang dat hij anders weer gaat drinken. Ik merkte al hoe gespannen hij was na de brand. Ik wed dat hij meteen mijn oom belt.'

Nona voelt zich machteloos. Hoe kan ze Jules troosten? Alles wat ze zegt is even stom. Ze kan hem niet helpen. 'Zal ik met je mee naar huis gaan?' vraagt ze.

'Nee,' zegt Jules. 'Laat me maar. Ik ga nu naar mijn vader, ik bel je wel.'

Jules fluit Frodo en zodra die bij hem is, fietst hij weg. Nona kijkt hem na. Ze waren juist zo gelukkig dat Jules' vader die baan had. Die klootzakken hebben alles verpest. Nona denkt aan die keer dat Jules zo ziek was. Stel je voor dat het weer gebeurt. Het mag niet. Ze moet er wat op verzinnen. De camping mag niet failliet gaan!

Nona loopt naar haar tent. Het laat haar niet los. Er moet toch een manier zijn om de camping weer op te bouwen? En dan denkt ze ineens aan tante Monique. Die is vorig jaar een paar nachtjes op de camping geweest. Ze was superenthousiast over Timboektoe. Van zulke campings moesten er meer zijn, zei ze steeds. Nona wordt meteen opgewonden. Tante Monique is hoofdredacteur bij het televisieprogramma *SOS Nederland*. Nona heeft het zo vaak gezien. Als mensen in nood zijn, komen ze die redden. Tante Monique belt dan allerlei bedrijven om te vragen of ze gratis hun medewerking willen verlenen. Laatst was het dak van een buurthuis ingestort. *SOS Nederland* heeft er toen voor gezorgd dat het in één week opgebouwd werd. Het was heel spannend, maar het lukte. En het was nog mooier dan ervoor. Ad en Hanna zijn toch ook Nederlanders.

Nona drukt het nummer van haar tante in.

Als ze tante Monique aan de lijn krijgt, vertelt ze meteen wat er aan de hand is.

'Wat verschrikkelijk,' zegt tante Monique. 'Dit is echt een nachtmerrie.'

'Dit is nog erger dan dat buurthuis,' zegt Nona. 'Want nu moet Jules bij zijn oom en tante gaan wonen.'

'Buurthuis?' vraagt tante Monique.

'Ja, dat jullie weer helemaal hebben opgebouwd op de televisie,' zegt Nona.

'Ik heb je door!' roept tante Monique. 'Jij wilt dat *SOS Nederland* de camping helpt opbouwen.'

'Ja,' zegt Nona.

'Wat ben je toch een slimme meid,' zegt tante Monique. 'Daarom ben ik ook zo dol op je. Weet je dat ik daar zelf helemaal niet aan heb gedacht, terwijl het toch mijn programma is. Maar het is helemaal geen gek idee van je, het zijn tenslotte Nederlanders. Nederlanders in het buitenland, dat hebben we nog nooit gedaan. Op zich een hele uitdaging.'

'Dus je doet het?' roept Nona uit.

'Als het aan mij ligt, zet ik nu alles in werking,' zegt Monique. 'Maar ik moet dit natuurlijk wel bespreken. We hebben net een nieuw project gekozen. Dat zou dan opgeschoven moeten worden; ik weet niet of dat nog kan. Vertel nog maar niks daar, ik kan het niet beloven. Het hele team moet erover beslissen. Ik laat het je zo snel mogelijk weten.'

Nona kan de spanning bijna niet aan. Stel je voor dat er een cameraploeg uit Nederland komt en dat de hele camping door bouwbedrijven wordt opgebouwd, in één week! Dat zou echt een droom zijn. Ze heeft zin om het Jules te vertellen, maar ze doet het toch maar niet. Als het dan niet doorgaat zou het zó erg zijn. Ze wil het meteen horen als haar tante belt. Met haar mobiel in haar hand gaat ze terug naar haar vrienden.

Als Nona terugkomt bij de resten van de kantine, zit iedereen verslagen in het gras. Nona is bang dat ze het daardoor niet voor zich kan houden en loopt weer terug naar haar tent. Ze gaat zitten en legt haar mobiel voor zich. Bel nou, denkt ze. Ik wil het weten.

Maar aan het eind van de middag heeft haar tante nog

steeds niet gebeld. Dat is geen goed teken. Nona maakt zich zorgen. Het gaat vast niet door, anders had ze het nu wel gehoord.

Nona denkt aan Jules. Hoe moet het nou met hem? Zal ze toch maar naar hem toe gaan? Net als ze wil vertrekken, komt Brian eraan. 'Ik ga naar de grot,' zegt hij. 'Ga je mee?' 'Oké,' zegt Nona. Ze is al zo lang niet meer met Brian in de grot geweest.

Maar als ze net in de grot zijn, blijft Nona opeens staan. Ik heb hier geen bereik, denkt ze. 'Ik moet weg!' Ze draait zich om en loopt de grot uit.

Brian gaat haar achterna. 'Waar moet je nou opeens heen?' vraagt hij als ze buiten staan.

Nona wordt rood. Nu moet ze liegen tegen Brian. 'Eh... het komt nu niet uit.'

'Je houdt iets voor me verborgen,' zegt Brian. 'Zeg maar eerlijk.'

Nona aarzelt. Zal ze het Brian vertellen? Ze denkt aan het gesprek van gisteren met z'n drietjes. 'Ik moet jullie iets vertellen wat niemand mag weten,' had Brian gezegd. 'Alleen jullie vertel ik het, omdat jullie mijn beste vrienden zijn. Ik heb verkering met Daan.' En toen had hij alles verteld; ook dat ze hadden gezoend.

Nona was heel blij dat Brian haar in vertrouwen nam. Nu moet zij hem ook vertrouwen. 'In de grot heb ik geen bereik,' zegt ze. 'Ik wacht op een superbelangrijk telefoontje van tante Monique. Ik heb iets heel spannends gedaan. Ze werkt toch bij de televisie?'

'Ja,' zegt Brian. 'Dat reddingsprogramma. Hoe heet het ook al weer?'

'*SOS Nederland*,' zegt Nona. 'Ik heb haar gevraagd of ze met de cameraploeg hierheen wil komen!'

Het duurt even, maar dan heeft Brian het door. 'Om Timboektoe op te bouwen?'

Nona knikt. 'Het moet nog geheim blijven, want de kans is groot dat het niet doorgaat. Ze hadden al een ander project uitgekozen. Ze wist niet of ze nog kon schuiven.'

Brian is er stil van. 'Misschien kan het wel... dat zou geweldig zijn! Wanneer belt ze?'

'Geen idee,' zegt Nona. Ze heeft het nog niet gezegd of haar mobiel gaat af. 'Het is Monique!' roept Nona. Ze schrikken er alle twee van. Nona durft bijna niet op te nemen. Haar vingers trillen als ze het knopje indrukt. 'En?'

Even blijft het stil. Het gaat dus niet door, denkt Nona. Ze schudt al nee tegen Brian.

'We doen het!' roept Monique door de telefoon. 'We komen naar Frankrijk. Er zijn al wagens onderweg. En de cameraploeg vertrekt zo...'

Midden in het gesprek vliegt Nona Brian om de hals. 'Ze doet het!'

'Hallo, ben je er nog?' roept tante Monique.

'Ja, eh... natuurlijk ben ik er nog. Fantastisch!'

'Luister,' zegt Monique, 'het moet wel een verrassing blijven. We komen jullie morgen overvallen, dus niks vertellen.'

Nona weet niet wat ze moet zeggen als de verbinding is verbroken. Ze kan alleen maar juichen. Haar tante gaat Timboektoe redden! Iedereen in Nederland krijgt het te zien. Hun camping wordt vast nog mooier!

Brian straalt ook. 'Nou, heb ik die gang toch niet voor niks ontdekt.'

'Niemand mag het weten,' zegt Nona. 'Behalve één persoon natuurlijk.'

'Ja, dat vind ik ook,' zegt Brian. 'Wij hebben geen geheimen voor elkaar.'

'Nee,' zegt Nona.

'Hij vertelt mij ook alles,' zegt Brian.

'Mij ook,' zegt Nona.

'Jou?' Brian kijkt haar aan. 'Wat heeft Daan je dan verteld?'

'Daan?' roept Nona lachend uit. 'Jij kunt ook aan niks anders meer denken, hè, met je verliefde hoofd. Die bedoel ik helemaal niet. Ik heb het over Jules!' En ze belt hem meteen.

23

Nona, Brian, Jules en Daan hebben elkaar de hele avond ge-sms't. Elk bericht van tante Monique heeft Nona doorge-stuurd. De jongens vinden het net zo spannend als zij.

De volgende ochtend belt Nona de jongens al om zeven uur wakker. 'Ze zijn er om elf uur.'

Jules staat al om negen uur op de camping. Hij hield het thuis niet meer uit. Het is ook zo geweldig wat er gaat gebeuren. Met Nona, Brian en Daan loopt hij over het kampeerterrein. De rest van de crew ligt nog te slapen. Ze zijn zo somber, ze hebben niet eens zin om op te staan. Maar om halfelf moeten ze er wel uit, want Ad heeft een vergadering bij het huis gepland.

'Goeiemorgen,' zegt Brian opgewekt als Romeo en Stef arriveren.

'Nou nou, wat zijn we vrolijk,' zegt Kars geprikkeld. 'Zo leuk is het allemaal niet. We krijgen straks van mijn vader te horen wanneer we gaan sluiten.'

'Hoe laat precies?' vraagt Brian.

'Elf uur.'

Brian kijkt Nona en Jules aan. Om elf uur zit iedereen dus in de tuin voor het huis. Mooier kan niet. Als Nona's mobiel afgaat, loopt ze expres een eindje van iedereen vandaan. 'Waar zijn jullie nu?' vraagt ze zachtjes.

'We zijn al in het dorp,' zegt Monique. 'Over een kwartier-tje zijn we bij jullie.' Nona krijgt kippenvel van spanning.

'Hoe is het daar?' vraagt Monique.

'Heel goed,' zegt Nona. 'Niemand vermoedt iets.' Ze vertelt over de vergadering die precies om elf uur begint.

'Geweldig, beter kan niet, tot zo.' Haar tante hangt op.

Nona loopt terug naar de anderen. Straks staat hier alles op z'n kop, denkt ze. Niemand heeft enig vermoeden wat er gaat gebeuren. Jules' vader ook niet. Zorgelijk komt hij aanlopen. 'Hij wilde vandaag mijn oom en tante bellen.' Jules gniffelt. Met chagrijnige gezichten hangt iedereen op het gras voor het huis als Ad naar buiten komt. 'Wie had dit nou verwacht,' begint hij. 'Het is diep treurig wat er is gebeurd.'

'Als Edgar niet achter die meid aan was gegaan, hadden we Timboektoe nog gehad,' zegt Romeo.

'Wat is dat nou voor onzin!' roept Kars onmiddellijk kwaad.

'Helemaal mee eens.' Isa valt haar broer bij. 'Edgar kon niet weten wat voor tuig het was.'

'Hij was gewaarschuwd,' zegt Justin.

Iedereen bemoeit zich ermee. Ze krijgen er ruzie over.

'Hou op jongens!' zegt Ad. 'Laten we het de korte tijd die we hier nog hebben gezellig houden.'

'Hoe lang is dat nog?' vraagt Kars.

Ze zien aan Ad dat hij het bijna niet durft uit te spreken. 'Ik ben bang...,' begint hij.

Toettoet! Ad wordt onderbroken door een rij toeterende vrachtwagens die de camping oprijdt. Oma en Hanna komen verschrikt het huis uit. Nona knijpt in Brians hand. Ze ziet een wagen met hout, een met bouwmaterialen en een cement-wagen.

'Wat moeten die hier?' vraagt Ad.

'Ze denken zeker dat het hier een parkeerplaats is,' zegt Kars kwaad. 'Dat kunnen we er nog net bij hebben.'

Isa is de eerste die het ziet. Voor de vrachtwagens rijdt een auto waar in grote letters *SOS Nederland* op staat. En vanuit het open dak wordt gefilmd.

Het gaat allemaal heel snel. Barbara, de presentatrice van

het programma, komt de auto uit. De geluidsman hangt een hengel voor haar met een microfoon eraan. En de cameramannen beginnen te draaien. Voor het tot iedereen doordringt wat er aan de hand is, zijn de opnames begonnen.

'Kijkers, we zijn er. Na een hele nacht rijden zijn we dan op Timboektoe. De camping van een Nederlandse familie in Frankrijk die dit paradijs met veel enthousiasme en keihard werken heeft opgebouwd. Een camping die binnen twee jaar een hype is geworden onder jongeren. Een camping met een gouden crew die het waard is geholpen te worden. Een camping die moet blijven bestaan. En dat, kijkers, gaat *SOS Nederland* verzorgen. In het programma van vanavond laten we zien hoe hard hier door onze mannen gewerkt gaat worden. Mannen van verschillende bouwbedrijven die voor dit project hun vakantie hebben opgeofferd. U ziet het, buiten de schuld van de familie is deze camping een puinhoop geworden. Onze mannen zullen binnen één week van Timboektoe weer een prachtige camping maken.'

Ad pakt Hanna's hand. Over hun wangen lopen tranen. Oma veegt ook haar ogen af. En de rest van de crew staat met open mond te kijken.

'Knijp even in mijn arm,' zegt Romeo steeds. 'Is dit echt of lig ik te maffen?'

Maar het is de werkelijkheid, dat dringt langzaam tot hen door. *SOS Nederland* gaat Timboektoe opbouwen, in één week. Het is nog maar een halve dag geleden dat de vrachtwagens vol bouwmaterialen binnen kwamen rijden en de hele camping staat op zijn kop.

De kampeerders worden naar het achterste veld overgebracht. Er zijn jammer genoeg ook mensen die vertrekken vanwege het lawaai, maar de meeste families blijven. De mannen vinden het een uitdaging om mee te helpen. Ze lopen met kruiwagens vol puin rond.

Terwijl er op Timboektoe keihard wordt gewerkt, is Sophie op weg naar het ziekenhuis. Dit keer reist ze niet met de bus; ze wordt gebracht door een man van *SOS Nederland*. Ze kan niet wachten tot ze er zijn. Het is ook zo leuk wat er gaat gebeuren.

Zodra ze er zijn springt Sophie uit het busje. 'We moeten naar de eerste etage,' zegt ze.

Met wat apparatuur en snoeren loopt de man achter haar aan. Edgar heeft geen idee wat er gaat gebeuren. Met een somber gezicht ligt hij in bed. Het laatste wat hij heeft gehoord is dat Timboektoe failliet gaat. Hij kijkt op de klok. Sophie komt pas aan het eind van de middag. Hoe komt hij deze dag door? Lezen kan hij nog niet en de televisie heeft hij nog niet één keer aangezet. Hij heeft geen geduld om ernaar te kijken.

Dan steekt Sophie haar hoofd om de deur. 'Sophie!' zegt Edgar blij.

'Ik ben niet alleen hoor,' zegt ze. 'Dit is René. Hij gaat iets bij je aansluiten. Er is een heel interessant programma op de televisie en dat kun je hier niet ontvangen.'

'Ja,' zegt René, 'en dat zou heel jammer zijn.'

Edgar vindt het heerlijk dat Sophie er is, maar hij snapt het niet zo goed. Ze weet dat hij nog geen tv kijkt. Hij luistert alleen af en toe naar muziek.

Sophie merkt wel dat hij het een beetje raar vindt. 'Dit programma wil je wel zien,' zegt ze. Vol spanning kijkt ze naar René. Wat zal Edgar zeggen als hij zo verbinding heeft gemaakt? Ze gaat op het randje van Edgars bed zitten en pakt zijn hand. 'Gaat het?'

'Als jij er bent altijd,' zegt Edgar. 'Wat lief dat je me zo komt verrassen.'

René is niet lang bezig. 'Zo,' zegt hij. 'Je kunt kijken als je wilt. Het programma is begonnen.'

René neemt afscheid. Hij moet zo snel mogelijk terug zijn op de camping. *SOS Nederland* heeft hem nodig.

Sophie blijft: ze wil erbij zijn als Edgar het ziet. 'Ik zet het even aan, goed? Dan kun je zien wat het is.' Zonder Edgars antwoord af te wachten, drukt ze de knop in.

Edgar ziet een paar mannen puin in een kruiwagen scheppen. 'Die man ken ik,' zegt hij opeens. 'Die ken ik van de camping.' Op hetzelfde moment komt oma in het beeld. Ze deelt ijsjes uit. 'Krijg nou wat,' zegt Edgar. 'Dat is onze camping. Ze zijn al aan het slopen...'

Hij is helemaal niet blij. Integendeel, het maakt hem juist somber. Gaan we nu al dicht? Dit wil hij eigenlijk helemaal niet zien. Ja, ze zijn bezig te sluiten. Wat triest.

Hij snapt wel waarom Sophie wil dat hij dit ziet. Hij moet het verwerken. Misschien is alle puin al opgeruimd en bestaat Timboektoe niet meer als hij uit het ziekenhuis komt. Dan komt de klap veel te hard aan. Nu kan hij er langzaam aan wennen.

Edgar zucht. 'Nu is het wel even genoeg, wat een ellende.' Hij wil de tv uitzetten, maar dan ziet hij een vrouw met een microfoon in haar hand tussen de kruiwagens door lopen. En achter haar staat een man met een camera. Geen klein cameraatje, maar een heel professionele camera. 'Die vrouw heb ik vaker gezien,' zegt hij. 'Wie is dat ook alweer?' Ineens weet hij het weer. 'Wauw! Dat is de presentatrice van *SOS Nederland*. Ze gaan de camping niet slopen, ze gaan 'm opbouwen...'

'Nona's tante heeft jullie gered,' zegt Sophie. 'Wil je dit volgen of niet? Het duurt de hele week. Je hebt een rechtstreekse verbinding met de camping.'

'Great!' Geboeid kijkt Edgar hoe een happer grote stukken puin oppakt en in een vrachtwagen laat vallen.

'Morgen beginnen ze al met de fundering,' zegt Sophie.

'Ik wil het helemaal zien,' zegt Edgar. 'Alles wil ik zien: die tv gaat niet meer uit.' Hij trekt Sophie naar zich toe en kust haar.

Drie dagen later gooien Stef, Romeo en Justin de laatste scheppen puin in de kruiwagen.

'Zo,' zegt Stef. 'Die klus is geklaard. Wat een berenklus was dat zeg. Vinden jullie niet?'

Justin knikt, maar Romeo hoort hem niet. Hij kijkt naar Barbara die verderop aan het werk is.

'Waar zit je met je hoofd?' Stef geeft zijn vriend een klap op zijn schouder.

'Eh... wat?' Romeo kijkt Stef aan. 'Heb jij weleens gezoend met een wat oudere vrouw?'

'Ja, met mijn oma,' zegt Stef.

'Nee, ik bedoel echt zoenen. En met iemand van een jaar of achtentwintig.'

'Nee,' zegt Stef.

'Dan mis je wel wat,' zegt Romeo. 'Het is heel anders dan met die chica's die hier rondlopen. Loeispannend is het.'

'Hoe weet jij dat nou?' zegt Stef. 'Jij hebt toch ook nooit met een meid van achtentwintig gezoend? Of heb ik iets gemist?'

'Nee, maar eh... het zit er wel aan te komen,' zegt Romeo. 'Heb je niet gezien hoe ze naar me kijkt?'

'Wie?'

'Ja, wie zou ik nou bedoelen?' zegt Romeo. 'Je bent toch niet blind? Het lijkt me wel gaaf. Ze is nog beroemd ook.'

'Nee hè?' roept Stef uit. 'Ik zag je wel loeren naar haar. Je denkt toch zeker niet dat Barbara op jou zit te wachten?'

'Wat een wijf is dat,' zegt Romeo. 'Als ik met haar ga zoenen blijft het niet bij één keer. Het spijt me voor die andere chickies hier. Zij zal wel meteen meer willen. Nou, geen punt. Ik zie me al naast haar in de tent liggen. Nou ja, náást haar…'

'Man, hou eens op,' zegt Stef.

'Zijn we jaloers?' vraagt Romeo. 'Zoiets fantastisch moet je je vriend gunnen. Als ik met haar ben geweest, krijg je alles te horen.'

Justin ziet Ad wenken. 'O, Ad heeft iets te zeggen.'

'Wat nou weer?' Romeo blijft veel liever bij Barbara in de buurt.

'Kom nou maar mee,' zegt Stef. 'Dan hoor je het. Ad kraamt in elk geval niet zo'n onzin uit als jij.'

Ad heeft het officieel meegedeeld: er komt toch een openingsfeest! Ze hebben nog vier dagen om te oefenen; dat moet 's avonds gebeuren, want overdag hebben ze geen tijd. Ze werken keihard mee om Timboektoe op te bouwen.

Iedereen is blij dat het feest doorgaat, maar ze schieten ook in de stress. 'We hebben nog helemaal geen kostuums voor onze kabouteract,' zegt Isa.

'Maak je geen zorgen,' zegt oma. 'Dat doen Hanna en ik.'

'Maar de dansshow dan?' zegt Kars. 'Wie zorgt voor de outfits?'

'Daar heb ik wel een idee over,' zegt Daan. 'Het lijkt me leuk als we allemaal een spijkerbroek dragen met een zwart t-shirt met een print erop.'

'Super!' zeggen ze.

'Kan ik dat aan jou overlaten?' vraagt Kylian.

'Zeker,' zegt Daan.

'Heb je nog hulp nodig?'

'Ja,' zegt Daan. 'Maar ik denk dat Brian me wel wil helpen.'

'Gaaf!' zegt Brian. 'Dan gaan we samen een print bedenken.'

De twee jongens stralen, maar nog het meest van verliefdheid. Niemand merkt het, want iedereen gaat uit zijn dak. Bovendien hebben ze het allemaal veel te druk. De fundering komt vandaag af en dan beginnen ze aan de opbouw.

'Volgens mij gaan we het redden,' zegt Romeo. 'Hè, schoonheid?' Hij geeft Barbara een knipoog.

'Ja Romeo.' Ze loopt lachend door.

'Ik heb het net aan het SOS-team gevraagd,' zegt Kars, 'maar zij zijn er nog niet zo zeker van dat we de deadline halen. Er moet nog zoveel gebeuren!'

Edgar vindt het superspannend. Hij volgt het hele proces op de voet. 's Morgens gaat meteen de tv aan en pas als hij gaat slapen gaat die weer uit. Vandaag kijkt de verpleegster even met hem mee.

'Ze hoeven alleen nog maar te bouwen,' zegt Edgar.

'Wat is dat dan?' Ze wijst naar een graafmachine die de camping op komt rijden.

De crew is al net zo verbaasd als Edgar. 'Waar is die graafmachine voor?'

De presentatrice loopt naar de chauffeur van de graafmachine toe. 'Geweldig, je bent precies op tijd. Daar moet je zijn. Hier is de werktekening.'

Edgar sms't naar Kars. *Waar is die graafmachine voor?*

Dat weten wij ook niet, sms't Kars terug.

SOS Nederland houdt hen nog even in spanning, maar dan loopt Barbara met de microfoon naar de plek toe. De geluidsman en de cameraman volgen haar.

'Kijkers thuis,' zegt Barbara in de camera. 'U weet dat we bij elk project een verrassing hebben. En op de plek waar hier nu wordt gegraven, komt de verrassing voor Timboektoe. Helaas kan het niet lang een verrassing blijven, want iedereen kan zien wat er hier gaat gebeuren. Deze verrassing wordt Timboektoe aangeboden door de vereniging van zwembadbouwers in Nederland! U begrijpt het al. Hier komt een prachtig zwembad. Over vier dagen moet het af zijn. Een zwembad met een golfslagbad en een honderdvijftig meter lange glijbaan en een stroomversnelling...'

'We krijgen een zwembad!' juicht Kars.

Ze halen Ad, oma en Hanna erbij.

'Hier komt een zwembad! We worden een vijfsterrencamping,' juicht Romeo. 'Wat een patsers!'

Edgar juicht mee in zijn bed. Hij merkt niet eens dat de dokter binnenkomt.

'Je knapt op, hè,' zegt de dokter. 'Dit programma is wel goed voor je genezing.'

'Past u maar op,' zegt de verpleegster als de dokter meekijkt. 'Dit programma is verslavend. Als je begint te kijken, wil je het afzien.'

'Dan ga ik meteen weg,' zegt de dokter. 'Ik moet nog opereren.'

Het SOS-team heeft nog twee dagen te gaan. De kantine staat en is prachtig geworden. En op de plek van het sobere kantoortje staat nu een prachtige receptie. Inmiddels wordt de laatste hand aan de disco CU gelegd. Jammer genoeg kan Edgar er niet de graffiti op schilderen, maar daar hebben ze iets op bedacht. Ze hadden nog een afbeelding en die maakt een schilder precies na. Zo blijft Edgars ontwerp toch bewaard.

'Daar is het meubilair!' roept Barbara. Voor de kantine stopt een vrachtwagen vol stoelen en tafels in felle kleuren.

Justin haalt Kars bij het zwembad weg. 'De stoelen zijn er! Super! Moet je zien, ze knallen tegen je op.'

'Gaaf, hè,' zegt Stef. 'Maar wat zijn het er veel. Die passen er nooit in.'

'We krijgen ook een buitenterras,' zegt Kars. 'Dat hoorde ik net iemand zeggen.'

Romeo fluit naar Barbara die voorbij loopt. Ze zwaait naar hem.

'Ik heb al helemaal in mijn kop hoe ik het ga aanpakken,' zegt Romeo als Kars wegloopt. 'Op het openingsfeest sla ik toe. Nu warm ik haar alleen een beetje op.'

'Nou, noem dat maar opwarmen,' zegt Stef lachend. 'Ik denk eerder dat ze voorgoed op je afknapt.'

'Boys, willen jullie even helpen met het uitladen van de stoelen en tafels?' vraagt Barbara.

'Voor jou doe ik alles,' Romeo stoot Stef aan. 'Zo zal het later ook wel gaan als we samenwonen, dan kan ik het zware werk doen.'

'Doe toch eens normaal, man.' Stef ergert zich.

Maar Edgar moet juist lachen als hij zijn vriend op de tv ziet. 'Die gast is echt knettergek,' zegt hij tegen Sophie. 'Hij loopt Barbara gewoon te versieren. De hele tijd, man. Hé, daar heb je mijn broer en Daan. Wat hebben die nou bij zich?'

'Ze zijn vanmorgen toch naar de stad gegaan?' herinnert Sophie hem.

'O ja,' zegt Edgar. 'Ze moesten de t-shirts laten bedrukken. Ik ben benieuwd wat erop staat. Als we mazzel hebben krijgen we dat te zien.'

'Wel een scheetje, dat broertje van jou,' zegt Sophie.

Edgar kijkt haar aan. 'Je vindt hem toch niet te leuk, hè?'

'Wees maar niet bang. Jij bent mijn honey.' Sophie geeft hem een kus.

Daan en Brian komen inderdaad net terug uit de stad. Oma had aangeboden hen weg te brengen, maar Daan zei dat ze best met de bus konden. Daar hadden ze veel meer zin in. Eindelijk waren ze weer eens met z'n tweetjes. Op de terugweg zijn ze bij de zonnebloemvelden uitgestapt en verdergelopen. Nou ja, gelopen? Meer gezoend.

'Jongens, de T-shirts zijn er!' roept Kylian. 'Wat hebben jullie erop laten drukken?'

Brian en Daan halen alle twee een zwart T-shirt uit hun tas en houden het voor.

'Super! TIMBOEKTOE ROCKS! Goed gedaan, broertje,' roept Edgar in zijn bed.

'Die broer van jou heeft niet alleen een schattig kopje, hij is ook creatief,' zegt Sophie.

Edgar knikt. 'Maar niet als het om meiden gaat. Die schijterd heeft nog nooit gezoend.'

24

Het is de laatste dag. Vanavond is het openingsfeest. Gisteravond hebben ze tot laat door moeten werken en vandaag zijn
ze begonnen zodra het licht werd. De hele ochtend hebben ze
in spanning gezeten, maar nu is het zeker: ze gaan het halen.
Om twaalf uur staat het zwembad vol water. Terwijl iedereen
eromheen staat en de camera draait, suist Ad van de reuzen-
glijbaan. En tot ieders verbazing komen oma en Hanna achter
hem aan. Onder luid applaus plonzen ze het water in. Nu is
het zwembad geopend. De rest van de crew duikt achter hen
aan.

Edgar geniet mee vanuit het ziekenhuis. Zijn moeder is bij
hem op bezoek. Samen kijken ze naar het scherm. Als Edgar
ziet hoe heerlijk zijn vrienden door de golven duiken, vindt hij
het wel moeilijk dat hij er niet bij kan zijn.

'En nu, kijkers,' zegt Barbara, 'neem ik u mee naar het nieuwe terras.'

Romeo klimt meteen het water uit, droogt zich af en loopt
mee.

'Ik ben trots op onze mannen,' zegt Barbara. 'Wat een presta-
tie hebben ze geleverd. Het schitterende terras vol kleurige tafels, stoelen en vrolijke parasols wordt Timboektoe aangeboden door de gezamenlijke tuinmeubelbedrijven in Nederland.'

Stef en Justin gaan bij Romeo aan een tafeltje zitten.

'Ik ga even kijken hoe de stoelen zitten,' zegt Barbara tegen
de kijkers. En ze kiest er een uit.

'Heerlijk, 's morgens met je krantje en een kop koffie in de
zon; dit is echt vakantie, dat kan ik u vertellen.'

'Op mijn schoot zit ze nog lekkerder,' zegt Romeo zachtjes. Justin moet lachen.

'Droom jij maar lekker verder,' zegt Stef.

Barbara neemt de kijkers mee de kantine in.

'Moet je dat beeldscherm zien!' roept Edgar. 'Dat is pas gaaf. Als de muziek draait, zie je de bijpassende clip op het flatscreen.' Maar nog opgewondener wordt hij als Barbara de kijkers meeneemt naar de CU. 'Dat wordt prachtig,' zegt ze tegen de schilder die Edgars graffitiontwerp op de muur schildert.

'Dat heeft hij snel gedaan,' zegt Edgar.

'Daar heb jij je na de brand nou zo'n zorgen om gemaakt,' zegt moeder, 'dat je ontwerp verloren was gegaan; en kijk nou eens? Ik zie geen verschil.'

'Ik ook niet,' zegt Edgar. 'Het is iets minder dik aangezet, maar dat kan ik altijd nog bijwerken als ik beter ben.'

Barbara wil de kijkers mee naar binnen nemen als de camera opeens de andere kant op zwenkt.

Er komt een vrachtwagen de camping oprijden.

'Wat moet die vrachtwagen nou nog?' zegt Edgar. 'Alles is toch bijna klaar? Ze gaan toch niet nog meer bouwen?'

Op de camping zien ze de vrachtwagen ook. Er wordt allemaal geluidsapparatuur uitgeladen. Heel zware versterkers dragen ze de grot in.

'Is dat voor onze show?' vraagt Romeo. 'Wie heeft dat besteld?'

'Kylian zou wat apparatuur huren,' zegt Kars. 'Maar die is zeker gek geworden. Weet je wat dat spul dat naar binnen wordt gedragen kost?'

'Zo professioneel zijn we nou ook weer niet,' zegt Daan.

'Wacht maar tot Ad de rekening krijgt,' zegt Isa.

Er wordt steeds meer uitgeladen. 'Moeten we het niet laten terugbrengen?' vraagt Isa.

Ze lopen achter de cameraman aan de grot in. De mannen beginnen een podium op te bouwen.

'Hallo,' zegt Isa. 'Ik denk dat het een vergissing is. Timboektoe heeft niet zulke dure apparatuur nodig. We zijn maar amateurtjes hoor.'

De mannen beginnen te lachen. 'Nee, je mag nog wel even door oefenen voor je dit kan betalen. Jullie staan in het voorprogramma.'

'In het voorprogramma?'

'Dit is echt een misverstand,' zegt Kars. 'Onze show is het enige wat er komt. Er is niks anders. Ja, morgen, als de grot echt voor het publiek wordt opengesteld, dan komt Kabouter Plop. Ik haal mijn vader wel even.'

Op dat moment komt Jules de grot ingehold. Hij ziet rood van opwinding. 'De apparatuur is er al!' zegt hij. 'Wat een boxen. Door het hele dorp hangen affiches. Weten jullie wie hier vanavond spelen?'

Ze kijken hem allemaal vragend aan.

'Coockymen!'

'Nee!' Nona geeft een gil. 'Coockymen is mijn lievelingsband!'

'Is deze apparatuur van Coockymen?' Kars moet het zeker weten.

'Jazeker,' zeggen de mannen.

Ze snappen er niks van. Hoe kan zo'n beroemde band nou naar Timboektoe komen? Dat kan niemand betalen. *SOS Nederland* ook niet.

'Bel je tante!' zegt Kars tegen Nona.

Nona toetst meteen het nummer van haar tante in.

'En?'

'Ze doen het helemaal gratis! Ze vonden het zo erg wat hier is gebeurd. Met dit optreden willen ze laten zien hoe afschuwelijk geweld is. En dat jongeren wel leuk met elkaar om kunnen gaan,' zegt Nona.

Coockymen op Timboektoe. Nu dringt het pas echt tot hen door. Zo'n beroemde band!

Edgar luistert vol spanning mee. Met open mond kijkt hij zijn moeder aan. 'Timboektoe zit in het voorprogramma, dat betekent dat ze ook op de buis komen. Als Brian dat hoort, durft hij niet meer.'

Maar Brian is zo gelukkig met Daan; hij vindt het best romantisch om samen met hem op de televisie te komen. Annabel heeft er wel moeite mee. 'Dat doe ik niet hoor,' zegt ze tegen Barbara. 'Dit kan echt niet, we staan voor paal.'

'Laat mij die show van jullie dan maar eens zien,' zegt Barbara.

Snel bellen ze Kylian voor een generale repetitie. Na afloop kijken ze vol spanning naar Barbara. Die steekt haar duim op. 'Geen zorgen jongens, jullie doen echt niet onder voor een professionele stage-act.'

'Hoe vind je dat nou?' zegt zijn moeder tegen Edgar. 'Je broer op tv.'

Edgar zet de tv uit. 'Ik ga even rusten.'

Zijn moeder kijkt hem aan. 'Je vindt het moeilijk, hè, dat Brian in jouw plaats danst. Je had zelf mee willen doen.'

Edgar zegt niks. Hij slikt een paar keer.

De rest van de dag is er nog keihard gewerkt, maar nu is het zover. De klus is geklaard. *SOS Nederland* heeft Timboektoe in een jongerenparadijs omgetoverd. De leden van de band zijn er al. Ze relaxen in een kamer van het huis.

De crew had verwacht dat het druk zou worden, maar dit overtreft alles. Hordes jongeren komen de camping op. Het lijkt wel of heel Frankrijk naar hen toe komt. Ze passen niet eens meer in de grot.

'Sorry jongens, het is vol,' zegt Ad als er weer een nieuwe groep jongeren arriveert. 'Jullie kunnen er niet meer in.'

Maar ze laten zich niet wegsturen. Dan zien ze de band maar niet; Coockymen is echt wel te horen. Ze hebben geluk. *SOS Nederland* hangt buiten een groot scherm op waarop ze het concert straks kunnen volgen.

De crew zit op het grasveld. De hele dag waren ze zo uitgelaten en nu zijn ze stil. Ze beseffen opeens dat Edgar er niet bij kan zijn.

'Hij had dit geweldig gevonden,' zegt Kars.

Brian voelt zich ook schuldig. Niet hij, maar zijn broer zou daar straks moeten staan.

'Niet treuren, jongens,' zegt Romeo. 'Het is feest! Edgar schiet er niks mee op als wij hier zo zitten.'

'Gelukkig kan hij alles wel volgen,' zegt Isa.

Annabel kijkt naar de cameramannen die de grot ingaan. Nu wordt het echt. 'Ik wou dat ik me hier nooit voor op had gegeven,' verzucht ze.

Maar als ze uiteindelijk optreden, is er niks van te merken. Annabel danst als nooit tevoren. Alle jongens en meiden klappen mee en na afloop krijgen ze een groot applaus.

En dan begint het feest. Onder luid gejuich komt de band op. Zanger Steve neemt het woord. 'Wij treden hier vanavond op omdat er op deze camping iets verschrikkelijks is gebeurd.'

'De brand!' roepen ze.

'Inderdaad,' zegt Steve. 'De brand is uit woede en frustratie door jonge mensen aangestoken. Maar voordat die brand werd gesticht, is hier een jongen van de camping door drie gasten uit het dorp in elkaar getrapt. Ze hebben hem verschrikkelijk toegetakeld. Hij is bewusteloos in het ziekenhuis opgenomen. Hij had dood kunnen zijn. Horen jullie dat: deze jongen had dood kunnen zijn! Maar gelukkig gaat het goed met hem. Zo goed dat hij van de doktoren vanavond hier mag zijn. Maak allemaal plaats voor Edgar!'

Iedereen gaat een stap opzij. Terwijl de band het volgende nummer inzet, duwt Sophie de rolstoel met Edgar erin de grot in. Hij wordt met luid gejuich en applaus ontvangen. Na de intro richt Steve zich tot Edgar.

'Edgar, voor iedereen hier, voor alle jongeren op de wereld en vooral voor jou spelen wij het nummer "Handen thuis".'

Terwijl Edgar door zijn vrienden wordt omarmd, barst Coockymen los. Iedereen begint als een dolle te swingen. Niet alleen in de grot, maar ook buiten gaan alle remmen los.

'Timboektoe Rocks!' roept Romeo tussen twee nummers door. Hij zwaait naar Barbara die naast de geluidsman staat te swingen.

'Je hebt concurrentie,' schreeuwt Stef in zijn oor.

'Welnee,' zegt Romeo. 'Dat noem ik geen concurrentie.'

Kars en Annabel swingen met de armen om elkaar heen. En Justin en Isa zijn al net zo gelukkig. Een week geleden dachten ze nog dat Timboektoe zou verdwijnen. En nu is het feest kilometers ver te horen.

Ook Jules staat er stralend bij. Morgen gaat zijn vader de eerste bezoekers in de grot rondleiden. Hij hoeft niet meer naar zijn tante en oom. Hij kan bij zijn vrienden blijven.

Daan en Brian staan dicht bij elkaar. De verliefdheid straalt van hun gezicht af.

Als de muziek even stopt, buigt Sophie zich naar Edgar toe. 'Jouw broer heeft toch nog nooit met een meisje gezoend?'

'Nee,' zegt Edgar. 'Daar is hij te schijterig voor.'

'Ik denk dat daar een heel andere reden voor is.' Sophie wijst naar Brian en Daan die elkaar smoorverliefd aankijken.

'Shit!' zegt Edgar. 'Dat ik dat nooit heb gemerkt!'

'Ze zien er wel lief uit,' zegt Sophie. 'Dat moet je toegeven.'

'Dus mijn broer is homo,' zegt Edgar. 'Dat heb ik weer.'

'Vind je het moeilijk?' vraagt Sophie.

Even blijft het stil. En dan begint de muziek weer te spelen.

'Wat zeg je?' roept Sophie.

'Ik hoef in elk geval niet bang te zijn dat mijn broer jou versiert,' zegt Edgar. En dan beginnen ze alletwee te lachen.

Romeo en Stef hebben het niet in de gaten. Ze hebben het veel te druk met zichzelf. Stef staat naast een meisje met lang blond haar.

'Proost!' Romeo geeft Stef een biertje. 'Wij staan straks allebei te zoenen, man!' Hij wijst naar Barbara die de grot uitloopt. 'Ik denk dat ik er maar eens werk van ga maken.'

Maar de muziek is zo opzwepend dat hij niet weg kan komen. Het concert duurt een uur. Daarna geeft de band nog een toegift.

Wat een feest! Iedereen is het erover eens: het was echt super.

'En dan krijgen we ook nog het openingsfeest van de grot!' roept Kars.

'Yes!' Iedereen begint te juichen.

Als iedereen de grot verlaat, stoot Romeo Stef aan. 'Wil je leren hoe je een vrouw versiert? Dan moet je meekomen.'

Samen lopen ze achter de laatste mensen naar buiten. Romeo ziet Barbara en stapt op haar af.

'Ze gaan allemaal weg, maar voor ons is het nog niet afgelopen,' zegt hij. 'Voor ons begint het feest pas, toch?'

'Precies,' zegt Barbara, 'proost!' Ze tikt Romeo's glas aan. 'Ik heb zo'n geluk.'

'Ik ook,' zegt Romeo.

'Ik had het nooit gedacht,' zegt Barbara, 'maar mijn lover is hiernaartoe komen rijden. Helemaal vanuit Amsterdam. We blijven hier een paar dagen.'

O no, denkt Romeo.

Stef kijkt bezorgd naar zijn vriend. Die gaat janken, denkt hij. Helemaal als Romeo ineens wegloopt. Stef gaat hem achterna. Maar dan ziet hij dat Romeo een meisje met rood krullend haar aanspreekt. Nog geen seconde later slaat hij een arm om haar heen. Hij wenkt Stef.

'Dit is Natascha en daar staat haar vriendin. We gaan met z'n viertjes een wandelingetje maken langs de rivier.'

Romeo en Stef zijn niet de enigen die langs de rivier lopen. Een eind voor hen uit wandelen Justin en Isa en verderop staan Annabel en Kars te zoenen. En aan de andere kant van de camping, op het vlot, staan Daan en Brian. Ze gaan naar het Love Island.

Lees alle boeken over camping Timboektoe!

See you in Timboektoe

De ouders van Isa en Kars hebben een camping gekocht in Frankrijk, Timboektoe. Samen met hun vrienden ontwikkelen ze een serie superplannen om de camping tot een succes te maken.
ISBN 978 90 499 2165 1

100% Timboektoe

De ochtend na het succesvolle discofeest op camping Timboektoe ontdekt Kars dat er geld is gestolen. Wie o wie heeft dit gedaan? En Isa's vriendje zoent met een ander...
Getipt door de Kinderjury
ISBN 978 90 499 2164 4

Timboektoe rules!

In het derde deel zijn de vrienden bezig om een Love Island te bouwen. Maar Brian is er met zijn hoofd niet bij. Is hij misschien homo?
Intussen wordt er vlakbij een nieuwe, luxere camping geopend. Redt Timboektoe het?
ISBN 978 90 499 2059 3

Timboektoe – de filmeditie

Timboektoe – de filmeditie is een volledig
herschreven uitgave gebaseerd op de vier populaire
boeken over camping Timboektoe.

ISBN 978 90 499 2235 1